ZÉ, MIZÉ, CAMARADA ANDRÉ

Sérgio Guimarães

ZÉ, MIZÉ, CAMARADA ANDRÉ
(notícia de Angola)

Vencedor do Prêmio Sesc de Literatura 2007

romance

EDITORA RECORD
RIO DE JANEIRO • SÃO PAULO
2008

CIP-Brasil. Catalogação-na-fonte
Sindicato Nacional dos Editores de Livros, RJ.

G976z
Guimarães, Sérgio
 Zé, Mizé, Camarada André / Sérgio Guimarães. −
Rio de Janeiro: Record, 2008.

ISBN 978-85-01-08255-8

1. Romance brasileiro. I. Título.

08-2220
CDD − 869.93
CDU − 821.134.3(81)-3

Copyright © Sérgio Guimarães, 2008

Direitos exclusivos desta edição reservados pela
EDITORA RECORD LTDA.
Rua Argentina 171 − Rio de Janeiro, RJ − 20921-380 − Tel.: 2585-2000

Impresso no Brasil

ISBN 978-85-01-08255-8

PEDIDOS PELO REEMBOLSO POSTAL
Caixa Postal 23.052
Rio de Janeiro, RJ − 20922-970

À criançada angolana
que a besta levou, aos milhões.

Trago a minha banda.
Só quem sabe onde é Luanda
Saberá lhe dar valor.

Palco, Gilberto Gil

Sumário

Intromissão necessária	11
MIZÉ 1 — Segundas intenções	15
MIZÉ 2 — A foice	27
MIZÉ 3 — Viajando	43
DONA CACILDA 1 — Do hospital	61
MIZÉ 4 — Cadeia, cravo e catana	65
MIZÉ 5 — Trivial variado	75
MIZÉ 6 — Confusão no ar	107
MIZÉ 7 — Argola	139
MIZÉ 8 — Um espetáculo!	151

MIZÉ 9 — A raiz	161
MANOLO — O fuzil e o gravador	175
MIZÉ 10 — A urna	187
? — A jangada	197
CAMARADA ANDRÉ 1 — A crítica	201
CAMARADA ANDRÉ 2 — *Los Románticos de Cuba*	217
MIZÉ 11 — A base	227
DONA CACILDA 2 — Uma lata só	249
MIZÉ 12 — A réplica	253
CAMARADA ANDRÉ 3 — O futuro	269
ZÉ — A carta e o bilhete	271
MIZÉ 13 — As últimas	275
ZÉ? — Última	301

Intromissão necessária

Luanda? A luz do poste, à frente da minha casa, só funciona quando quer. A cada dia iluminado, uma semana no escuro. E ainda escolhe tom, do branco ao lilás, na maior sem-cerimônia. Quando me preparo para dormir na claridade, me deixa primeiro pegar no sono. E ali pela meia-noite, aproveitando a desculpa do toque de recolher, simplesmente se apaga. Na janela, quando fica, só fica mesmo a lua, luando, capricho de mulher. A luz do poste de casa só funciona quando quer.

Foi pouco antes das nove da noite, fim dos anos 1970. Zé Roberto entrou feito manchete, alarmando a campainha. Pacote na mão, deu-se apenas tempo de passar-me, à queima-roupa:

— Faça com isto o que quiser.

Noite de poste aceso, mal tive jeito de ver nele uma expressão de ânsia doida por partir. Para quem conhecia pouco o Zé como eu, a idéia veio logo: está fora de si. Alguém o esperava fora, no volante duma dessas Brasílias que circulavam por Luanda, vermelha.

A luz se apagou e o Zé sumiu, num ronco de motor nervoso à busca do aeroporto, soube-se depois. Que avião, que destino levou o Zé, não sei. Amigos garantiram-no já longe, pelos lados da América Central, à cata de revoluções. Más-línguas disseram-no preso em Angola mesmo, por uma razão qualquer, ainda obscura, de segurança do Estado. No fundo, pelo que pude perceber, ninguém sabia ao certo do paradeiro do Zé.

Estranho? Vá lá saber, entenda quem puder: a luz do poste de casa, no antigo bairro do Cruzeiro, só funciona quando quer.

* * *

O pacote era papel e cassete: diálogos transcritos, recortes de jornais, entrevistas, gravações de programas de rádio. Num bilhete ao portador, Zé Roberto adiantou-me sugestões sobre o que fazer. Resolvi trabalhar as duas últimas: "guarde e aguarde", "ajeite e publique".

Alfaiate improvisado, juntei o que era solto, montei, alinhavei. Pus título, meti o bedelho numas quantas notas de rodapé, deixando o texto intacto, sem costuras de narrador. *Zé, Mizé, Camarada André — notícia de Angola* é colcha de retalhos. Jornalismo ou ficção? Quem sabe os dois, talvez nenhum, pouco importa. Fiz o que devia, pus o texto em pé.

Quanto ao Zé, nunca mais tive notícia. Meses depois da tal passagem-relâmpago pela rua da Guiné, saí de Angola. E o encontro com Zé Roberto, naquela casa de poste manhoso, foi-se tornando aos poucos uma visão difusa, uma espécie de sonho. De concreto mesmo, sobrou o pacote, desembrulhado aqui.

* * *

Novidade da boa foi o encontro com Maria José Menezes, angolana e personagem principal da história. Por razões de trabalho, voltei a Luanda vinte anos depois e resolvi procurá-la. Lembrava-me apenas de um comentário vago feito um dia pelo Zé, da boa vista do andar alto, numa esquina da Cidade Baixa. Não longe do Teatro Avenida, bem perto da velha Sé.

— Não conheço.

— Não faço idéia. — Povo nenhum das redondezas sabia da radialista.

— A única Mizé de que sei, senhora meio clara, cabelos brancos, mora ali no oitavo andar. Seu neto é amigo do meu miúdo, ainda há pouco esteve cá — salvou-me a vizinha dona do bar, ao fim de uma longa procissão de perguntas-sim e respostas-não.

— Amigo do Zé, do brasileiro? — Um meio sorriso, mais curioso do que triste, abriu-me primeiro a porta, depois o texto e o pacote do Zé. — Cabrão!, boquejou, mergulhando os olhos sempre vivos na papelada antiga, até o sábado seguinte.

— Nada mal, mas falta o fim — resmungou, mandando o neto buscar cerveja na cozinha. — De lá para cá, afinal, já lá se foram vinte e tal.

E assim foi com Mizé: cigarro, pergunta, resposta, cerveja. Sábado sim, anos 1970. Sábado também, 80, 90. Domingos depois, ano 2000, e 1, e 2. Na falta do Zé, capítulo-fim, pudemos chegar mesmo assim, Mizé e eu, às últimas de então, notícias de Angola.

* * *

Ano aqui ano ali, "ajeite e aguarde" foi o que fiz. Não fosse o anúncio do SESC, *Zé, Mizé, Camarada André* seguiria na moita, feito japonês perdido em pós-conflito. Gaveta por trincheira, afinal, o que não falta na vida é gente camuflada e texto escondido. Leiam e julguem.

Sérgio Guimarães

São Paulo, outubro de 2007.

MIZÉ 1 — Segundas intenções

Beber? "Não há sítio nenhum."

— Não precisa dizer seu nome, mas simpatizei com você. Está rindo de quê?

— Quando é que isso aconteceu?

— Vi você duas vezes na rua. Mora na Baixa, não é?

— Sim, e você? Onde é que você estava para me ver?

— Tinha ido ao correio. Vi você entrando nesse prédio de apartamentos e resolvi falar diretamente. O quê, não sei ainda. Não sei se percebeu, mas, pelo meu sotaque...

— Já vi que é estrangeiro. Nacionalidade brasileira, não é?

— E você é angolana.

— Sou, sim.

— De onde?

— Aqui de Luanda mesmo.

— Eu não sou certamente o primeiro estrangeiro...

— Não, já conheci vários.

— E o que é que você acha dos estrangeiros?

— Gosto de tratar com eles. Com alguns, como pessoas, só. São pessoas, como em qualquer parte do mundo. Não tenho nada, por enquanto, contra os estrangeiros.

— Hum...

— ?

— Em vez de ficar aqui conversando, não dá para a gente ir beber em algum lugar?

— Não, não há nada agora. Aqui, não. Há quanto tempo você está em Luanda?

— Acabei de chegar.

— Ah! Então pronto, isto é para seu aviso. Para já, não há sítio nenhum onde possamos conversar.

— Como "não há sítio nenhum"?! Um barzinho, uma...

— Nada disso. Por enquanto, nesta fase, não existe.

— E quando quiser tomar alguma coisa, como é que eu faço?

— Toma na sua casa, no hotel. Onde é que você está?

— No hotel, por enquanto.

— Então vá tomar lá mesmo.

— Quer ir tomar alguma coisa comigo?

— Em que hotel você está?

— No Trópico.

— Ah! No Trópico posso ir.

— Por quê? Há hotéis em que não se pode?

— Há, porque são apenas para cooperantes. Os angolanos não podem pôr lá as patas.

"Já quer saber tudo?"

— O que é que você gosta de beber?

— Tudo, contanto que tenha álcool.

— Você disse que não há lugares assim tão fáceis!

— É, e é. Por isso é que nós andamos aqui com uma sede terrível!

— Cerveja, por exemplo?

— Não, cerveja arranja-se, contanto que se compre um prato de peixe frito com arroz. As outras bebidas é que desapareceram. Mas isso não interessa, é por enquanto.

— Uísque?

— Quero.

— ... E por que é que o serviço aqui do hotel é tão demorado?

— Ah, não sei, não estou dentro desses assuntos. Mas enquanto o serviço vem não vem, eu estive por aqui a pensar. Onde é que você trabalha? Ou ainda não arranjou trabalho? O que veio fazer, especificamente? Você é estrangeiro, acabou de chegar, diga-me o que é que veio fazer.

— Estava em Portugal, e entrei em contato com alguns caras do MPLA.[1] Sou jornalista.

— Ah! E escreve para onde?

— Atualmente não escrevo para nenhum jornal. Problemas no Brasil, tive que sair. Mas eu não acho interesse nenhum na minha vida. Por que é que você está assim tão curiosa?

— Não me interessa nada a sua vida, mas nós estamos acabando de nos conhecer! Aliás, eu ainda nem sequer sei o seu nome.

— Zé.

— Hum... No Brasil também há muitos Zés, não há? É tudo Zé, não é?

— E você? O que é que você faz por aqui?

— Neste momento não faço nada, estou em férias. Trabalhava fora de Luanda, e agora sou refugiada aqui.

— Refugiada por quê?

— Por causa da invasão sul-africana. E ainda não arranjei um modo de vida, porque também não me interessou muito. De certo modo, ainda estou traumatizada. O que me apetece mesmo é andar assim na conversa, na rua, só, mais nada.

---

[1] Movimento Popular de Libertação de Angola.

— E antes?

— Trabalhava na rádio. Trabalhei durante muitos anos e vou voltar para a rádio. Mas por causa da invasão sul-africana, tive que sair de Benguela, onde estava a trabalhar. E espero voltar para lá. Assim que os sul-africanos se retirem, vou para a minha casa de novo. A minha profissão é mesmo da rádio.

— E você fazia programa de quê?

— Fiz vários. Programa infantil, uma vez por semana. Tinha um outro, que também era só uma vez por semana, sobre música de jazz, espirituais etc. Até há pouco estava a fazer um programa mais de ordem política.

— Afinal, você se mete em política também?

— Não, não. Mas dentro de tudo quanto se passa neste momento em Angola, as coisas estão muito mais viradas para a política. Eu abandonei os outros programas de preencher o tempo, e comecei a fazer um programa dedicado ao Movimento.

— Você não acha oportunismo isso, não? Só porque o momento é mais político, você passa a fazer um programa de política?

— É uma necessidade, não é oportunismo. E tenho muita pena que neste momento, lá na minha zona, as coisas não estejam a funcionar, porque a rádio está parada também, e é absolutamente necessário que continue a fazer toda uma informação a respeito do Movimento que nos dirige, que é o MPLA.

— Você é do MPLA?

— Sou, sim. Por isso estou aqui.

— Há muito tempo?

— Sim, quase desde o princípio do MPLA. Mas isso é uma história longa. Você acaba de me conhecer agora e já quer saber tudo a meu respeito? Agora quem pergunta sou eu. Vamos mas é beber um copo, que foi para isso que eu vim aqui. Não vim para falar de política, nem do MPLA. De resto, não o conheço e, para mim, os estrangeiros de certo modo trazem-me muitas dúvidas. E aí é que eu posso perguntar se a sua estadia em Angola é por oportunidade ou se não é também por um caso de oportunismo. Neste momento, nós temos de estar desconfiados de tudo.

Portugueses: pela independência, "até foram cá presos"

— Dizem que as angolanas são muito quentes. É verdade?

— Onde é que você colheu essa informação?

— Sou jornalista...

— Sim, eu sei.

— ... e devo manter segredo da fonte.

— Engraçado: você disse que saiu do Brasil e foi para Portugal. Que eu saiba, no Brasil as angolanas não são muito conhecidas. Em Portugal são, porque os portugueses passaram por aqui. Agora, se são quentes ou não, não sei. Talvez devido ao clima, sejam.

— Ou você acha que os angolanos são mais quentes que as angolanas?

— Não sei, nunca tive nenhum angolano.

— Prefere os estrangeiros?

— Não, não! Aconteceu. Não foi caso exclusivo, mas aconteceu-me gostar de um português. Agora, não posso estabelecer termo de comparação, porque não tive nenhum angolano. Mas ainda vou experimentar. Por quê?

— Onde é que está esse português?

— Foi-se embora.

— O que é que ele fazia?

— Trabalhava numa empresa particular. Teve medo desta situação e foi-se embora.

— E por que você não foi com ele?

— Preferi continuar na minha terra do que viver para outro lado qualquer. Se eu sempre ambicionei a independência de Angola, não é agora que ela aconteceu que eu me ia embora, não?

— Nacionalista?

— Ah, sim, sou toda pela independência do meu país. Sempre fui, não é d'agora. E o que me admira é que ele também era. Mas foi-se embora, teve medo mesmo desta situação.

— Espera um pouco: ele não era português?

— Era, mas o fato de ser português não queria dizer que não fosse pela independência de Angola. Aliás, ele nunca fez contas de sair daqui. E telefona-me de vez em quando. Até tem idéias de voltar, mas não acredito muito.

— Havia muitos portugueses como ele?

— Havia. Uma percentagem bastante grande de portugueses que eram pela independência de Angola. Não concordavam com o sistema de Angola, e não só de Angola, e concordavam inteiramente que, em Portugal também, teria que haver uma mudança de ordem política.

— A idéia que a gente tem do português não é bem essa, não!

— Bem, mas de qual português?

— Dos que estavam aqui.

— Ah, não, não são todos iguais! Pois está claro que, se havia aqueles que estavam a defender os interesses de Portugal e do sistema, havia muitos outros que não, de maneira nenhuma! E assim é que se compreende que muitos deles até foram cá presos, e sofreram as conseqüências de serem contra o sistema vigente em Portugal.

— Mas você não veio aqui para falar de política.

— Pois não. Eu já disse isso há bocado, mas você insiste!

— Aliás, eu me pergunto por que é que você veio.

— Vim para beber um uísque consigo, conversar um pouco, mais nada. Não tinha nada que fazer!

— Eu sou tão insignificante assim?

— Estou a acabar de o conhecer, por quê?

— Eu só estava me perguntando. Se você veio aqui só para beber um uísque!

— Conversar consigo um pouco também, já acrescentei. Não vim conversar com mais ninguém.

— Quantos anos você tem?

— Ai, não me pergunte! Essa pergunta queria eu lhe fazer. Você quase parece meu filho!

— Vinte e cinco.

— Ah, logo vi! Eu sou um pouquinho mais velha. Ponha mais dez em cima.

"E você pensa que é logo assim, à primeira?"

— Já pensou em sair alguma vez do teu país?

— Sair, como? De férias ou definitivamente?

— Digamos por algum tempo.

— A trabalhar para o meu país, posso ir para qualquer parte, na altura que seja necessário. Para ficar lá fora, não. Definitivamente não saio.

— Quer dizer que teu destino é aqui?

— É, aqui mesmo.

— Por quê?

— Porque este é o meu país, que adoro muito.

— Você não acha ingenuidade sua, não?

— Não sei por quê! Ao contrário, acho que é falta de maturidade sua estar a pensar duma maneira dessas.

— Hum... Já reparou que está anoitecendo?

— Já, já. E daqui a pouco tenho que ir embora para casa.

— Que é que você tem que fazer?

— Nada, mas é que estou numa casa estranha. É de amigos, mas tenho que respeitar as normas da casa.

— Você já viu pôr-do-sol em Luanda?

— Ah, muitas vezes! Estou farta de ver. Conheço até isso como as minhas mãos.

— E onde você prefere ver o pôr-do-sol?

— Ah, muito longe daqui. Lá para a Corimba. Você ainda não conhece, não?

— Não.

— Qualquer dia vai conhecer. Eu não o posso levar lá porque não tenho transporte. Mas você, como jornalista que é, vai conhecer naturalmente tudo.

— Você vai comigo?

— Pode acontecer até, sei lá!

— Por falar nisso, estive num desses dias aí vendo o sol cair na ponta da Ilha. Bonito!

— Mas afinal quando é que você chegou?

— Há um mês. E se você não tem transporte, eu tenho.

— Ah, sim? Já tem transporte e tudo?

— Não se esqueça de que eu vim recrutado pelo MPLA.

— Daí todos os privilégios, não é? Acho muito bem. Nós temos que receber bem os estrangeiros, especialmente os jornalistas, que é para nos tratarem bem.

— Como assim?

— Sim, porque há alguns que vêm cá e depois vão dizer lá fora aquilo que não vêem. Mas não vamos voltar a este tom de conversa, está bem?

— ... E se a gente fosse para o meu quarto?

— Fazer o quê?

— Lá a gente estaria, sei lá, mais tranqüilos.

— Eu acho que não. Aqui está tão bom o ambiente! Eu gosto é de ver pessoas, não gosto nada de estar a dois, só, assim...

— E por que não?

— Porque não me apetece nada neste momento ir para o seu quarto! O que é que eu vou lá fazer?

— Você está reagindo como uma puritana, sabia?

— Não é nada disso. Não tenho nada de puritanismo, mas aqui estou tão bem! Tem ar-condicionado, tem pessoas, tem música!

— O que é que há? Você acha que eu tenho segundas intenções?

— Sei lá! Mas isso também não me preocupa muito.

— Pois eu vou lhe dizer: tenho.

— Ah, tem?

— Tenho. Simpatizei com você.

— E você pensa que é logo assim, à primeira, que se leva uma mulher para o quarto? Vem beber um copo, só, e está o caso arrumado?

— E por que não?

— Ah, não, isso não funciona assim, meu amigo! As pessoas primeiro têm que se conhecer. Às vezes até funciona, mas, olha, hoje não dá nada.

— Mas por que não?

— Porque não! Porque escolheu a pessoa errada, naturalmente.

— Mas eu nem conheço você!

— Pois, exatamente por isso.

— Pelo que estou vendo, você se considera uma mulher difícil.

— Não é isso. E acho melhor mudar o tom de conversa, porque se não vai acabar a nossa amizade à primeira vista, já.

— Que amizade?

— A amizade que podíamos construir. Você veio para ficar durante x tempo, e naturalmente precisa de pessoas para conversar. Eu também.

— Mas você está me rejeitando!

— Não. Estou rejeitando uma proposta sua que, de certo modo, é desonesta. Você sentiu assim logo tão rapidamente o amor à primeira vista? Ou tem andado esse tempo todo sem mulher e agora quer uma, de repente? Pois não é este o caminho certo.

— ... Você não acha que já bebeu o suficiente?

— Por quê? Está a correr comigo?

— Estou simplesmente lhe fazendo uma pergunta.

— Acha que estou bebendo demais, é? Continua a contar os copos que eu bebo?

— Não, mas quero saber se você continua lúcida.

— Por enquanto estou, e como tal já vi que estou a ser indesejável. Realmente já está na hora, tenho que me ir embora. Podemos nos encontrar num outro dia qualquer, isso agora depende de si. Naturalmente que até o decepcionei.

— Talvez este seja apenas o começo.

— Nunca se sabe. Pode ser que nós tenhamos ainda um *happy end*, por que não?

— Como é que eu faço para te encontrar?

— No mesmo sítio onde me encontrou hoje. Eu vou muitas vezes ao correio, também.

— E como é teu nome?

— Maria José. Mas é mais fácil outra situação: eu posso telefonar aqui para o hotel. Só queria saber o seu número de quarto, se me permitisse.

— Você é que quer tomar a iniciativa, então!

— É que é mais fácil para mim, e porque não tenho telefone em casa. Se tivesse, naturalmente que até lhe daria o número. Como não tenho, é melhor eu telefonar para si, se estiver interessado.

— Certo. Mas por que você me trata por "si", "você"? Eu já percebi aqui que as pessoas, em geral, tratam as outras por "tu".

— Sim, mas quando nós não nos conhecemos bem, e quando o tratamento não é familiar, nós usamos o "você", ou "o senhor". Neste momento "o senhor" já caiu, de certo modo, em desuso. Usa-se mais "camarada", mas o "você" continua. Eu acabei de o conhecer, naturalmente que não posso já entrar na campanha do "tu". Mas, se chegarmos a um acordo, também pode funcionar de imediato.

MIZÉ 2 — A foice

"Você diz isso porque não é negra!"

— Por que é que você me telefonou?

— Ora, para o ver de novo, saber se está mais calmo, mais ambientado, o que está fazendo neste momento. E porque eu também necessito de conversar com as pessoas. A comunicação existe, é uma necessidade em qualquer pessoa normal, não?

— E, no entanto, na última vez em que a gente se viu, me pareceu que você era uma mulher muito independente!

— Independência não é sinônimo de falta de comunicação.

— Certo. Onde é que você vai me levar?

— Você já conhece Luanda suficientemente bem?

— Não. Você conhece?

— Muitíssimo bem. Isto é a minha terra! Já viu o pôr-do-sol na Corimba?

— Não.

— Então podemos ir para lá hoje, se está disponível.

— Está bem. Mas tenho impressão que você tem alguma coisa para me dizer, não?

— Isso podemos ver pelo caminho. Vamos conversando.

— Por exemplo?

— Que é que eu tenho para lhe dizer? Naturalmente não lhe vou fazer nenhuma declaração de amor, se é disso que está à espera!

— O que eu sei é que eu queria te fazer muitas perguntas.

— Se não forem indiscretas, eu lhe respondo.

— Por exemplo: não vou falar de agora. Hoje estamos aqui, amanhã não sei. Mas ontem, ou melhor, anteontem, você estava onde? Você veio de algum lugar, não caiu assim do céu, deve ter um passado.

— Naturalmente! Nasci, cresci, vivo. Todos nós temos um passado.

— Sabe o que eu acho? Que você tem uma grande casca.

— O que é isso de "casca" em brasileiro?

— Uma coisa que te protege.

— Uma couraça?

— É. Uma espécie de couraça, difícil de romper.

— Não sei por quê!

— Eu também não sei, é só uma impressão.

— Pois pode perguntar!

— O que é que mais te vem à mente quando você fala do teu passado?

— A minha juventude, a minha infância. Foram as melhores épocas da minha vida.

— Onde é que você passou esses períodos?

— Aqui na minha terra, em Luanda.

— E o que é que você lembra dessa época? Da sua infância, por exemplo.

— Lembro-me que estudava, que não tinha preocupações. Tive uma infância feliz, uma juventude feliz. Divertia-me, estudava, ia à praia, tinha amigos. Também hoje tenho muitos ainda. Uma convivência. Tinha o mínimo indispensável para as pessoas se sentirem felizes.

— Sim, mas você diz isso porque não é negra!

— Nem por isso.

— Você é negra, por acaso?

— Não sou negra dentro do contexto que existe. Sou mulata, por quê?

— É esse o termo que se usa também aqui em Angola?

— É.

— Mas você não é bem mulata!

— Sou o quê? Sou filha duma mulata e dum branco. Quer dizer, sou cabrita.[2] É tal?

Racista?

— Teus pais faziam o quê?

— O meu pai era comerciante. A minha mãe era doméstica. Vocês lá também usam esse termo de doméstica? A pessoa que está em casa a trabalhar, só?

— É, prendas domésticas. Teu pai era angolano?

— Não, era português. A minha mãe é que é angolana. O meu pai já morreu.

— E o que é que você, quando pensa no teu pai, lembra de mais forte?

— Da amizade que ele tinha por mim e da falta que ele me faz. Um amigo.

— O que é que ele veio fazer em Angola?

— Veio arranjar um melhor meio de vida, como fizeram milhares de portugueses que para cá vieram. Um melhor modo de vida de ordem material, especificamente.

— E onde é que ele se estabeleceu? Fazendo o quê?

— Aqui em Luanda. Comércio.

---

[2]*Cabrito*, de acordo com mestre Aurélio Buarque de Holanda Ferreira, é moreno, mulato.

— Enriqueceu?

— Não, nunca. Vivíamos bem, mas o meu pai nunca foi rico.

— E por que você acha que ele não enriqueceu?

— Talvez não tivesse queda para o comércio, não sei. Eu via, ali alguma coisa falhava, mas nunca me debrucei sobre isso. Sei que ele não era rico, e não nos deixou fortuna nem herança.

— E teu pai, como português, você acha que ele era racista?

— Não. Não acho que ele fosse racista. Nunca vi nenhuma manifestação racista da parte dele. Não é por ser meu pai, mas é verdade.

— Ele não falava mal dos negros?

— Não. Nunca percebi que ele falasse mal dos negros, com intenção de ferir a cor da pele. Falava em divisões de classes, muitas vezes. Aliás, ele diferenciava perfeitamente bem as classes, quer fossem negros ou não. Mas isso não é racismo.

— Ele era pela independência de Angola?

— Não sei, acho que ele era apolítico. Eram coisas sobre as quais nós conversávamos muito pouco, porque ele tinha muito medo. Felizmente morreu antes da independência. Digo "felizmente", porque, senão, não sei o que teria acontecido.

— Como é que era a vida na tua casa?

— Uma vida normal. Meus pais entendiam-se, davam-se bem, tiveram filhos, criaram-nos. Aquilo que nós podemos dizer "normal", dentro de qualquer família.

— Ele certamente tinha empregados, não? Se dava bem com eles?

— Muito poucos, mas tinha. Dava-se, dava-se bem. Os empregados que eu conheci quando nasci foram aqueles que morreram lá em casa também. Nunca abandonaram o meu pai.

— Gostavam do seu pai, ou simplesmente eram fiéis?

— Gostavam dele, por isso é que não o abandonaram. Gostaram sempre de trabalhar com ele, e tratavam-nos sempre com muito carinho, a nós, os filhos da casa.

— Teu pai te ensinou muita coisa?

— Muito. Ensinou-me a conhecer o meu país, neste momento país. Ensinou-me a gostar das pessoas, a ser uma pessoa humana, ensinou-me muita coisa.

— Ele te aceitava da mesma forma que aceitava um filho homem? Ou havia alguma diferença pelo fato de você ser mulher?

— Não. Embora eu fosse mulher, até era a preferida em relação aos filhos homens, na convivência dele. Eu era a filha que ele mais procurava para conviver, talvez porque tivéssemos feitios muito iguais. Ambos éramos rebeldes a uma série de coisas. Dentro dos nossos feitios, éramos muito parecidos.

— Rebeldes em quê?

— Na maneira de reagir. Estávamos sempre contra tudo, praguejando, sei lá! Discutíamos muito, tínhamos sempre opiniões diferentes, que no fundo convergiam. Era assim uma amizade, não se pode dizer bem entre pai e filha, mas entre dois irmãos.

O único

— E quando é que você começou a perceber que Angola tinha condições de ser um país?

— Tive pessoas que me conduziram a isso, não fui eu que percebi sozinha. Amigos, pessoas mais velhas do que eu, me começaram a abrir os olhos, e eu enveredei por isso. Acho até hoje que fiz muito bem, não estou nada arrependida.

— Mas teu pai era português. Que interesse ele tinha de que Angola fosse independente?

— Para ele era igual que Angola fosse ou não independente. O modo de vida dele mantinha-se na mesma.

— Se teu pai fosse vivo hoje, você acha que ele estaria contente?

— Não sei, mas estaria cá. Meu pai veio muito jovem, e esteve vinte e cinco anos sem voltar à terra dele. Ele não abdicava disto de maneira nenhuma. Constituiu isto como sua terra própria.

— Você disse que teu pai era apolítico...

— Sim, não se metia em política, não era indivíduo que tivesse uma direção política definida, mas gostava muito d'Angola. E tenho a certeza de que, se ele fosse vivo, não sairia.

— Teu pai alguma vez ajudou o MPLA?

— Não, nunca ajudou. Também não sei se alguma vez foi solicitado nesse aspecto, penso que não. Mas, por tudo quanto eu percebi, ele não era totalmente contra. Pelo menos não era dos indivíduos que tinham medo do Movimento.

— E você aderiu ao MPLA...

— Sim, com o conhecimento até da minha família. Meus pais sabiam.

— E por que ao MPLA, e não a outro movimento?

— O MPLA era o único que nós podemos, até hoje, dizer que era um movimento de vanguarda, que nos convinha. Foi o primeiro movimento que surgiu em Angola, até. E não foi por ser o primeiro que eu aderi, mas porque era o único que reunia condições para levar qualquer angolano de bom senso para o seu movimento.

Bichas? "São necessárias."

— Você gosta da tua voz?

— Da minha voz, como?

— Você nunca se ouviu, por exemplo, na rádio?

— Não, nunca calhou.

— E você acha que é uma boa locutora?

— Não sei. Já fiz alguma coisa na rádio. Aliás, continuo na rádio, porque até agora ainda não estou despedida. Mas eu pessoalmente não gosto da minha voz, o que é natural em qualquer profissional de rádio. Ele nunca gosta de se ouvir a si próprio.

— E as outras pessoas?

— Dizem que sim, que minha voz é boa, que tenho uma cadência muito boa. Recebo cartas até d'amor, só porque gostam da minha voz, e não conheço nem sequer os indivíduos, nem eles a mim, veja lá!

— Ou será que eles te escrevem exatamente porque não conhecem a pessoa?

— Ah, talvez também seja isso! Apaixonam-se só pela voz, é ótimo!

— Mas você sabe que eu não vim aqui hoje para falar da tua voz...

— Então, o que é que se passa?

— A cada dia que passa eu entendo menos o teu país.

— Não sei por quê! As coisas são todas tão claras, tão evidentes! Estão a seguir o ritmo normal de qualquer revolução que está a começar.

— Talvez para você seja um ritmo normal. Para mim, não.

— Por quê? Se calhar, é porque veio de um país absolutamente diferente, que nunca sofreu revolução nenhuma, não?

— O problema é o seguinte: estou colaborando num jornal...

— O *Jornal de Angola*?

— É. E estive observando há vários dias um número enorme de filas, ou melhor, de bichas, como vocês chamam aqui. Achei que devia fazer uma matéria sobre isso. Entrevistei algumas pessoas nas bichas, que, aliás, não estavam nada contentes. Reclamavam, refilavam.

— Claro.

— Fiz até o que eu considero uma boa matéria, honesta, procurando analisar o porquê das bichas, e levei o artigo para o redator-chefe. Ele olhou para mim e disse apenas: "Meu filho, você não sabe de nada. Guarda isso."

— Mas é que você não tem que meter a foice em seara alheia.

— Pois para mim não existe seara alheia! Estamos todos na mesma seara. Achei que não era normal haver bichas, e que isso podia interessar ao público. Tentei saber, afinal, por que é que há bichas. E por que é que o cara não quis publicar? Me explica!

— Da mesma maneira que eu não tenho que lhe dar explicações! Se for um jornalista angolano a publicar uma matéria desse jeito, absolutamente de acordo, naturalmente que eu até aceite! Já um estrangeiro não tem direito de fazer isso, porque é a organização interna do país.

— Mas quando eu fui convidado não me disseram que...

— Você continua com a sua carteira de estrangeiro, não tomou a nacionalidade angolana. Ou tomou? Não, você é um estrangeiro, e veio fazer um trabalho para o MPLA. Naturalmente que vai escrever para qualquer parte, só não tem muito que se meter nos assuntos internos. Hoje existem as bichas. Não são agradáveis a ninguém, mas são necessárias.

— Necessárias por quê?

— São necessárias nos moldes do país, neste momento. É uma coisa que será ultrapassada, num tempo mais ou menos longo ou breve, não sei, tudo depende das condições. Pois é um mal necessário que existe no momento, e todo angolano tem por obrigação compreender que tem que ir mesmo para a bicha.

— Sabe qual é a impressão que eu tenho? Que você está querendo me esconder uma verdade, e está usando para isso um argumento nacionalista.

— Não estou usando argumento nacionalista nenhum! É necessário que neste momento existam as bichas, ponto.

— E por quê?

— Porque nós estamos a atravessar uma guerra. A guerra ainda não acabou, nós temos aí os sul-africanos à porta. Angola acabou há muito pouco tempo de ser independente, temos que reorganizar o país! Naturalmente que os gêneros têm que ser racionados. As pessoas têm que entender isto!

— Então eu vou falar sobre o quê?

— Fale de outras coisas quaisquer que possam existir dentro de Angola, e até do contexto político internacional. Agora, sobre as coisas internas de Angola, eu acho que é de muito mau tom meter aí o nariz.

Três filhos num mês

— Não sei se isso vai te interessar, mas tenho uma empregada em casa que...

— Ah, já arranjou casa!

— Já, um apartamento.

— Que ótimo! Tocou-lhe empregada e tudo!

— Não tenho direito?

— Tem. Todos os direitos!

— Se não, quem vai fazer o trabalho em casa? Eu trabalho fora o tempo todo.

— Pensei que você ainda estivesse no hotel, por isso estava achando estranho.

— Pois eu já tenho casa. Aliás, quando você quiser, está à sua disposição. Não sei se irá, mas enfim... Aliás, ainda não me esqueci daquela recusa.

— Está bem, mas já passou. Vamos conversar sobre outras coisas. Só não venha também fazer perguntas muito indiscretas.

— Só queria te contar uma: tenho uma empregada quimbundo, que parece ser uma pessoa profundamente infeliz.

— Coitada! Por quê? Deve ter problemas de qualquer ordem. Familiar, por exemplo.

— Tem. E entre os problemas que ela tem, acabou de perder três filhos num mês.

— O quê? Na guerra?

— Não. São filhos pequenos. Miúdos, como vocês dizem.

— Morreram de doença, é?

— É.

— Normal!

— E essa mulher não tem sequer a capacidade de achar que há algum problema aí! Sabe o que ela me disse? "É, eu dou mesmo azar!"

— Isso são conceitos que as pessoas têm. As pessoas dessa camada, em Angola, estão ainda muito relacionadas com o misticismo, com uma série de situações. Agora, ela deveria é ter levado as crianças ao médico. Não sei o que possa ter acontecido, de que doença morreram, mas isso é normal.

— Você tem filhos?

— Tenho um. Por quê?

— Você o leva aos médicos aqui?

— Quando necessário, levo.

— Sabe por que estou perguntando? Estou fazendo outra reportagem.

— O quê? Sobre a medicina em Angola, é?

— Sobre os hospitais de Luanda.

— Bem, eu ainda não fui aqui a nenhum hospital.

— Mas eu fui, por exemplo, ao hospital pediátrico, e o que eu vi lá não me pareceu nada agradável.

— Naturalmente, neste momento as coisas não podem estar a funcionar corretamente. A maior parte dos médicos foi-se embora, e nós estamos a recrutar médicos. Os poucos que ficaram não chegam para atender todo o público. O que é que espera? Encontrar um modelo de hospital, é?

— Não, mas vi médicos ali, cubanos especialmente, que não me parecem adaptados à realidade do país. Parece que não conhecem bem os costumes, e nem sequer dominam a psicologia deste povo para entender bem...

— Mas se eles acabaram de chegar, como é que podem fazer?!

Se ficarem cá ao longo do tempo, naturalmente que se vão adaptando e conhecendo! Eles vieram substituir os portugueses e os angolanos que se foram embora, e...

— Espera aí...

—... não é de um dia para o outro que eles vão entender a mentalidade das pessoas.

— Assim você vai acabar justificando tudo!

— Não estou a justificar nada!

— Tudo!

— Então você não vai conversar comigo mais!

— Tudo agora é justificável simplesmente porque a Revolução está começando a se instalar, porque ainda é pouco tempo! Então tudo quanto aconteça, tudo quanto é erro, vai ser justificado sempre porque é a Revolução que está em marcha. Acho que isso não é muito correto!

— Mas nós estamos mesmo no princípio, não se pode exigir mais! Que é que você quer que se faça?

— Pois eu ouvi gente dizer: "Eu não vou mais ao hospital, porque, se eu digo que estou com dor no joelho, eles me cortam a perna!"

— Ah, isso é propaganda reacionária! São as pessoas mal esclarecidas! Também não é tanto assim! Lá porque houve necessidade de se cortar um braço ou uma perna a uma pessoa, agora pensam que vão cortar tudo. Não cortam coisa nenhuma!

— Você diz isso porque não foi teu braço que cortaram!

— Ainda não aconteceu. Mas, se for necessário, também tenho que cortar. Isso é propaganda reacionária!

— E quando teu filho ficar doente, você vai levá-lo aonde?

— Ao hospital! Não tenho mais outro sítio nenhum para o levar, nem estou a escolher o médico que o vai consultar. Ele vai mesmo ao hospital.

— Qualquer nacionalidade serve?

— Qualquer. É o médico que estiver de serviço que o vai atender.

"Medo de ficar em Angola, é?"

— Eu vim hoje te ver por uma razão muito simples.

— Já sei! Você conhece as histórias todas para me contar. Que mais, tem mais alguma? Conte lá!

— Hoje eu não tenho história nenhuma. Se bem que já começo a ter bastante!

— Por quê? Já se está sentindo mal em Angola? Não gosta do clima? Ou não gosta das pessoas?

— Não, as pessoas até são gente como em qualquer parte do mundo.

— Então é missão cumprida?

— Não sei. Há qualquer coisa em Angola que cansa a gente!

— Deve ser o calor.

— Ou é o cacimbo?[3]

— Também. Você não está habituado a este clima.

— Não é isso. Você é que está me escondendo alguma coisa.

---

[3] *Cacimbo* — "...estação do frio. Inverno tropical. Relento. Orvalho. Esta quadra, que principia a 15 de maio e acaba a 15 de agosto, é caracterizada por densos nevoeiros, mormente de noite. Ao orvalho que então se forma, bem como à poeira aquosa, dá-se o nome da própria estação. Não chove. Mas, por vezes, o nevoeiro reduz-se a uma tênue chuva." Óscar Ribas, *in Misoso — Literatura tradicional angolana*. Luanda, I.N. — U.E.E., 2ª. ed., 1979, p. 214.

— Não tenho carta nenhuma na manga, não tenho nada para esconder. Você que é jornalista é que tem que estar atualizado, não eu!

— E tem mais: sabe por que você está me escondendo? Porque eu sou estrangeiro.

— Nem pouco mais ou menos. Não pense nisso!

— É! Até agora você tem sempre estado a defender...

— A defender o quê? O meu país? Então eu não hei de o defender?

— Eu não estou falando do teu país.

— Então está a falar de quê?

— É que eu não entendo muito bem o que está acontecendo com a gente.

— A gente, quem?

— Não sei o que é que eu venho fazer com você, e não sei o que é que você faz comigo.

— Conversamos! Acho que, de certo modo, já temos uma amizade construída. Ainda está aí com dúvida, é?

— Não temos amizade nenhuma.

— Ah, não? Mas conhecemo-nos, pelo menos. Entendemo-nos, de certo modo, nas conversas que temos. Ou há alguma necessidade por trás disso?

— Você é cínica!

— Ah, é? Explique lá por que, porque eu não sei.

— Porque tem mais vivência que eu.

— Sim, sou mais velha, naturalmente!

— Não é o que eu quis dizer.

— Não, mas acontece. É a verdade dos fatos, conte lá!

— Eu tenho medo de acabar me apegando a isso aqui.

— Medo de ficar em Angola, é?

— Não. De me apegar a você.

— Ai, é? A mim?! Ah, esteja livre desse perigo, porque eu tenho uma couraça que me defende.

— É só uma couraça.

— Sim, mas protege-me, vá lá!

"Presidente, os soviéticos estão a foder com este país!"

— Estou sabendo de coisas que talvez não agradem ao teu nacionalismo, e começando a sentir um peso muito grande nas costas. Talvez até você diga que eu sou meio maníaco, e quem sabe sou mesmo? Mas há certas coisas, que acontecem neste país, que são evidências...

— Se calhar, são próprias da fase, não? Conte lá!

— Fiquei sabendo de um pescador que continua morando, até hoje, lá onde mora o presidente Neto, no Futungo de Belas. Sabe alguma coisa dele?

— Não conheço os pescadores todos de Luanda! E o que é que tem isso de importante, que ele more no Futungo?

— O que talvez importe é o seguinte: é um português analfabeto, que sempre pescou lá, antes do Neto pensar em fazer daquele lugar o recanto presidencial. Esse homem começou a perceber que a pesca, hoje, não é mais a mesma.

— Olhe, meu amigo, eu vou lhe dizer uma coisa. Primeiro, não vais tratar o Neto com essa familiaridade, porque ele é o presidente da República Popular de Angola! Segundo: que o pescador continue a viver lá no Futungo, é justo. Se ele vivia lá, não tinha nada que ser excluído daquela zona, só porque se tornou uma zona de residência do camarada presidente. Acho absolutamente certo que ele continue lá a viver. As pessoas não são única e simplesmente expulsas das zonas onde vivem só porque não-sei-quantos! Isso é a democracia que existe em Angola. Agora, que a pesca seja diferente, não sei por quê! Os peixes fugiram?

— Qual é o tamanho dos peixes que se come hoje em Angola?

— O normal! O tamanho que existe nas águas de Luanda.

— Pois é bem pequeno!

— Não, até é grande, comprido. É o peixe-espada!

— Está vendo como você continua me escondendo coisas?

— Não estou escondendo coisa nenhuma.

— Você sabe o que é que comentam que esse pescador já disse várias vezes ao presidente?

— Você que é jornalista é que tem que me fornecer as informações. Diga lá!

— "Presidente, os soviéticos estão a foder com este país!"

— Por causa da pesca?

— Não sei.

— Se é pescador, tem que ser por causa da pesca! Não sei o que é que se passa por aí.

"Neste momento toda a gente se aproveita."

— Olá, Zé! Vim procurá-lo porque quero saber se já investigou bem aquela questão da pesca. O pescador continua lá ou não?

— O pescador continua. Os peixes é que talvez não.

— Não me diga que fugiram com a Revolução também?! Tiveram medo?

— O que parece é que há algo de estranho nos acordos sobre a pesca.

— Olha, eu não tenho nada a dizer sobre isso, porque não pertenço ao Ministério das Pescas. Mas nós sabemos perfeitamente bem que, neste momento em Angola, toda a gente se aproveita para vir tirar o capim verde que ainda existe. Os angolanos não estão a dormir, estão a ver. Um dia naturalmente isso vai ser posto no lugar. Mas, espera aí, os soviéticos levam mesmo o peixe todo? Tu é que sabes disso, conta lá!

— Não sei se levam. Sei que aqui eles não deixam.

— Mas se não deixam é porque levam!

— E você sabe que o peixe é a base...

— ...da alimentação, e da economia também, de certo modo. Realmente, andamos com falta de peixe, e nunca se poderia esperar isso de um país que nos veio ajudar em todas as frentes, que sempre disse que ajudou Angola. E parece que ajudou mesmo, concretamente até, durante o tempo da clandestinidade. Mas, olhe lá: isso aí não serão também as bocas da reação a falar?

— Eu não estou a serviço de reação nenhuma, posso te garantir.

— Não é isso que te estou a perguntar.

MIZÉ 3 — Viajando

Liamba? "Não gostei. Você fuma?"

— Você já fumou liamba alguma vez na vida?

— Já experimentei, mas não gostei. Deu-me um sono tão grande que não deu para resistir. Dormi, e não achei gosto nenhum naquilo. Quis experimentar porque estava muito em voga.

— Parece que a liamba de Angola é famosa.

— Lembro-me perfeitamente bem que a liamba era utilizada no tratamento de certas doenças dos animais, das galinhas, dos porcos, dos bois. Para isso, era. Agora, como vício de fumo de pessoas, que eu saiba não existia. A droga foi introduzida em Angola, especificamente em Luanda, pelos estrangeiros. Até aqui usava-se liamba realmente para tratar de doenças dos animais.

— Espera. Eu já vi velhos aqui, na Ilha de Luanda mesmo, fumando liamba...

— Sim.

— ...no cachimbo. E então?

— No cachimbo as pessoas fumam, mas isso é vulgar, não é só na Ilha. Em Angola isso existe em determinadas tribos, como, por exemplo, entre os quiocos. Fumam liamba desde muito jovens. Desde crianças, praticamente. Mas é uma coisa que faz parte do dia-a-dia. Que eu saiba, não é com o sentido de droga mesmo. Não é como se faz, por exemplo, na Europa, em que as pessoas fumam liamba para se drogarem. Aqui, em certas tribos, elas fumam porque é um hábito tradicional.

— E qual é a atitude do governo em relação a isso?

— Neste momento não sei. Durante o tempo colonial, a coisa era muito reprimida dentro das cidades, porque havia um abuso por parte dos jovens. Nós sabemos perfeitamente bem que toda droga conduz à destruição duma pessoa. Então, no tempo do colono, o governo combatia fortemente a droga dentro das cidades. Neste momento, penso que as leis ainda são as mesmas, e logicamente terá que haver também uma certa repressão em relação à droga. E você agora vai me perguntar o que eu acho especificamente disso. Pessoalmente, não sou a favor nem contra. Não gostei. Mas acho que qualquer pessoa consciente deve saber se opta ou não pela droga. Um jovem tem que ser conduzido. Agora, depois de vinte e um anos, a pessoa já sabe se deve ou não fumar. Por quê? Você fuma?

— ... O chá de liamba, em Angola, existe?

— Que eu tenha conhecimento, não. O único país que eu conheço, onde existe o chá de liamba, para pessoas a partir de uma certa idade, especificamente desde os quarenta e cinco para a frente, é a África do Sul. Autorizadas pela lei para tomar chá, não é para fumar. Em Angola não sei se existe.

— A liamba é a mesma? A de Angola e a da África do Sul?

— Há uma mesma espécie de liamba. E lá eles têm mais outras. Têm três espécies de liamba, pelo menos, na África do Sul. Em Angola, que eu saiba, só existe uma. Mas eu não sou professora na matéria.

— Que espécies são essas?

— Na África do Sul existe a liamba de folha vermelha, a de folha verde, que é igualzinha àquela que existe em Angola, e também a de folha preta. Quer dizer, não é bem preta; é um verde muito escuro, com tonalidades pretas. E qualquer dessas liambas lá funciona como chá para as pessoas.

— Como é que você sabe dessas coisas?

— Porque convivi muito com os sul-africanos. Foram eles mesmos que me forneceram essas informações.

— Mas quando, se os sul-africanos são inimigos de Angola?

— Inimigos neste momento. Antigamente eram aliados dos portugueses, e havia toda uma fronteira praticamente livre, que se podia atravessar a qualquer momento, entre Angola e a África do Sul.

— Você esteve lá?

— Sim, fui lá várias vezes, muitas vezes mesmo, à África do Sul.

— E qual era o povo de Angola que estava mais próximo da África do Sul?

— Cuanhama.

Cuanhama, viagem 1. E uma conversa de xaxa.

— Você conheceu os cuanhamas?

— Conheci. Trabalhei lá, até.

— E você guarda o que, desse tempo dos cuanhamas?

— Uma boa memória. Eu gostei de trabalhar lá, de fazer trabalho com o povo.

— Como é que são esses cuanhamas?

— São uns indivíduos que têm uma vida totalmente diferente do resto das populações de Angola. Vivem do gado. De certo modo são nômadas, devido às secas que existem no Cuanhama. São pessoas absolutamente coerentes com a sua maneira de ser, e absolutamente independentes. Não são indivíduos a quem se possa ir insuflar idéias de um momento para o outro. Têm a sua maneira de ser própria, como qualquer povo nômade. O cuanhama é um povo do deserto que tem as suas defesas de ordem física, e não só.

— Enquanto você está falando dessa coerência dos cuanhamas, eu estou pensando aqui que eles são conhecidos em Luanda, por exemplo, como sendo da proteção do governo.

— Claro, porque são fiéis.

— Há muitos cuanhamas até na Guarda Presidencial, não?

— Não faço idéia.

— Pois o que eu soube é que eles têm um papel importante na segurança de Angola.

— Devem ter. Como qualquer angolano.

— Mas não é sobre isso que eu quero falar. O que me interessa agora não é tanto a política. Não hoje, pelo menos.

— Ainda bem. Finalmente!

— Era mais os cuanhamas mesmo.

— E o que é que você quer saber?

— Por exemplo, os colares dos cuanhamas. Os homens usam colares, não?

— Usam, porque, como qualquer povo, qualquer tribo em Angola, as pessoas normalmente são analfabetas. Há uma grande percentagem de analfabetismo. O cuanhama usa colares porque não sabe contar. A riqueza de qualquer cuanhama é o gado, e ele conta-o através de contas, que traz penduradas ao pescoço. Daí usarem colares de miçangas, especificamente. Cada miçanga quer dizer um boi que existe na manada. Quer saber mais? Como eles são um povo de gado, eu lhe posso dizer que a base da alimentação é o leite azedo. Mais quê?

— A mulher cuanhama.

— Ah, não sei. A mulher cuanhama é uma mulher como outra qualquer.

— Você se lembra de alguma?

— Conheci tantas lá! Eu não fui especificamente para estudar a mulher cuanhama, mas lembro-me de uma que não conheci no Cuanhama. Conheci-a no antigamente Sá da Bandeira, cidade que hoje se chama Lubango. Uma senhora que é mesmo cuanhama de lá dos sítios, lá ao pé da fronteira com o então sudoeste africano. Teve três profissões: professora, enfermeira e locutora da *Voz de Angola*, do tempo do branco. Ela era puro cuanhama: forte, grande, potente. De espírito e de físico. Era uma senhora que, dentro da cidade, fazia a sua vida como qualquer pessoa normal: vestia os seus vestidos, as suas saias e blusas, punha meias e sapato alto. Mas quando tinha que ir visitar a mãe dela, que vivia no sudoeste africano, porque o cuanhama não tem fronteira, a fronteira foi imposta, ela não tinha problemas nenhuns em atravessar a fronteira com a sua saia de cuanhama, com as miçangas à volta da cintura e à volta do pescoço. Essa é a melhor cuanhama que eu conheci. Nunca deixou perder as suas qualidades intelectuais, morais e físicas. É uma das características dos cuanhamas: nunca perdem a sua identidade, nem a sua personalidade.

— Algum outro costume da mulher cuanhama te chamou a atenção?

— Os costumes em Angola são um bocadinho relacionados, não é? De certo modo, são parecidos de tribo para tribo. Por quê?

— Eu queria saber, por exemplo, sobre a liberdade sexual das cuanhamas. Você pode até me dizer que esse negócio de liberdade sexual é coisa de estrangeiro, mas, no fundo...

— Por que é que você não vai ao Cuanhama fazer um estudo sobre isso?

— Antes de ir ao Cuanhama, eu tenho que aprender a chegar aqui. Eu ainda nem bem cheguei a Luanda!

— Se você já está de partida, como é que não chegou?

— Como é que você sabe que eu estou de partida?

— Você me disse que tem mais pouco tempo em Angola!

— E você acha que deve acreditar em tudo o que eu digo?

— Em princípio, sim! Por que é que eu hei de duvidar das pessoas?

— Observe os fatos: eu já estou aqui há mais de um ano!

— Então é altura de você dar uma chegadinha ao Cuanhama! Se está tão interessado em saber dos usos e costumes, melhor ver *in loco*. Não é bem daqui de Luanda que as coisas se podem ver, nem sou eu a pessoa mais própria para lhe transmitir informações.

— Acontece que eu não estou interessado só nos cuanhamas. Estou, por exemplo, interessado também em você.

— Ah... mas isso é uma coisa à parte!

— Não, não é.

— É.

— E vou te dizer mais: neste momento, a única maneira de ir aos cuanhamas e continuar com você é conversar com você sobre os cuanhamas.

— Olhe, isso parece-me assim uma conversa de... de café.

— Você disse que aqui em Angola já não há!

— Pois não há, mas já houve, e eu sei como é que essas conversas se passam. É melhor nós continuarmos a construir a nossa amizade, e deixarmos de lado tudo quanto possa perturbá-la.

— Se você insiste em chamar isto de amizade, eu insisto em achar isso parte da tua carcaça.

— Quer dizer que você não tem nem o mínimo sentido de amizade em relação a mim? Então por que é que me procura? Isso já é conversa de xaxa.

— Como é que é?

— Conversa de xaxa mesmo.

— O que quer dizer isso?

— Conversa que não tem interesse nenhum. *Xaxa* é uma gíria que se usava muito.

— Xaxa ou não, agora falando sério: este país está me fazendo perder todo o meu bom humor.

— Não sei por que, mas isso aí é a destruição da própria pessoa. E eu penso que nós devemos fazer todo o possível para conservar o nosso senso de humor.

— Certo, mas o que é que você tem feito para me ajudar?

— Não tenho nada que o ajudar! Você veio para aqui voluntariamente. Agora encontrou aqui um muro, é? Um ponto de apoio? Não, meu amigo! Eu sou sua amiga, considero-me como tal, embora você não. Aliás, eu acho que o tenho ajudado. Então não tenho feito companhia?

— O fato é que você diz que é minha amiga porque se nega a ser minha mulher.

— Ah, é? Então uma mulher não pode ser amiga também?

— Por quê? Você pode ser minha mulher?

— Nunca se sabe.

Terra de mucubais

— Você conhece o mucubal, não?

— Muito mal.

— O que é que você sabe do mucubal?

— Nada. Sei que é também um povo nômada, que vive entre a cidade e o deserto, e que tem a sua instituição absolutamente à parte de qualquer outra instituição de Angola. Mas eu conheço muito pouco do mucubal.

— Onde é que eles ficam?

— Em Moçâmedes.[4] Ao sul de Angola mesmo.

---

[4]Posteriormente rebatizada como Namibe.

— Moçâmedes é o nome de uma província, isso também já aprendi.

— Então você ainda não viu o mapa de Angola?

— Já vi, sim, o que, aliás, também é difícil encontrar aqui.

— Mas você, como jornalista... Inclusivamente no jornal deve existir.

— Para ser sincero, conheço Moçâmedes, sim. Até já fui lá, só que não vi mucubal nenhum.

— Por quê? Estavam refugiados no deserto, foi? Fugiram da invasão sul-africana?

— ...O que é que você está procurando?

— Um cigarro.

— Você fuma?

— Fumo.

— Pois é a primeira vez que você fuma na minha frente!

— Não me diga isso! Você já deu pelos copos que eu bebo, quanto mais pelo meu fumo!

— O fato é que já estive em Moçâmedes e não vi mucubal nenhum. E também já ouvi falar que os mucubais... Mucubais ou mucubaus?

— Mucubais.

— Você que é de língua portuguesa mais castiça que a minha é que pode dizer, não é? Aliás, vocês aqui falam um português muito mais parecido com os portugueses.

— Com o português de Portugal.

— O que é natural! Angola acaba de ser independente, enquanto nós já nos safamos dos portugueses há mais de século e meio.

— E criaram a vossa própria linguagem. Sim, tudo faz parte de uma evolução.

— Linguagem, aliás, que vocês gostam, não?

— Sim, soa bem ao nosso ouvido, mas não conseguimos imitar.

— Pois você pode até não conseguir imitar o meu sotaque brasileiro, mas talento é que não lhe falta. Você é uma das grandes atrizes que já encontrei na vida. Você representa muito bem aqui no teu país, como num palco...

— O meu país não é palco coisa nenhuma! O meu país é uma realidade. Você é que, se calhar, pensou que vinha para aqui representar num palco. Olha, se calhar, enganou-se.

— É preferível ver nesse país um palco do que outros que o vêem como uma árvore, em que tudo quanto é habitante...

— Olhe, você não vai contar a história do imbondeiro, que veio descobrir antes dos portugueses e depois dos angolanos, está bem?

— Imbondeiro?

— Sim, porque imbondeiro já existia aqui tudo, você não veio descobrir coisa nenhuma!

— Aliás, existe também no Brasil. Sinto muito, mas no Brasil se chama até como um nome mais bonito do que "imbondeiro", nome quase pornográfico! Mas nós não estamos aqui hoje para falar de imbondeiro.

— Nem de pornografia.

— Onde é que nós estávamos?

— Você estava a começar querendo falar dos mucubais. Já foi a Moçâmedes, disse que não viu mucubal nenhum. Acho muito estranho, porque Moçâmedes é a terra dos mucubais. Agora, eu não sei o que é que você queria entender por mucubal: encontrar um indivíduo de tanga, é? Com o corpo nu?

— Espera. Em relação ao imbondeiro ainda, eu queria te dizer que imbondeiro, no Brasil, chama-se baobá. E você há de reconhecer que baobá é uma bela palavra!

— Eu gosto mais de imbondeiro. É mais imponente.

— Porque você é nacionalista, só por isso.

— Talvez.

— Nacionalista de língua portuguesa.

— Não pense nisso. O que há é que a língua portuguesa é a língua oficial em Angola. E por que é que eu não hei de ser nacionalista de língua portuguesa? Naturalmente!

— Você sabe falar outra?

— Não. Não sou obrigada a tal. Até deveria ser! Todo angolano deveria saber falar pelo menos uma língua nacional. Isso não aconteceu durante o tempo colonial por conveniências próprias do sistema.

— Nesse caso, você aprenderia qual?

— Naturalmente que aprenderia a língua que estava mais ligada a mim. Seria neste momento o quimbundo, que foi a terra onde eu nasci.

— O que eu soube sobre os mucubais é que, quando eles estavam na tropa, não se misturavam com ninguém, com nenhum recruta e, ao fim de certo tempo de mutismo, desapareciam.

— Mas na tropa, quando?

— Na tropa portuguesa.

— Sim, mas em que ano?

— Antes de 1974.

— No período já da guerra, então.

— Não sei, soube disso em Moçâmedes.

— Muito engraçado...

— Se eu soubesse de tudo, já não estaria mais aqui.

— Ah, então você veio para saber tudo!

— Não. Eu vim para viver e sair...

— Você veio cumprir uma missão específica, isso sim!

— Que missão? A minha?

— Sim, a sua. Naturalmente que não é a minha!

— E qual é a sua?

— A minha é de angolana que continua a viver no seu país e que tem que contribuir o máximo que puder! Pois fique sabendo:

se os mucubais fugiram, eu não fujo, se é isso que você quer dizer. Por isso é que estou aqui. Isto é o meu país. Não tenho mais que ir para parte nenhuma. E depois? O meu nacionalismo impressiona-o muito, é?

— Nem tanto. Penso até que é uma fase necessária, faz parte da evolução da humanidade. Mas acho que você às vezes exagera.

Cuanhama, viagem 2: "Ele diz 'faço' e faz!"

— Conta mais sobre os cuanhamas. Eu sei que você acha que eu ainda não tenho direito de saber tudo, mas...

— O cuanhama é mesmo aquele indivíduo que é coerente consigo próprio. Quando dá a sua palavra, segue-a cegamente.

— Como é que você sabe disso?

— Porque estive lá um ano e meio, a conviver diretamente com eles no dia-a-dia. E antes disso eu já tinha estado lá três meses.

— Você trabalhava em quê?

— Na educação. São indivíduos que, se você chegar lá, analisam-no a partir do primeiro momento, até pela maneira de você pegar no cigarro. Se eles não gostarem, eles dizem: "Desaparece, que não estás aqui a fazer coisa nenhuma!" São indivíduos que sabem aquilo que querem, o que fazem e para onde vão. Eu gosto muito do cuanhama. De maneira que, neste momento, quando eles estão a defender com unhas e dentes a província do Cunene, por algum motivo é. Senão eles tinham saltado o arame farpado e não tinham problemas nenhuns. Mas não, tomaram uma decisão.

— Que arame farpado?

— O da fronteira. E nessa hora estavam na Namíbia, sem qualquer espécie de problema. Mas eles optaram, tomaram a sua decisão, e fazem isso. Cumprem-na. Pois saiba: se você pedir a um cuanhama para amanhã ir abater um indivíduo qualquer que é seu inimigo, e se ele lhe der a palavra de honra que sim, ainda que você se arrependa à última hora, o indivíduo está morto. É assim mesmo. É um indivíduo que diz "faço" e faz. Para mim, é um povo íntegro. Um povo que não é subornável. É aquele indivíduo que não teme dizer na cara do outro se gosta ou não dele. Se gosta, o outro fica. Se não gosta, é pura e simplesmente irradiado da zona. Pelo menos naquele tempo funcionava assim.

— Que tempo?

— Trabalhei com os cuanhamas até 1973, e gostei muito. Fui bem aceita por eles, por isso consegui trabalhar. Colaborei numa série de aspectos, no que concerne à preparação das escolas das sanzalas mesmo, e não tenho nada contra eles. Tive a felicidade de eles me aceitarem à primeira vista.

— O que você acha que eles percebem na pessoa?

— Eles vêem quando uma pessoa vai com segundas intenções, que não está segura de si, ou que não vai de imediato pactuar com as necessidades prioritárias deles. Por exemplo, eu fui trabalhar para as escolas no Cuanhama. Quando eles perceberam que eu estava inteiramente do lado deles, que não tinham escolas, e que era necessário construir escolas e formar professores, na primeira altura eles aceitaram-me.

— Quer dizer que eles não eram contra a escola?

— Não, antes pelo contrário! Daquilo que eu me apercebi, os cuanhamas nunca foram contra a escola. Eles queriam era escolas que se pudessem chamar de escolas. Não queriam currais, como existiam lá construídos, piores do que currais de gado. Aí eles analisaram, fizeram provas, como fazem a qualquer pessoa; convites que as pessoas fazem, para tomar uma aguardente feita na terra, ou comer um bocado de carne assada. E olhe que eu não estava avisada para isso. Ao mínimo gesto que a pessoa tenha de repúdio, está imediatamente irradiada, porque a partir daí eles já não têm mais confiança na pessoa que para lá foi. São pessoas íntegras. É um povo que tem sido até, neste momento, martirizado. Eu adorei o povo cuanhama, e não me importava de lá voltar para trabalhar com eles de novo. Fizeram-me uma coisa que é prova de que gostam especificamente das pessoas. Como já lhe disse, tenho um filho. E, para que eu não saísse do Cuanhama, ou para que eu voltasse a trabalhar com eles, porque eles gostaram muito de mim e do meu trabalho, eles ofereceram, não a mim, mas ao meu filho, a riqueza que têm, que é gado. Se eu voltar daqui a cinqüenta anos lá, e se a pessoa a quem foi entregue esse gado para guardar estiver viva, esse gado reproduziu-se. Está tudo lá direitinho, que ninguém toca, porque foi oferta ao meu filho, para que eu voltasse para o Cuanhama. Isso é uma verdade: é um povo que funciona assim.

— E você acha que os cuanhamas olham com bons olhos a civilização?

— Qual civilização? O cuanhama tem a sua própria civilização, da mesma maneira que qualquer outro povo, qualquer outra tribo tem. Mas penso que já disse tudo quanto havia de necessário em relação a eles. Já lhe fiz o convite: vá até lá!

"Este país é mesmo seu?"

— Quando é que você começou a perceber que este país era seu?

— Há muitos anos, não foi agora.

— Você se lembra do momento em que tomou consciência disso?

— Sim, estava a estudar no colégio. Ainda não tinha concluído os meus estudos quando, felizmente, tive um professor que, por acaso, nem era angolano, mas era um revolucionário. Brasileiro, também por acaso. Foi um indivíduo que nos abriu os olhos, a mim e a todos os outros, para que olhássemos este país de frente, e que tomássemos a nossa posição como angolanos. Foi a primeira tomada de consciência que eu tive. Tinha 14 anos de idade.

— Sério? Por meio de um brasileiro revolucionário?

— O que, aliás, tem mais importância não é nem que ele seja brasileiro. Nessa altura, estava o Senhor Kubitschek de Oliveira a começar a construir uma cidade que se chama Brasília e que é hoje a vossa capital, o que suscitou muitas divergências dentro do Brasil, sei lá!, toda uma guerra. E eu lembro-me que foi exatamente nessa altura, porque coincidiu com as eleições portuguesas. Foi essa a primeira tomada de consciência em relação ao meu país, feita por um brasileiro. Eu devo lhe agradecer muito, porque ele é que me ajudou, a mim e aos outros, que, se quiseram abrir os olhos, abriram.

— Mas você acha que este país é mesmo seu?

— E por que não?

— Você não vê nenhuma cobiça?

— Por parte de quem?

— De outros países.

— Ah, logicamente que há. Angola é um país rico. Materialmente, economicamente rico: tem petróleo, tem diamante, tem café, tem muitas riquezas, não é? É por isso mesmo que Angola é cobiçada: porque tem todas essas riquezas, é natural que suscite uma série de cobiças. Naturalmente que Angola tem que ter uma situação política diferente da de qualquer país que seja pobre! Vamos equiparar, por exemplo, à Guiné, que não tem mais nada para se cobiçar, que até a madeira lá já acabou. Angola tem madeira, café, diamante, petróleo, tem tudo isso. Claro que tem que ser um país que suscita cobiças! As potências internacionais não deveriam fazer isso, mas fazem, porque é uma questão política mesmo. Têm que se bater para ver quem é que vai ficar com os bens de Angola ou usufruir deles. E como nós pertencemos ao Terceiro Mundo, como é chamado, somos um país subdesenvolvido...

— Você acha que alguém vai conseguir dominar?

— Não sei. Eu aí calo-me, e espero que você não insista na pergunta.

"Você é um branco, brasileiro!"

— Às vezes você dá impressão de que está falando não em nome de você mesma, mas em nome da mulher angolana...

— ...que sou. Por quê? Só porque não sou negra você não me considera mulher angolana?

— Eu disse isso?

— Não disse, mas eu agora começo a duvidar de certas coisas.

— Talvez haja dentro do teu país mesmo quem, por não te considerar negra, não te considere angolana, isso sim!

— É mentira, é falso! Nosso país é plurirracial, se é o termo adequado que se pode usar.

— Quer dizer que não há racismo, então, no teu país?

— Não, não existe.

— Olha!?

— Eu ainda não notei isso.

— A gente já se conhece há algum tempo, e você poderia ser mais...

— Mais o quê? Eu ainda não notei nenhuma manifestação de racismo.

— Pois você não nota porque não quer ver, como militante coerente que é.

— Olhe, meu amigo, permita-me que o trate assim. Eu nasci e cresci neste país, e até este momento eu nunca vi uma manifestação de racismo em relação à minha cor de pele.

— Você é mesmo uma mulher cínica!

— Porque estou a dizer a verdade?

— É essa a verdade?

— E não só porque faz parte da Constituição. É que se nota na prática!

— Você acha, então, que não há racismo aqui?

— Não, existe. Onde existem duas pessoas naturalmente pode haver racismo. Mas que especificamente em Angola exista um racismo acentuado, não existe. Eu não noto, e olhe que eu tenho a cor que você conhece.

— Como?

— Como o quê? Como cabrita, ora!

— Nesse sentido, cabrita, aliás, é um termo que, no Brasil, não é muito conhecido.

— Então divulgue, que isso é uma evolução da língua, também.

— Certo, mas o problema aqui não era bem de língua.

— Era de racismo? Então ponha isso de parte e não se intrometa. Você sentiu o racismo na sua pele? Você é um branco, brasileiro! Veio para aqui e alguém o tratou mal? Alguém lhe fez qualquer insinuação à cor da sua pele?

— Não.

— Então?

— Mas percebi, por exemplo, que aqui as pessoas, quando querem identificar as outras...

— ...dizem que é o branco, é o preto, é o mulato, é isso? Mas não é por uma questão de racismo nem de depreciação. É uma questão de termo genérico. Pois se as raças existem, por que é que não havemos de tratar as coisas pelos nomes?

Para o povo, Morteiro. Para a Sereia, cerveja.

— Hoje eu queria te falar de um assunto meio triste.

— Qual?

— Do povo.

— Esse "povo" é muito genérico. Qual povo?

— O povo daqui. Não me parece que esse povo hoje seja um povo alegre. É um povo que bebe, e bebe o que lhe dão: cerveja, vinho... Vinho brasileiro até, da pior qualidade, diretamente engarrafado para Angola, e que vocês aqui, em vez de Mosteiro, chamam de...

— Morteiro. Mas eu não conheço nenhum povo que não beba.

— Minha intenção não é falar mal do povo de Angola. Povo, aliás, que eu nem conheço. Sei um pouco do povo de Luanda, por meio da dona Cacilda, minha empregada, e das pessoas que vejo na rua, nos ônibus, os maximbombos de vocês...

— Mas isso de conhecer Luanda não quer dizer que conheça Angola!

— Pois não, mas deixa eu te falar só do povo de Luanda. É certo que há uma certa diferença entre o povo daqui e o da Ilha de Luanda. Mas, pelo que eu vejo, se são dois povos diferentes, há neles uma mesma emoção. E hoje eu vejo que são dois povos tristes.

— Porque já não riem?

— Não sei.

— Pois eu acho que as pessoas continuam a rir. Ainda não vi tristeza nenhuma.

— Não? E o que foi que aconteceu com os pescadores da Ilha de Luanda?

— Sei lá! Não sei de que história você me está a falar.

— Estou te falando do que houve, num ano desses, com os habitantes da Ilha de Luanda, que tinham o costume de fazer oferendas à deusa do mar. Costume que, aliás, no Brasil, sobretudo na Bahia, se conservou, só que nós chamamos de Iemanjá, e vocês chamam aqui de Sereia, ou *Kianda*,[5] não é?

---

[5] "*Kianda* — Monstro fabuloso. Sereia. Deus das Águas. Netuno. Ser sobrenatural, que preside o império dos mares e dos rios, montanhas e bosques." Assis Junior, *Dicionário Kimbundu-Português*. Luanda, Edição Argente, Santos & Cia. Ltda, 1942, p. 110.

— Iá!

— Como você sabe, os pescadores da Ilha de Luanda tinham o costume de sair todos os anos ao mar, para fazer sua oração e oferecer suas prendas à Sereia.

— Daí aconteceu que esse ano em Luanda houve calema,[6] não foi?

— Calema?

— É uma tempestade no mar, que existe periodicamente, e que devasta tudo quanto há por aí. E os pescadores atribuíram essa calema à falta das tais praxes que eles deveriam ter cumprido em relação à Sereia.

— E não cumpriram porque as autoridades não liberaram as oferendas.

— Mas aí foram ter com o presidente, e ele autorizou que cumprissem. Isso está muito ligado a todo um misticismo. Muito bem: eles vão fazer, vão despejar lá os barris de cerveja, deitar tudo quanto é prato farto para o mar. Vão cumprir as suas praxes. E vamos ver se a calema acaba! Naturalmente que vai acabar num tempo certo, e os pescadores vão cumprir a sua praxe também.

---

[6]Do quimbundo "*Kalemba* — violenta agitação do mar. Marulho. Tempestade. Alterosas vagas que, com estrondo, se vão quebrar à praia. Marulhada. *Fig.* Revolução. Grande agitação moral." Assis Júnior, *op. cit.*, p. 87.

DONA CACILDA 1 — Do hospital

"Boa sorte calhou bem!"

— Que história é essa, dona Cacilda? O terceiro miúdo não morreu?

— Chego em casa, minha vizinha diz: "Telefonaram da polícia, a qualquer hora você chegar tem que ir na polícia." Quando cheguei fui. Disse o gajo na polícia: "A gente estava aqui complicado com esse miúdo. Você tem algum problema aqui na polícia com o seu filho, foi atropelado com o carro. Esse não era o teu filho que morreu, teu filho é esse." Eu quando logo vi o miúdo, era o meu filho. Quando também logo me viu, o miúdo vinha no meu colo. Não era daquela senhora, prontos! Apanhei um susto, saí pela rua sozinha gritar. Eu já não liguei mais, meu filho nas costas.

— Foi o filho dela que morreu no acidente, e a senhora enterrou o menino pensando que era o seu?

— Assim: os nomes são o mesmo. O pai desse miúdo ele também ia lá em casa, porque ele também é de Moçambique, esse camarada que o filho morreu.

— Mas a outra senhora morava onde?

— No bairro do Prenda também.

— E como é que ela fez para trocar o menino?

— Quando levaram os miúdos já no hospital, o miúdo isso aqui tudo na cabeça estava partido.

— O filho dela também tinha tido acidente?

— Sim. Mesmo dia, mesmo carro.

— Mas como é que a senhora não viu que era o seu filho?

— Seu Zé, olha, como esse aqui, todo machucado, não podia ver se esse era o meu filho! Eu não vi mais a cara do miúdo. Afinal, o meu filho é que ficou no hospital.

— E o que foi que fez a mãe do menino?

— Eu já não tenho culpa. Quando um tem sorte, então a sorte já é dele. Até eu gastei meu dinheiro.

— Em quê?

— O enterro. Aquele caixão mesmo que enterrei o miúdo eu não tinha possibilidade. Aí agora eu peguei o meu filho e a senhora ficou aí a gritar.

— Espera aí, dona Cacilda: nesses oito meses que se passaram, o seu miúdo ficou todo o tempo com quem?

— Lá no hospital. A senhora ia lá na visita, diziam: "A senhora não pode entrar, aí não entra qualquer pessoa." Já se viu?

— Quer dizer que a outra senhora também não tinha visto o filho depois do acidente?

— Não tinha visto, ia só na sala da informação. Chega, pergunta, respondem: "Está mais ou menos." Sexta-feira disseram à senhora, veja lá: "Sábado vem cá passar com a roupa do seu filho, porque o seu filho vai sair." Mas não podiam entregar o miúdo sem levar na polícia, para polícia saber fulano já saiu, já levou filho dele, já se viu? A senhora assustou: "O meu filho é aquele que morreu. Afinal esse não é nada meu, deve ser daquela senhora." Se eu não tivesse dado o número do telefone do vizinho lá no bairro, então podia me procurar, procurava, demorava, não sabia. Você vê? Agora desgraçado dela. Eu também pensava que o meu filho morreu. A outra pensava o filho dela no hospital. Ah, sábado estive bêbada, bem grosso!

— Foi comemorar, é? E o miúdo, está bom?

— Ficou só magrinho, mas não faz mal.

— Ele não comia direito no hospital?

— No hospital não tem lá comida, seu Zé. Não tem condições. Mas está vivo. Boa sorte calhou bem!

"Lixada da minha vida!"

— O pai do seu filho já sabe disso?

— Ó, é um despassarado! Está ali mesmo nessa parte do sul, Benguela. Vai vir quando o miúdo nascer.

— Já está esperando outro?!

— Nasce só fevereiro.

— A senhora vai ao hospital para ter o miúdo?

— Em casa, seu Zé.

— E por que não vai para o hospital?

— Eu faço tudo sozinha. Vou no hospital fazer lá quê?

— Mas veja o umbigo do seu filho, desse terceiro, como é que está! Mais de quatro centímetros para fora, dona Cacilda!

— Ó, aquilo é buzina!

— Vai continuar fazendo tudo sozinha? A senhora mesmo é que corta o umbigo? Quem é que lhe ensinou a fazer assim?

— Ó, isso é experiência, seu Zé.

— Mas a senhora não quer fazer uma experiência de ir ao hospital para ver como é que é?

— Pois vou ir. Dessa vez vou ir no hospital.

— Ou pelo menos a senhora precisa cortar direito o umbigo da criança, dona Cacilda! Como é que a senhora cortou o umbigo desse terceiro?

— Lâmina, seu Zé.

— Que lâmina?

— Essa lâmina de barba. Mas dessa vez vou já no hospital.

— Logo que nasce a senhora já corta?

— Sim, depois dia seguinte levo no Banco de Urgência do hospital, faz curativo.

— E se não for parto normal, como é que a senhora faz?

— Aí já estou lixada da minha vida. Mas não me aconteceu. Dessa vez já vou no hospital.

— Vamos ver, porque, se houver uma complicação, o que a senhora vai fazer?

— Não há carro, morro lá em casa. Mas dessa vez vou já no hospital. Agora, no Banco de Urgência, sem papel da maternidade não pode fazer curativo o bebê.

MIZÉ 4 — Cadeia, cravo e catana

"Eu quero sair daqui!"

— O que mais me surpreende é você ter vindo aqui.

— Você desapareceu de circulação, eu tinha de o procurar de qualquer jeito! De qualquer modo, penso que nós já temos uma convivência muito grande. Quanto a mim, continua a ser uma amizade. Eu tinha que o procurar. Disseram que não estava fora do país. Ora bem, cá dentro nós temos que procurar as pessoas onde elas estão.

— Como é que você fez para me achar?

— Não faça perguntas. Diga-me só por que é que veio parar aqui.

— Eu acho que estou começando a saber demais.

— Então começa a ser inconveniente. Se calhar, também você quis se meter demais.

— Talvez eu não tenha podido não me meter demais.

— Olhe, Zé. Você disse-me que veio para Angola com todas as credenciais do MPLA, mas isso não dá direito a abuso.

— Quem é que determina quando é abuso e quando não é?

— Nós temos uma segurança, naturalmente, que não está com os olhos fechados, tem que ver como é que as pessoas estão agindo. Você certamente, penso eu, quis se meter em assuntos em que não deveria ter-se metido.

— Mas, se eu penso que é certo, por que não me meter?

— Certo para quem?

— Para mim!

— Ah, para si! Mas é certo com a República Popular de Angola?

— Vai continuar sendo sempre "para si"?

— Ai, homem, não ligue lá, isso é um aparte só!

— Pois, olha: eu sou antes de mais nada jornalista. Talvez amanhã eu chegue à conclusão de que não seja nem político. Ou melhor, talvez a conclusão seja a de que ser político é ser apenas um profissional competente e honesto. Aqui, eu fui recrutado como jornalista.

— Então essa era a missão que você deveria ter cumprido, não?

— E é por isso que eu estou aqui. Ou não?

— Não sei. Os motivos que o levaram a ficar aí não sei, mas se está, deve ser por direito.

— E agora?

— Agora você tem todo um processo que vai correr naturalmente. Depois, ou vai ser absolvido ou vai ser condenado.

— E se eu te disser que não tenho processo?

— Não acredito muito.

— E se eu te disser que foi apenas uma espécie de pito que me passaram? Sabe o que é pito?

— Não.

— Pito é quando o pai dá uma bronca, chama o filho assim e diz: "Olha, não faça mais isso!" Isso é um pito.

— Então é porque você estava no caminho errado.

— Para alguém.

— Para alguém, não! Em relação ao país.

— A nacionalista sempre falando! Olha, você conhece muito bem...

— Não conheço nada.

— Porque não lhe convém dizer que conhece.

— Olhe, Zé. Se eu hoje vim procurá-lo, não foi por questões políticas. Vim única e simplesmente saber. Vim te ver...

— ...por razões humanitárias!

— Humanitárias, apenas. Você precisa de cigarros, é isso?

— Obrigado.

— Não tem nada que agradecer previamente, porque você não sabe como é que eu vou fazer daqui para a frente.

— Muito obrigado, mas, entre outras coisas, vou deixar de fumar.

— Precisa de que mais? De roupa trocada? Também isso se arranja.

— Vamos ser práticos: preciso sair daqui. Você sabe como me tirar daqui?

— Não.

— Então vá procurar, porque eu quero sair daqui, e você vai me ajudar. Agora é tarde para recuar. Você já está na minha vida, mesmo que não queira.

— Mas você amanhã vai-se embora, e eu fico.

— Eu sei.

— Então já não estou na sua vida.

— Mas em mim vai ficar sempre um pouco de você.

— Está bem, leve-me só no coração, assim num cantinho.

— No coração, nas tripas, na cabeça, eu te levo na vida.

— Muito obrigada! Não é todos os dias que nós ouvimos um piropo desses!

— Piropo? É uma palavra até engraçada, que está na hora da gente recuperar no Brasil. Talvez eu leve essa palavrinha de volta, quando sair daqui. E você vai me ajudar!

— Eu não vou ajudar coisa nenhuma, não faço promessas. Eu sei que você vai sair se estiver impune.

— Está bem. Então até.

— Se não estiver, você vai cumprir.

— Faça o que você acha que deve fazer.

— Está bem. Deixe ficar comigo.

Caminho errado?

— Na rua! Já pensou? Mesmo se a gente ainda não pode ir tomar café em algum lugar para comemorar.

— Ainda não há.

— Como é que você fez para me tirar de lá?

— Melhor você não perguntar. Saiu ou não? Não era isso o importante?

— Foi graças a você?

— ...

— Graças a amigos que você tem?

— Não pense nisso. Você saiu, não saiu? Então não faça mais perguntas.

— Pois você sabe por que é que eu saí?

— Eu não tenho nada a ver com isso.

— Você mesma tinha me dito quando eu estava lá: porque não há nada contra mim.

— Então está a ver! Aqui faz-se justiça, não?

— Claro! Pelo menos uma vez, pela Páscoa da Ressurreição!

— Você não foi absolvido coisa nenhuma, nem pela Páscoa, que já não existe em Angola, está bem? Vá lá, e agora? Também que eu saiba, não houve anistia nenhuma, diga-me lá! Você saiu porque tinha que sair. Porque estava impune, não?

— Só tem uma coisa: eu vou continuar.

— Em Angola?

— Por enquanto.

— Então continue, porque acho que está no caminho certo.

— Quer saber? Eu acho que você está é cansada de mim.

— Não, não estou cansada de si. Estou cansada é das provocações que você me faz.

— Eu não faço mais do que te dizer o que você me faz sentir.

— Está bem, então, por quê? Vamos dar um jeito nisso, é?

— Não sei, mas tenho impressão de que tem alguém aí contra mim.

— Alguém, como?

— Alguém. Você sabe que até agora você não falou de pessoas.

— Não. Não dá em nada falar de pessoas, se eu não as conheço.

— Pois eu, a cada dia que passa, entendo menos isso aqui.

— É porque você não quer entender.

— Não é porque eu não queira! É porque eu procuro e não consigo.

— Então está no caminho errado.

— Talvez. Talvez você esteja no caminho certo, talvez no caminho errado. Ou talvez a gente esteja, simplesmente, em caminhos diferentes.

— Talvez por isso mesmo! Você é estrangeiro, veio para aqui com olhos diferentes.

— E você, continua sendo do MPLA?

— Continuo, por que não? Não tenho nada contra.

— Mas não é do partido.

— Não sou militante. Sou uma pessoa que adotou o MPLA, e sou regida por minhas próprias leis, porque quero.

— Isso não é saudosismo, não?

— Qual saudosismo? Por saudosismo eu não estaria aqui!

— Pois, olha: os privilégios aumentam.

— Privilégios? Em relação a quê?

— A certas pessoas.

— Está bem! Você quer me subornar com isso? Ou você quer que o presidente vá para a bicha como eu vou? É isso?

— Está vendo? Você só sabe...

— O presidente não tem nada que ir à bicha!

— ...responder às minhas provocações assim, colocando na frente uma instituição. Você sabe perfeitamente que eu não vou falar nada contra o presidente.

— Bem, mas está a falar de privilégios. Vamos continuar? Não sei quais são.

— Vamos ver, então: o que é que há nas lojas do povo!

— Há o necessário e o suficiente para a minha subsistência.

— E melhorou?

— O que você quer saber? Passou fome na cadeia?

— Está vendo? Olha a tua agressividade!

— Estou-lhe a perguntar!

— Prefiro não lhe dizer o que passei na cadeia.

— Então é melhor mesmo não contar, porque, se calhar, já não quer contar mais muito certo.

— Pois vamos guardar dois segredos: você, o dos privilégios; eu, o da cadeia.

— Mas você está vivo, não?

— Claro! Só faltava essa!

José Roberto Bandeira de Negreiros

— Eu hoje não queria nem que você falasse. Eu sei, você está cansada, vou falar sozinho. Meu nome é José Roberto Bandeira de Negreiros. Tenho hoje 26 anos. Para te falar a verdade, não sou bem jornalista, sou aprendiz de feiticeiro. Comecei no colégio. Eu era até bom aluno de português, minha professora me dizia que eu escrevia muito bem. Mas aí eu comecei, em certos momentos, a corrigi-la. Ela ficou puta da vida por causa disso e, no ano seguinte, se transferiu para outra cidade. Disse que ia para um lugar melhor. Mentira! Sabe por que foi que ela saiu? Ela tinha é medo de mim, de ser escalada como minha professora de novo. Eu continuei. Aprendendo, corrigindo os erros dos professores quando eles erravam. Eu não sou professor, só fui aluno, mas tenho algumas teorias. Soa pretensioso, talvez isso eu não tenha, mas só umas idéias sobre essa história de pedagogia. Nossos professores têm mais é que aprender. No fundo, professor é aquele que, mais do que saber ensinar, sabe aprender, e sabe passar para os alunos a vontade de aprender. Esse, para mim, é o grande professor. Aí eu fui para a universidade, e não foi jornalismo, não. Foi ciências sociais, numa época em que, no Brasil, esse curso era, pelo menos, tabu. Dois anos. Mas eu não fazia só ciências sociais, isso é verdade também. Comecei a querer pôr uma pedrinha no sapato daquela gente toda que estava lá, montada no poder, e que chamava aquilo de revolução. Até quando vão chamar, não sei. E comecei a gritar: jogando panfleto, brigando na família. Meu pai e minha mãe não estavam de acordo, às vezes até estavam, até estariam. Mas eu era, segundo eles, apenas um ingênuo. Aquele que quer mudar, que acha que nasceu com a estrela de mudança do mundo na testa. Aí, um dia, tive que sair do Brasil. Bem, com você posso falar sinceramente: saí porque quis. Fui tentar em outro canto. Passei pelo Chile, só que cheguei a Santiago uns dias antes do golpe. Você pode achar que é azar. Cheguei no momento errado. Não foi a primeira vez, nem terá sido a última. O importante é que cheguei ao Chile para sair em seguida. Portugal. Por quê? Não sei. À primeira vista, hoje, nós não temos mais nada em comum com os portugueses. Ou quase nada. Para muitos brasileiros, hoje, os portugueses são um povo talvez mais simpático, motivo de algumas piadas, pouco mais, irmãos mais velhos, um tanto distantes. Mas eu fui muito na linha daquela imagem que apareceu em Portugal, naquela época dos cravos de abril, e que foi até cartaz: uma criança linda pondo um cravo na boca de um fuzil. Na época confesso que acreditei, apesar de ver crescer, no fundo, a convicção de que aquela era mesmo uma revolução meio criança. Revoluções não se fazem com cravos. Pois é. Daí, vim ver a revolução das catanas. O resto você já conhece.

"Uma voz que se acrescenta"

— Vou lhe fazer uma pergunta, se você permitir.

— Você está sempre na sua situação de repórter, é?

— Quase sempre. Mas hoje não é como repórter, não. É como pessoa. Eu sei, foi você que me tirou da cadeia. Aliás, já percebi que você é uma pessoa que tem bastante poder neste país.

— Não tenho nada.

— Me deixa terminar de falar. Você, no seu nível, é a pessoa que mais poder tem neste país.

— No meu nível de quê?

— De simples cidadã.

— Sim, sou uma simples cidadã e não tenho poder nenhum.

— Isso é só uma primeira constatação. Não fuja da raia!

— Não estou a fugir, mas não é verdade!

— Você é a única pessoa que eu teria neste país para me tirar da cadeia. E eu saí.

— Pronto, e daí todas as suas conjecturas. Ótimo!

— Por outro lado, você é uma pessoa que fala sem medo.

— Nenhum.

— Isso eu já percebi.

— E por que hei de ter medo de falar?

— Daí eu acabei chegando à seguinte pergunta: será que esse ter um certo poder, o falar, não está ligado à tua maneira de viver?

A gente já se conhece há mais de um ano, e eu vi que, nesse tempo todo, você continua vivendo pobremente. Não chega a ser miserável, não, mas é pobre.

— Sou pobre mesmo. Dentro de qualquer contexto de sociedade capitalista, sou uma pessoa pobre. O que não quer dizer que no meu país não esteja muito bem. Estou.

— Talvez você se sinta assim porque até isso você perdoa!

— Mas o que é que você quer insinuar com isso tudo?

— Ser ao mesmo tempo pobre e ter um certo poder de falar, para mim, faz parte de uma mesma forma de ser.

— Não. Aí você está muito enganado. O que vocês lá fora chamam de pobre não corresponde à nossa verdade aqui. E o fato de eu falar abertamente dos problemas que existem em Angola mostra bem...

— Você sabe como é que eu chamaria essa sua conversa toda no Brasil?

— ...que isso é uma forma de democracia.

— Eu diria que você está é me enrolando!

— Nem pouco mais ou menos! Nós aqui somos mesmo democratas. É por isso que eu posso falar abertamente. Por que é que eu não poderia falar? Não há nada que me proíba de dizer que isso ou aquilo está errado ou está certo.

— Você não tem mais poder nem privilégios aqui porque não quer. Prefere ser simples cidadã e poder falar, não?

— Pense o que quiser.

— Mas o que é que você ganha em falar?

— Não ganho nada. Antes pelo contrário. Não ganho para mim pessoalmente, mas ganho para todo o coletivo. Quando estou a apontar os erros, esses erros vão ser naturalmente reformulados. É mais uma voz que se acrescenta.

MIZÉ 5 — Trivial variado

Um esquema: almoçar no Panorama

— Hoje eu gostaria de te convidar para almoçar.

— Onde?

— Poderíamos ir ao Hotel Panorama.

— Está bem. Se você tem cartão, podemos lá ir.

— Cartão eu não tenho, mas consegui um esquema.

— Ah, também já entrou nessa?

— Por quê?

— É que aqui agora cada um tem que arranjar o seu esquema.

— Quer dizer que todo mundo já sabe dessa história, é?

— Sim, já se tornou vulgar.

— Até falam mesmo numa nova espécie de "socialismo esquemático", não?

— Mas não vá tão longe. Também não é tanto!

— E você sabe por que é que aparecem os esquemas?

— Por necessidades que existem.

— Por exemplo?

— Para se ir almoçar ao Panorama.

Entrada: pratos angolanos

— Estive observando que eles mantêm aqui cozinha portuguesa.

— Sim, é uma coisa que não se pode mudar de um dia para o outro. Ou você acha que só deveríamos comer pratos africanos ou propriamente angolanos?

— Que pratos?

— Não me diga que você está aqui há quase dois anos e ainda não comeu funje,[7] ou muamba!

— Qual funje?

— De milho ou de mandioca.

— De mandioca eu não gosto muito, mas o de milho, sim.

— Por quê? Enrola-se na boca, é?

— Tem gosto de cola.

— Mas você tem é que misturar com o molho, não tem nada que comer sozinho! Esse é o segredo da questão. E esse molho ainda varia: pode ser molho de peixe, carne ou galinha. Aliás, a cozinha angolana é muito rica, embora não vulgarizada.

— Pois até agora não vi riqueza nenhuma.

— Porque você passa a vida em hotéis!

— Rica em quê?

— Em variedade de pratos.

— Por exemplo?

— Dentro da muamba, posso lhe dizer que há pelo menos duas variedades: a de dendém e a de jinguba. Já comeu muamba de jinguba?

— De jinguba, não. Jinguba é o nosso amendoim, não é?

— Isso mesmo. Pratos de peixe são variadíssimos. Os de mariscos, idem. De carne, carne-seca, carne fresca... Pratos de fo-

---

[7]Do quimbundo *"Fúnji* — Massa feita de fubá de mandioca, de arroz, de batata, ou de milho, dissolvida em água fervente. Beiju." Assis Júnior, *op. cit.* p. 37.

lhas de mandioca, de batata-doce, e outras. Nós temos muita coisa. O que há é que a nossa cozinha não está vulgarizada. Eu já estou até pensando em escrever um livro de culinária angolana.

— E com essa cozinha angolana toda à disposição, por que é que esse hotel continua com a cozinha portuguesa?

— Porque aqui também a cozinha portuguesa já faz parte da casa. Não é em vão que, ao fim de quinhentos anos, nós vamos mudar de repente os nossos hábitos e costumes. A cozinha fica!

— Que pratos vocês adotaram?

— Todos os conhecidos. Há os preferidos: o cozido de bacalhau, por exemplo, é um prato favorito do povo angolano.

— Acompanhado de alguma bebida?

— Vinho.

— E que vinho você quer beber?

— Vinho branco ou verde.

— Mas nas casas se toma vinho quando se come esse bacalhau à portuguesa?

— Quando há!

Primeiro prato: resistência ao molho de repressão

— Já te falei sobre o fascínio que a Revolução das Catanas exerceu sobre mim, mas uma coisa eu ainda não percebi direito: essa história das catanas. Vem do 4 de Fevereiro de 1961, é?

— Não me diga que ainda não leu nada, nem ouviu nos comícios, sobre a Revolução do 4 de Fevereiro? Foi o início.

— Ouvi muito, mas li pouca coisa. Início do quê?

— Foi o desencadeamento da nossa luta armada. Houve necessidade de se desencadear uma luta, na medida em que o governo português não aceitava entrar em negociações.

— Você certamente nessa época já tinha nascido.

— Sim, já era bastante crescidinha.

— E deve ter acompanhado, se não de perto, pelo menos a distância, isso aí.

— Por acaso estava aqui mesmo, em Luanda. Para quem é angolano e sempre aspirou à independência, foi uma coisa maravilhosa! Já o reverso da medalha foi pavoroso, e vou explicar por quê. Para nós, angolanos, foi muito bom, porque marcamos uma posição, ao desencadearmos a luta armada. Aí tínhamos uma guerra em aberto, e sabíamos de que lado poderíamos, ou pelo menos deveríamos, estar. Agora, a repressão que se seguiu a isso foi horrível! Eu até prefiro não falar, porque são coisas que me custam muito recordar.

— Mas o que é que aconteceu, especificamente, nesse 4 de Fevereiro?

— Houve um grupo de militantes que atacou as cadeias para soltar os presos políticos que lá estavam.

— Havia gente importante lá dentro?

— Gente do povo, gente que era contra o sistema, e que estava a trabalhar na clandestinidade.

— Há algum conhecido que tenha estado na cadeia nessa época?

— Olhe, Zé, prefiro não dizer nomes, porque a minha memória pode falhar nessas épocas conturbadas.

— E por que as catanas?

— Não tínhamos outro armamento. Tínhamos que recorrer às catanas, que fazem parte da vida de qualquer angolano.

— As catanas normalmente são usadas para quê?

— Para tirar o capim, cortar madeira, e até cortar as unhas, quando não há outro instrumento. A catana faz parte do dia-a-dia em qualquer casa angolana. Serve para muita coisa.

— Certamente mais em Luanda do que em outras partes do país, não?

— Não, sobretudo na região norte. De Luanda para o norte.

— Mas você disse que a repressão foi violenta.

— Sim, porque o sistema português da altura vingou-se dessa afronta, e tudo quanto era negro que encontrava pela frente matava indiscriminadamente: homem, mulher e criança. Houve foi aqui um mar de sangue.

— Mas o 4 de Fevereiro foi um movimento de sublevação só dos negros? Não havia mulatos e brancos nisso também?

— Bem, homem, parece que você não entende bem as cenas! Não foi um movimento de sublevação dos negros. Foi um movimento liderado pelo MPLA, e logicamente o MPLA não é só composto por negros. É composto por todas as espécies. Realmente, na altura, a grande maioria que imperava em Angola era negra, como é ainda hoje. Daí haver uma repressão forte sobretudo contra os negros. E não só! Muitos brancos e mulatos também foram na leva.

— Ouvindo você falar me dá impressão de que você fala como se fosse um gravador!

— Ah, é? Então não me faça mais perguntas, que eu já não falo assim.

— Faço porque estou interessado.

— Vai escrever um livro sobre a história de Angola, é? Isso tinha que vir de muito mais longe, meu amigo!

— Isso não te diz respeito. Você sabe que eu sempre me declarei jornalista, mesmo que não seja com diploma. E já te disse que esse negócio de jornalismo é, antes de mais nada, uma atitude...

— ...de curiosidade...

— ...diante da vida, que nos faz ir conhecer e depois divulgar aquilo que a gente sabe, às vezes pagando um preço até bastante caro. Mas vamos voltar...

— O ar aqui está tão fresco, este ambiente está tão bom, há tanto tempo que eu não entrava num restaurante assim!

— Você não quer mais falar sobre o 4 de Fevereiro, é isso?

— Não, podemos falar sobre qualquer coisa. Temos que ocupar o tempo, e naturalmente não vamos ficar a olhar um para o outro!

— Por que não?

— Ai, só isso é monótono, que horror!

— Você não gosta dos românticos?

— ...Sabe que eu também tenho uma deficiência de ordem profissional. Qualquer radialista fala demais. Daí naturalmente, ao falar, eu pareço mesmo um gravador.

— A verdade é que o 4 de Fevereiro parece ser...

— Para nós, é uma data muito célebre.

— Digamos que, na história moderna de Angola, é um marco...

— ...histórico, exatamente.

— E isso fez com que o governo português tomasse certas medidas...

— ...repressivas. Aliás, acentuou a repressão, que já existia antes.

— Mas é a partir de 1961 que Angola se moderniza.

— Está bem, mas isso foi uma necessidade política para os portugueses. Angola começou a ser amplamente falada lá fora, e eles tinham que dar uma nova face ao mundo. E fizeram aquilo que se chamava, na altura... não consigo lembrar bem o termo. Qualquer coisa psico. Psico mesmo, era assim.

— Uma operação psicossocial?

— É. Aí criaram escolas em todo lado que era necessário. Asfaltaram as estradas, porque também precisavam delas para poder passar à vontade. Realmente Angola subiu, em termos econômicos. Até houve mais facilidades para os angolanos mesmo. Especificamente os de cor negra começaram a ter acesso aos escritórios, começaram a trabalhar até onde antes eram de certo modo repelidos. Não digo proibidos, porque o estatuto em nada proibia.

Mas eram repelidos, ficavam sempre em último lugar. Aí eles tiveram mesmo que dar uma abertura, tiveram que colorir tudo isto de todas as maneiras. Era um jogo político para eles, portugueses, não para nós. Nós estávamos a entender perfeitamente bem a situação.

— E aí vocês começaram a organizar a resistência.

— Já estava organizada! Também houve necessidade depois, nessa altura, de se intensificar. E foi muito bem, porque houve muita gente angolana que até aí duvidava de uma série de coisas, e tomou consciência na altura.

— Mas essa resistência estava organizada onde?

— Dentro de Angola. E fora.

— E ela se fez em que setor?

— Em todos, de uma maneira geral. Eu posso dizer-lhe que quase toda a gente aderiu à idéia de independência de Angola. Era uma manifestação de resistência, e as pessoas aderiram. Só assim se compreende que o Movimento se pudesse instalar cá dentro da maneira como estava instalado.

Acompanhamentos:

1. Ngola Ritmos

— Uma das instituições da cultura de Angola no passado, de que a gente ouve falar muito aqui, é o Ngola Ritmos.

— É um conjunto musical.

— Como foi essa história do Ngola Ritmos?

— Como em qualquer país colonizado, os usos e costumes da terra tendem a ser dissolvidos, e o colonizador tenta impor de toda forma os seus hábitos de ordem cultural, econômica etc. O Ngola Ritmos foi o primeiro conjunto musical que começou a cantar em público temas única e simplesmente relacionados com Angola, com a cultura angolana, e até com a própria língua da terra, que eles usavam. Era um conjunto de Luanda, e logicamente cantava em quimbundo a maior parte das suas canções. Pois, como deves calcular, existia um órgão de censura que muitas vezes não aceitava as canções que eles queriam divulgar. Mas, com certo jeito, e na medida em que as pessoas que faziam parte desse órgão de censura não conheciam bem a língua, o Ngola Ritmos impôs-se realmente como um grupo musical; quanto a mim, ótimo grupo! E conseguiu divulgar uma série de mensagens, por meio da música, para todo o povo angolano, e, especificamente, para os de língua quimbundo.

— O povo aqui gosta de farra, eu já percebi isso.

— Sim, o povo angolano é alegre por natureza. De certo modo, aí é parecido com o brasileiro: para tudo gosta de dança e de música.

— Nessa época se aproveitava a ocasião das farras para se passar determinadas mensagens, não?

— Sim, é verdade. Sobretudo nos clubes do subúrbio, como então eram chamados os clubes que ficavam fora do asfalto.

— Nos musseques?

— ...que vocês chamam de favelas, não é? As pessoas aí aproveitavam para encontrar-se, confraternizar e transmitir mensagens. Nesses clubes é que a clandestinidade funcionava. Você já foi a algum clube de musseque?

— Nenhum.

— Pois é, hoje também quase já não existem, praticamente. Ainda há um ou outro, como reminiscência. Mas eu também ainda não fui, desde que estou aqui.

2. Uma década fecunda

— Mas parece que não é só por meio da música que essa resistência se fazia. Pela literatura também, pelo que eu sei, muita gente ficou sabendo das coisas, por meio de textos que se publicavam. Como é que era esse movimento literário na época?

— O movimento literário em Angola surgiu sobretudo na década de 1950. Não vou focar nomes, porque você deve saber tão bem como eu, já deve ter lido, mas foi quando muitos indivíduos, que hoje ainda estão aí, começaram a escrever. A década de 1950 foi sobretudo a dos poetas. Foi uma década fecunda, maravilhosa.

— Por quê?

— Porque foi uma época de grande resistência. Por meio dos poemas que as pessoas escreviam, enviavam sempre mensagens. Está claro que a maior parte desses poetas acabou por ir para a cadeia, devido à repressão que existia então, devido à censura. Nem todos os livros eram publicados. Não podiam ser de maneira nenhuma, porque iam contra todos os ideais da política do sistema português. Mas de qualquer dos modos, eles eram divulgados cá atrás, nos bastidores, e conseguiam chegar, não digo a toda a camada, mas àquela camada intelectual revolucionária chegavam sempre. Esse foi um passo muito grande, que conseguiu levar muitas pessoas para o lado certo, e fazê-las compreender que havia um movimento realmente que estava a trabalhar para a independência de Angola, a curto prazo.

3. Na sanzala, cinema

— Você se lembra da primeira vez em que foi ao cinema?

— Ai, lembro-me! Olhe, cale-se! Fui ver um filme português, uma delícia! *Frei Luís de Sousa*. Eu tinha seis anos de idade. Você conhece? Não sei se vocês no Brasil estudaram essa obra literária.

Pois eu chorei como uma madalena arrependida! Por que, até hoje eu não sei, porque mais tarde voltei a ver e já não achei tanta graça. Mas eu lembro-me que era criança e chorei desabridamente, talvez por ver as outras a chorar, não faço idéia.

— E você, que já andou por aí pelo interior de Angola, deve já ter vivido alguma situação em que o cinema era apresentado pela primeira vez ao nativo da terra, não?

— Só tive ocasião de ver isso uma vez numa sanzala, e foi cinema de propaganda. Lembro-me que era um filme de propaganda para a tal filosofia que andavam por aí a imprimir, a tal psico, em que apareciam todos os altos dirigentes aqui do então, em festas; propaganda política, comícios, e viagens deles, a apertarem as mãos e abraçarem os sobas.[8] Está claro que aquilo foi uma novidade para o povo, que nunca tinha visto cinema nenhum. Tenho quase certeza de que eles não estavam a achar nada de verdade naquilo. Gostavam é de ver as imagens a passar, como qualquer indivíduo que vê uma coisa pela primeira vez. O que os despertava era o movimento da imagem, reconhecerem certas caras etc. Faziam comentários, alguns. Sabe que o nosso povo é muito rico em criação de anedotas, satírico mesmo. Então aí, os comentários eram de morte!

Segundo prato: povos no singular?

— Eu percebi que você fala em "nosso povo" no singular, mas em Angola a gente talvez pudesse empregar mesmo o plural, não?

— Não. Não são vários povos. São várias tribos, digamos, ou como queira chamar, mas é um povo só. Você não pode deitar um pouquinho mais de vinho?

---

[8]Do quimbundo "*Soba* — Nome genérico de representante da autoridade gentílica em determinada região". Assis Júnior, *op. cit.* p. 357.

— Você continua bebendo respeitavelmente! Agora já sei que fuma também.

— Esse é outro vício. Eles já são tão poucos, nós temos que os conservar!

— Mas a conversa era sobre os povos. E já que você coloca no singular, o que é que você encontra para unir esses povos todos?

— Em primeiro lugar, a língua. É a mesma língua que nos une.

— Acontece que há várias línguas africanas no país, e se você está falando da língua portuguesa...

— É a única que nós temos para nos fazermos entender, de norte ao sul.

— ...o que a gente pode constatar de cara é que os povos de Angola não falam bem o português.

— Claro, duma maneira geral não falam português. Não o têm como uma língua que começaram a falar desde que nasceram, não é? Isso tem um nome qualquer que eu agora não sei.

— Língua materna.

— Isso mesmo. Pois naturalmente que os povos em Angola não têm o português como língua materna, mas duma maneira geral entendem, embora não falando.

— Mas não há nenhum traço mais sólido, nenhum desejo que os unifique?

— O que havia é aquele que já está consumado, que era o desejo de independência. Por quê? Você tem dúvidas?

— Eu continuo tendo, mas, de qualquer modo, o problema da independência é muito mais complicado do que o que à primeira vista parece. Vocês se tornaram independentes do regime português...

— ...colonial e fascista, é isso que você quer dizer?

— ...mas a independência não é algo que se adquira e sobre a qual se possa dormir. Ela exige uma constante vigilância.

— Claro! E o que nós estamos a fazer? Não estamos vigilantes? Você já reparou que "vigilância" é uma palavra de ordem? Não é em vão que ela se usa. É mesmo para ser aplicada.

— Está certo, se bem que esse não é tanto um problema de atitude, mas de poder. É preciso saber se vocês estão realmente podendo resistir às novas tentações.

— Pelo menos eu penso que estamos prontos. Penso, não. Tenho a certeza de que nós resistiremos a todas as tentações que nos possam surgir.

— A qualquer tentativa?

— Qualquer.

— Venha de que bloco vier?

— Só pode vir dum bloco. Aí não vale a pena estar a querer misturar-me as idéias, está bem?

— Se só pode vir dum bloco, você deve identificar qual.

— Você está insinuando qualquer coisa que eu, ou não quero entender, ou finjo-me de parva, não é?

— Não, eu acho é que você está vendo a realidade duma forma muito maniqueísta. Como se houvesse apenas dois blocos na face da terra: um, bandido e outro, mocinho.

— Então é melhor explicar. Eu realmente por vezes sou estúpida. Não entendo tudo.

— Você está falando certamente do bloco capitalista.

— Exato! Ou há mais outro bloco que pode aqui fazer alguma coisa contra a nossa independência?

— Pois você sabe que o outro, o chamado bloco socialista, também pode eventualmente fazer com vocês alguma safadeza. Em política, essa história de sentimentalismo não funciona. O que importa são os interesses.

— De todos os modos eu penso que, se estamos a trabalhar em prol duma via socialista, se estamos a ser ajudados pelo bloco socialista, tudo quanto você possa querer dizer a esse respeito não funciona. E não vale a pena estar-se mais a meter nesse assunto. Isso é nosso.

— Aliás, prefiro não continuar essa conversa, porque a gente chegaria realmente a um bloqueio. Acho que você não pode me dizer certas coisas, e acho mais: que você não deve me dizer, como nacionalista que é. Deve é observar. É aquilo que você mesma disse: vocês não estão a dormir, estão a ver.

— Claro!

— E chegará o momento em que vão agir, contra qualquer tentativa de usurpar a independência que você conseguiram...

— ...e que nos custou muito caro. Por isso mesmo, já lhe disse mais que uma vez: gosto muito pouco de falar de política. Por que a gente não fala noutra coisa? Este vinho está tão saboroso!

Acompanhamentos:

1. A rainha e o major

— Pois eu vou te falar duma pessoa que conheci, numa viagem que fiz a Malange.

— E chegou a ir às quedas do Duque de Bragança? Essa é uma das maravilhas turísticas que nós temos naquela província.

— Fui. E o que eu posso te dizer é que essas quedas... é que você não conhece o Brasil!

— Ah, está bem. Não vamos pôr em termos de comparação. Naturalmente vocês lá têm montes de quedas. Mas, para nós, estas são muito lindas.

— Pois são. Aliás, nós não escolhemos a terra onde nascemos.

— Sim, lógico! Eu defendo a minha, e as belezas da natureza da minha terra. Olha, foi às Pedras de Pungo Andongo?

— Eu vi do avião.

— Foi pena você não ter descido. Aquilo é uma maravilha da natureza também.

— Essas pedras...

— É natural que vocês lá no Brasil também tenham algo parecido.

— ...te lembram alguma coisa?

— Sim, elas têm mesmo recordações históricas. Em determinado sítio, há lá uma que se chama "a pedra da Rainha". Por quê? Porque tem lá o pé da Rainha Jinga gravado. Não só o dela, mas os de crianças, também. Estão gravados na pedra. Já várias pessoas têm perguntado se aquilo tinha sido feito a martelo. Não foi, não, é natural. E tem lá também o pé do Ngola Kiluanje gravado nas mesmas pedras, quando da sua fuga.

— Quem são essas figuras?

— São antigos reis nossos, dali mesmo, do reino de Malange.

— A rainha Jinga era o quê?

— Era negra. Uma rainha de Angola. Foi uma pessoa que se opôs à ocupação portuguesa.

— De que tribo?

— Ali mesmo da zona de Malange. Quimbundo.

— E o Ngola Kiluanje?

— Irmão dela. Também foi outro rei. Mas você encontra isso aí escrito muito bem, melhor do que aquilo que eu lhe possa contar. Há livros que contam a história.

— Onde?

— Procure nas livrarias. Há aí livros que contam a história da rainha Jinga. Não digo "muito bem", porque nós estamos a construir a nossa história agora também. Temos que nos reportar a todos os fatos, e há pessoas que sabem deles, e que têm de fazer depoimentos, para que nós possamos escrever a nossa história.

— Você acha que há alguma coisa, na história de Angola, que já foi contada e que não esteja bem esclarecida?

— Sim, há muita, faltam muitos pormenores. De qualquer dos modos a rainha Jinga foi uma das pessoas que se opuseram à ocupação colonialista.

— E é por isso que o café solúvel daqui se chama Jinga?

— Talvez.

— Mas o meu caso aí não era bem o da rainha Jinga, não. Queria te falar de um nome que talvez te diga alguma coisa. Canhangulo. Conheci esse senhor recentemente, quando fui a Malange.

— É um militar. Major Canhangulo.

— Você o conheceu?

— Conheço-o de nome, por enquanto.

— Você sabe que ele foi...

— ... um homem da mata. É uma figura que faz parte da nossa história, desta revolução. Sei que é mesmo dali de Malange, e que tem um poder grande sobre o povo, porque ele realmente faz uma revolução a sério.

— E olha que é quase analfabeto!

— O que não quer dizer que não possa ser um bom político. De resto, todo o desenvolvimento da luta dele se tem traçado neste caminho: é um ótimo político!

— Eu soube que ele teria sido chamado pelo presidente Neto, num certo momento, para administrar o porto do Lobito. Ele veio, recebeu a incumbência e foi. Três dias depois estava de volta, dizendo ao presidente que ia voltar para o posto dele; que ele era mesmo militar, e se sentia completamente perdido num mundo de papéis para assinar, coisas de administrador e burocrata; que ele não servia para isso. Tem alguma coisa de verdade nessa história?

— Não sei, não faço idéia. Você é que me está a contar! Mas, se for verdade, é realmente um ato honesto.

— Há uma outra história com ele, muito conhecida por aqui, de cobertores, durante a guerra. Você deve saber, não?

— Não, conte lá!

— Ao que parece, indivíduos das FAPLA[9] tinham assaltado o almoxarifado da região, e houve alguém que alertou o major Canhangulo. Ele saiu de jipe pela zona inteira, mandou parar todo mundo onde estava, e fez todos os faplas voltarem para devolver tudo o que tinham tirado. Cobertores e tudo.

— Interessantíssimo! Isso mais uma vez prova que esse homem é realmente honesto. Ele faz uma revolução a sério. Tomáramos nós que todos fossem assim!

2. O homem da mata e o saca-rolhas

— Você falou do major Canhangulo como homem da mata. Qual é a imagem que você se faz do homem da mata?

— Eu não posso fazer uma imagem só, porque entre os indivíduos que andaram na mata existe de tudo. Não vamos só dizer que foram as pessoas tipo major Canhangulo. Lá existiam pessoas com todas as espécies de formação cultural e instrucional. Só que foram indivíduos que estiveram realmente muito tempo afastados da civilização, para fazerem realmente a guerra. Viveram mesmo ali.

— Você já esteve na mata?

— Na mata, como? Na guerra? Não.

— Mas você disse que trabalhou na resistência.

— Sim, mas não na mata. Trabalhei dentro da cidade.

— O que é que você fazia?

— Várias coisas: distribuía panfletos, angariava fundos monetários para o MPLA.

— Como é que era o trabalho da resistência do MPLA?

— Você não acha que quer saber demais?

---

[9]Forças Armadas Populares de Libertação de Angola.

— Eu quero saber. O "demais" você põe na tua conta, que eu pago esta do almoço, já que fui eu que te convidei.

— Muito obrigada, mas não me vai pagar a outra também, porque não lhe vou contar mais nada. Já lhe disse o que é que fiz, e não fui caso único. Houve muita gente que trabalhou assim.

— Você conhece saca-rolhas?

— Aquela coisa de tirar as rolhas das garrafas? Você me está puxando a saca-rolhas, é? Pois é, porque você quer saber demais.

— O que é demais?

— É meter-se, como já lhe disse outro dia, onde não é chamado.

— Se eu me naturalizasse angolano, poderia ter o direito de saber certas coisas, é?

— Nem mesmo assim, porque duvido sempre de um estrangeiro que abdica da sua própria nacionalidade.

— Essa desconfiança é natural aqui?

— É natural mesmo, porque já tivemos bastantes traidores. Temos que estar vigilantes.

— Que traidores são esses?

— Ora, pessoas que aparecem por aí, querem saber uma série de coisas, e depois vão contar lá fora de maneira diferente. Fazem grandes parangonas nas revistas estrangeiras, e ganham uma série de dólares com isso.

— E você acha que estou querendo fazer o mesmo papel?

— Não sei. Estou a lhe dizer que estou vigilante.

— Eu sei, mas há certas coisas que podem ser ditas, não?

— Nem tudo. Especialmente a um estrangeiro.

3. Quioco, bom caçador

— Pois então eu vou tocar num assunto que talvez te agrade. Você me disse uma vez que tinha trabalhado com o povo quioco, e eu queria que você me falasse sobre eles.

— Já trabalhei, mas conheço muito vagamente os quiocos.

— Como sempre, você diz que conhece tudo vagamente!

— Sim, mas eu posso dizer: trabalhei mesmo numa região de quiocos, e andei lá no mato a conviver com eles, desde os meus tempos de infância, quando ia passar férias aí para fora de Luanda, nas regiões propriamente dos quiocos. Posso estar enganada, mas o que pude perceber é que é um povo que gosta pouco de trabalhar. O quioco contenta-se em ter um cão e ir para a caça. É bom caçador. Gosta mesmo é de caçar, de chegar ao fim do dia e fumar o seu cachimbo.

— De liamba?

— Também. Aliás, é próprio dos quiocos fumarem liamba desde muito novos. Mas não é vício, como já lhe disse uma vez. Além disso, o que eles querem mesmo é ter uma faca e fazer esculturas. As melhores que existem em Angola, de todas as que conheço, são feitas pelos quiocos. Agora, não é um povo que goste de agricultura, ou que se dedique a qualquer outra forma de trabalho que tenha que cumprir durante x horas por dia. Não. A mulher é que trabalha na agricultura e nas lidas da casa. É isto que eu sei dos quiocos, por quê? Depois, está claro, têm uma série de praxes, como qualquer outro povo de Angola tem: as praxes da puberdade, da iniciação, mais nada. É o que lhe posso dizer.

— Como são as praxes da iniciação, da puberdade?

— Ó, Zé, aí me obrigas a falar de uns rituais que eu não estou à altura de lhe explicar concretamente. Isso é só mesmo vendo que uma pessoa pode explicar.

— Você já viu algum ritual desses?

— Já, mas não posso explicar assim por palavras, a menos que me concentrasse muito.

— Há alguma diferença entre o ritual da mulher e o do homem?

— Há. O ritual do homem consiste sobretudo na circuncisão. O ritual da mulher, não, está a partir do momento em que lhe aparecem as primeiras regras. O do homem é a partir da hora em que está sujeito à circuncisão. Tem que se tornar um indivíduo pronto para qualquer espécie de trabalho dentro da sociedade, e ficar apto a sobreviver por si próprio, em qualquer situação. Aí os rituais são, logicamente, diferentes.

— E você sabe como é que eles reagiam quando, vivendo numa sociedade equilibrada, entravam em contato com os portugueses?

— Ah, toda essa civilização manteve-se sempre, embora camufladamente, e mesmo sendo muito reprimida por toda a educação imposta pelo colonialismo. Eles sempre preservaram, como qualquer outra tribo de Angola, os seus hábitos e costumes, embora isso fosse amplamente reprimido pelo então sistema.

— Eles não aceitavam nada do que o colonialismo trazia?

— Aparentemente, todas as tribos de Angola aceitavam. Era uma maneira de sobreviverem, uma defesa. No fundo, não. Não podiam aceitar, porque estavam e continuam a estar arraigados aos seus hábitos e costumes. Não é de um dia para o outro que se destrói toda uma civilização que existe ao longo de milênios, talvez. E não só os quiocos. Qualquer outra tribo de Angola fazia assim.

— O que mais te surpreendeu, em contato com os quiocos?

— Não sei. Não há nada que me surpreenda, talvez porque eu tenha sempre vivido em Angola. São coisas que existem. Por que é que eu me havia de surpreender?

— Mas não há nada mais que te tenha ficado na memória, desse tempo com os quiocos?

— Posso dizer que eu gostava imenso de ir para uma sanzala, por exemplo, e de ver as pessoas construírem as suas esculturas. Aliás, adquiri muitas lá, outras foram-me oferecidas. Os rituais? Não, não me surpreende nada disso, porque, de certo modo, são parecidos com os rituais que existem em outras tribos em Angola. É um povo que já foi muito aguerrido. Hoje já não tanto.

— Você não acha que esse impulso guerreiro é um mal do próprio tribalismo?

— Houve tempo em que era uma necessidade. No tempo em que Angola estava dividida em reinos, esse impulso guerreiro era a necessidade que cada reino tinha de se defender do reino vizinho. Mais tarde, as pessoas tomaram consciência e resolveram fundir os reinos contra o inimigo comum, de modo que hoje isto está fora de prática, já não tem mesmo justificação nenhuma. Quando eu digo "hoje", estou-me a reportar desde os tempos do colonialismo, que, aliás, demorou muito até que se impusesse em Angola. De tudo quanto eu sei desta história, foi só nos primeiros anos deste sexo... deste século, perdão, que o colonialismo conseguiu realmente impor-se. Essa imposição é muito recente.

— Você acaba de cometer o que a gente poderia chamar de lapso oportuno. A partir dele há uma observação que eu ia mesmo te fazer. Você me parece uma pessoa muito fria.

— Fria em que aspecto? A analisar as situações? Mas se elas são assim realmente, o que você quer? Que eu componha isso com azul e cor-de-rosa?

— Não. É que eu não consigo te encontrar de uma forma vivida nas situações. Você fala de tudo como se estivesse fora de tudo.

— Se eu falo é porque naturalmente estou um bocadinho dentro. Se estivesse fora, ficava calada.

— Mas nega a emoção.

— Ah, sim. Nós não podemos falar com a emoção, porque a emoção nega qualquer forma de objetividade. Nós devemos falar é com a cabeça.

4. A cuanhama e o sexo

— Da última vez em que falamos sobre os cuanhamas, tive a impressão de que o assunto não ficou bem esclarecido. É por isso que eu volto a ele.

— Então conte lá! O que é que quer saber mais?

— Eu soube, por exemplo, que durante algum tempo se tachava a mulher cuanhama de prostituta.

— Isso é falso! Quem é que lhe forneceu essa informação? Desculpe, não tenho nada que fazer perguntas nesses aspectos. Também não me interessa saber, mas é falso.

— Falso por quê?

— A mulher cuanhama não é uma prostituta. Realmente, durante muito tempo, e para as pessoas menos esclarecidas, a mulher cuanhama foi tomada como tal, mas aí há um equívoco. Eu hoje até estou disposta a falar mais, de modo que eu vou lhe contar. A mulher cuanhama é uma mulher que, a partir da sua festa da puberdade, tem por obrigação aperfeiçoar-se sexualmente para servir o homem, com quem vai viver para o resto da vida.

— Isso é meio machista da parte do homem, não?

— Pois isso existe, sim senhor. Você sabe perfeitamente bem, ou devia saber, que quanto mais subdesenvolvido é um povo, mais machista é. Isso continua a funcionar aqui. O que acontece com a mulher cuanhama é o seguinte: a partir do momento em que ela faça a sua festa da puberdade, é uma mulher que tem que se iniciar nas práticas do sexo. Primeiro, dentro da tribo. Depois, é lançada por aí afora, para experimentar toda espécie de homem que possa existir à superfície, e que ela possa alcançar. Não interessa que seja branco, preto ou mulato, angolano ou não. O que interessa é que ela pratique realmente o sexo e que esteja preparada para enfrentar qualquer homem, para depois servir o homem a quem ela previamente já está destinada. Daí qualquer mulher cuanhama sair da sua tribo, ir viver para a cidade que faça parte da sua região, ou de qualquer outra região, com uma única proibição: nunca podem ter filhos. E para isso elas estão absolutamente precavidas.

— Que tipo de precaução elas tomam?

— Não sei. Naturalmente que não tomam os anticoncepcionais feitos pelas indústrias européias, mas estão precavidas. Depois de x tempo, voltam para a sua tribo, vão casar com o homem que lhes estava prometido, e aí elas são absolutamente fiéis. Não há nenhuma mulher cuanhama que possa casar-se sem estar bem iniciada em tudo quanto seja matéria de sexo. Daí dizer-se das cuanhamas, que foram até Cabinda, serem prostitutas. Isso é uma má interpretação. Elas não são prostitutas. São pessoas que estão única e simplesmente a tomar experiências em matéria sexual.

5. Povo de Cabinda, ligado ou não?

— Já que você me falou de Cabinda: o que parece é que o povo cabinda se sente muito unido.

— Como povo cabinda?

— É. Há até uma espécie de acordo que foi feito, não?

— O tratado de Simulambuco. Isso foi uma oferta que as pessoas fizeram. Você ainda não foi a Cabinda? Então vá lá, e vai ficar a ver aquilo, porque só lá é que você pode entender essas situações, e pode ler o tratado de Simulambuco.

— E você já foi a Cabinda?

— Já, várias vezes, mas nunca entrei muito bem dentro dos usos e costumes do povo. Trabalhei praticamente só na cidade.

— Você consegue identificar alguém de Cabinda?

— Pela linguagem consigo. Não pela sua constituição física.

— O que é que, na linguagem, identifica um elemento dos cabindas?

— Olhe, Zé. Para si é muito difícil naturalmente identificar cá em Angola uma pessoa duma ou doutra região. Para mim, não.

— Pois eu quero dizer o seguinte: Cabinda é hoje, antes de mais nada, uma província que fornece petróleo.

— Sim, mas não é isso que define a linguagem do povo, e não

mulher cuanhama. Por que você mudou de repente para Cabinda? Só porque eu disse que a mulher cuanhama poderia ir até Cabinda para ter uma experiência sexual? Foi? Pois então, lá está sempre o intrometido que tem que se meter nos assuntos internos do país!

6. Mumuíla, "casa comigo?"

— Você já ouviu falar nas mulheres mumuílas? Vou lhe contar um bocadinho também sobre o sexo das mulheres mumuílas. Fique sabendo: a mumuíla também, a partir da sua idade da iniciação sexual, já tem seu prometido.

— Você, aliás, com essas histórias todas, até parece mesmo representante da mulher angolana!

— E olhe que não pertenço à OMA![13] Mas não é depreciativo. Não pertenço porque não pertenço. Até poderia pertencer, e deveria. Se calhar, eu é que ando fora de série. Mas não era disso que eu lhe estava a falar. Não estou aqui a defender os direitos da mulher angolana. Estou-lhe a contar as coisas que se passam e que, por vezes, lá fora, ou até aqui dentro mesmo, são deturpadas. A mumuíla, tal como ainda acontece nas civilizações tradicionais, quando nasce já tem prometido o homem com quem vai casar. Mas não é obrigada a tal, e vou lhe explicar por quê. Suponha que o homem é você mesmo, e que eu sou uma mumuíla.

— Você acaba de supor o caso ideal!

— Vamos a ele. Suponha que estamos destinados a casar um com o outro. Depois de toda a festa, depois de certos rituais que eu não posso precisar bem...

— Você casa comigo?

— Não caso coisa nenhuma.

— Ainda não?

---

[13]Organização da Mulher Angolana.

é isso que identifica uma pessoa de Cabinda, que não tem nada a ver tampouco com o petróleo.

— De acordo, mas eles têm petróleo.

— Eles não, nós.

— Isto é, o povo de Cabinda.

— Não. Angola é que tem o petróleo de Cabinda. Cabinda faz parte de Angola.

— Desde quando?

— Desde o tratado de Simulambuco. Só não posso precisar a data.[10]

— Pois a impressão que eu tenho é que o povo de Cabinda não se sente muito ligado a Angola, não.

— Não sei por quê! Se há tantos indivíduos de Cabinda que aderiram à luta, à nossa Revolução, e que hoje se sentem perfeitamente angolanos! Não sei por que você vem fazer uma observação dessas!

— Você acha que a FLEC[11] então é um movimento fantoche?

— Claro que é! A FLEC não tem significado nenhum dentro de Cabinda. É um movimento ambicioso como qualquer outro, como é a UNITA,[12] que foi comprada para destruir toda a estabilização em Angola. Mas não consegue.

— Você só vê o futuro de Cabinda ligado a Angola?

— Claro que está mais do que ligado a Angola, por todos os laços!

— Quais laços?

— Olhe, Zé. Se quer saber para além disso, vá procurar noutro sítio qualquer. Não sou a pessoa certa para lhe dar essas respostas, até porque têm que ser fundamentadas em qualquer coisa que neste momento eu não tenho nas mãos. Estivemos a falar da

---

[10]1885.

[11]Frente de Libertação do Enclave de Cabinda.

[12]União Nacional para a Independência Total de Angola.

— Não! E você tem que me respeitar, sem me tocar nem tampouco com o dedo. Nós vamos dormir para dentro duma cubata, só para nós dois.

— Romântico!

— É aquilo que se chama "dormir no pau". Ah, está a rir?!

— Francamente!

— Eu vou lhe explicar por quê.

— Para os machistas brasileiros isso seria uma afronta!

— Bem, vocês têm pau como outro termo, mas não é o caso. Chama-se "dormir no pau" porque, entre nós, o povo menos aculturado não usa travesseiro. Usa o pau para deitar a cabeça. O pau, redondo, tronco duma árvore, esse é o travesseiro. Então você, durante x tempo, tem que dormir comigo no pau, quer dizer, tem que deitar a cabeça no mesmo pau onde eu vou deitar a minha. E vamos ser sujeitos a uma prova: se você sexualmente me agradar... Não quer dizer que você me vá violentar, não! Você vai dormir comigo, vai conversar comigo. Proibidíssimo de me tocar tampouco com o dedo. E se você me conseguir seduzir...

— Mas como é que eu posso te agradar sexualmente, se não posso te tocar nem com o dedo?

— Bem, antes disso há todo um ritual entre os dois. Você tem que falar comigo. Você pode ser o homem destinado para mim, e não me despertar nada fisicamente. Suponha. Previamente eu não sei. Quando for para dentro daquela cubata, se você não me diz nada... A primeira impressão é física, não? Se você não me agradar fisicamente, ao fim duma semana você está posto fora da cubata, e eu não tenho já mais nada a ver consigo. Mas você também está proibido de me violar, entendeu? Isso chama-se a "experiência de dormir no pau", e por ela passam as mumuílas. Quando as pessoas vão dormir no pau, saem de lá satisfeitos os dois, e proclamam o seu casamento, então estão autorizados a casar. Aí quem manda é a mulher. A mulher é que rejeita o homem, de uma maneira geral.

— E você acha certo isso?

— Certo ou errado, não sei, mas é uma praxe que se cumpre. O homem tem que fazer todos os possíveis para a seduzir. Se conseguir agradar à mulher, física e intelectualmente, então prontos!, está tudo certo. Mas é uma prova difícil.

— Um momento! Você sabe perfeitamente que aquilo que a gente sabe fazer vem da experiência. Isso quer dizer que o homem deve ter tido então alguma experiência antes, não?

— Claro! Antes o homem também teve a sua experiência, porque também já esteve sujeito às suas praxes da puberdade, já teve toda uma iniciação.

— E que iniciação é essa?

— Iniciação especificamente de ordem sexual e de ordem... sei lá, sociológica mesmo, até provar ser uma série de coisas. Ele tem que ser um homem muito hábil, para poder se ligar com uma mulher e aí viverem em comum numa casa. O homem tem que ajudar a mulher, e vice-versa, sem ser um tirano.

— Em outras palavras, você está me testando. Está querendo saber se eu sou um homem...

— Não é nada disso!

— ...já preparado para você!

— Estou dando só um exemplo, porque não estou nada interessada em si. Já viu isso ao longo desse tempo todo.

— Isso é o que você diz. Quero saber se é isso o que você pensa!

— Olhe, meu amigo, nós nunca podemos dizer "desta água não beberei".

Antes da sobremesa, a festa dos antropófagos

— Como sobremesa, eu tenho uma pergunta que talvez não seja lá muito digestiva.

— Para contrariar a sobremesa, é?

— É. Na linha do que você gosta, sempre contrariando. Mas vamos lá. Antes que a sobremesa chegue, a pergunta é a seguinte: o que se diz, em relação a um dos movimentos de Angola, mais especificamente à FNLA,[14] é que, dentro desse movimento fantoche, havia pessoas que comiam vísceras humanas. Por mais horrível que possa parecer, ouvi várias testemunhas bastante fiáveis que comprovam o fato. O que quer dizer isso dentro do território de Angola?

— De tudo quanto eu saiba, não há povo nenhum angolano que fosse antropófago. Nunca nenhum povo angolano andou a comer pessoas. Agora, eu vou lhe contar uma cena. Como já lhe disse, meu pai era comerciante e, antes de se estabilizar em Luanda, passou pelo Moxico. Nessa altura, eu era muito criança mesmo. Devia ter os meus, no máximo, seis anos de idade, e tinha acabado de entrar para a escola. E lembro-me muito bem que, entre os empregados que nós tínhamos lá em casa, tivemos um que se chamava Catebe. Nunca mais me esqueci do nome dele, embora fosse uma imagem que passou dentro do tempo distante que estivemos a viver no Moxico, na antiga cidade do Luso, hoje Luena. Um dia, ao sair de casa, ao fim dos trabalhos todos domésticos que tinha praticado, voltou para o seu quimbo por volta das sete da noite. Ainda não eram dez, e já estava de volta. Ele, que era negro, estava cinzento, sem cor. Tinha sido acometido por um bando de indivíduos que o queriam levar. Soube mais tarde que havia indivíduos lá na zona, que não eram angolanos, e que andavam a levar indivíduos de Angola para um ritual, para uma festa qualquer que existia do outro lado da fronteira angolana. Essa festa só tinha que ser feita com carne humana. Esses indivíduos hoje pertencem ao Zaire. De modo que eu não me admiro nada que ainda haja uma

---

[14]Frente Nacional de Libertação de Angola.

certa tribo... aliás, todas as confirmações científicas nos provam que ainda existe uma tribo dentro do Zaire que é antropófaga.

— Que tribo é essa?

— Não faço idéia. Mas tudo o que você possa dizer a respeito de pessoas que levaram carne humana não me admira, porque, quando isso se passou, dentro de uns anos mais ou menos breves, é que nós soubemos que era verdade. Havia indivíduos que vinham ao nosso país buscar gente para ser comida em festas. Não me admira que esses indivíduos tenham voltado. A FNLA é um movimento que não diz nada ao povo angolano. Aliás, era e é por ele apelidado de antropófago. É, sim senhor! Todo o povo diz isso, e eu aí não tenho nada a dizer.

— Foi isso mesmo que ouvi, aliás, de mais de uma pessoa. Uma delas até passou por uma experiência assim, e é uma pena que isso venha a estar ligado ao nome de Angola.

— Acontece que a FNLA não tem nada a ver com Angola! Que história é essa? Foi um movimento criado lá fora, para destruir tudo quanto existe em relação a Angola!

— Mas a FNLA foi um dos três movimentos que fizeram parte do Governo de Transição, junto com o MPLA e a UNITA, antes da proclamação da República.

— Lógico, fizeram parte, mas não quer dizer que estejam integrados com o povo angolano! Isso foi oportunismo dos portugueses. Não me venha lá com essa história! Você tem que ir lá perguntar aos portugueses como é que essa cena se passou. Não sou eu a pessoa abalizada para lhe dizer nada disso.

— Os portugueses é que tiveram culpa?

— Sim, os portugueses e todas as potências internacionais. Eles é que fizeram isso, não fomos nós. Nós, o povo angolano, estamos convictos de que a FNLA não tinha nada a ver conosco.

Sobremesa indigesta

— Agora a pergunta que te reservei como sobremesa. Espero que não seja assim tão tétrica quanto possa parecer. Que lembranças você tem da PIDE?[15]

— As mais horríveis possíveis, por quê? E olhe que nunca estive presa!

— E de onde veio então a experiência que te faz ter uma lembrança horrível?

— A PIDE era uma polícia política de repressão e, como tal, tinha que exercer toda a sua força contra todas as pessoas que fossem contra o sistema vigente em Portugal. Tenho inclusive pessoas da família que passaram por lá. Só acho que não são coisas muito boas para recordar. Você disse que não tinha nenhuma pergunta tétrica, mas essa é pior do que isso!

— Como é que a PIDE agia?

— Sei que, primeiro, tentavam comprar as pessoas, fazendo-as virar para o seu lado. Quando não conseguiam, por vezes prendiam as pessoas e, depois de elas estarem lá dentro, tentavam fazer o mesmo: virá-las para o seu lado. A partir do momento em que não conseguiam, usavam de todas as técnicas de torturas que sabiam. Eu posso te dizer que, no fundo, a PIDE tinha tudo quanto era de nazi. Aliás, eles foram instruídos exatamente por agentes nazis. Daí todas as técnicas de torturas que tinham serem nazis.

— E você acha que aqui em Angola a repressão era mais brutal do que nas outras colônias?

— Não digo que tenha sido mais brutal. Posso dizer até que, de certo modo, era mais benevolente do que em Portugal. Isso talvez por uma questão de ordem política mesmo. Aqui talvez a imposição fosse maior, porque aqui talvez eles tivessem tentado fazer

---

[15]Polícia Internacional e de Defesa do Estado.

uma outra política, embora não fosse benévola, não vamos pensar nisso! Nunca a PIDE foi benévola. Em relação às outras colônias, também não. Você pode ver, por exemplo: Cabo Verde até tinha o Tarrafal, que era terrível, uma das piores cadeias que nós podíamos imaginar dentro de todo esse sistema. E para o Tarrafal não iam só pessoas de Cabo Verde, iam pessoas de todas as colônias. Inclusivamente o nosso presidente esteve lá. Mas por que você agora falou na PIDE? O que é que lhe veio à cabeça?

— Talvez o bacalhau à portuguesa.

— E isso associou com PIDE? Prato indigesto, que horror!

— Foi o que nós acabamos de comer.

— Ah, mas se para si é indigesto, para mim não. Eu não associo nada o bacalhau à PIDE. Não tem nada a ver uma coisa com a outra.

— A que é que você associa o bacalhau à portuguesa?

— Eu só penso que é um prato que adoro, pois é de descendência portuguesa, é ótimo! Mas o povo português também não tem nada a ver com a PIDE. Eles foram tão reprimidos quanto nós.

— Você acha que o povo angolano gosta dos portugueses?

— Do povo português, gosta. Não gosta é do sistema português.

— E como foi que o povo angolano aprendeu a gostar do povo português?

— O povo português foi sempre um povo que se identificou conosco. Tinha a mesma luta que nós temos. Por isso se fez o 25 de Abril, não só a favor de Portugal, como a favor de todos.

— Mas vocês sentiam esse estar-a-favor-de-vocês no povo que estava aqui?

— Sentíamos. No povo mesmo que estava aqui, que também foi absolutamente enganado pelo sistema que o regia. O povo português identificou-se absolutamente conosco. Não só o povo! Quando nós dizemos "povo", não foi só o camponês ou o operário. Olhe, Zé, de tudo quanto temos aprendido com esta Revolução, devemos muito até aos intelectuais portugueses. Àqueles que vinham obrigados a fazer a tropa, como se diz, para cumprir uma vida militar dentro do exército colonial. Eram revoltados lá também. Esses intelectuais de lá nos ensinaram aqui muita coisa. Por isso nós não podemos nunca estar contra o povo português. E, você vê, quem fez o 25 de Abril foram exatamente os capitães. Aqueles que também a nós nos ensinaram muita coisa.

— Mas fora do campo intelectual: as pessoas do povo, que vinham para cá, como é que eram recebidas?

— Como outra pessoa qualquer. Eram pessoas do povo, que não tinham nada contra nós. Aliás, foram tão enganados pelo sistema quanto nós.

— E elas aqui se adaptavam?

— Adaptavam-se, misturavam-se. E sentiram-se enganadas pelo seu sistema. Elas não tinham nada a ver com o sistema português. São pessoas, tal e qual como nós, que cometeram os mesmos erros, porque acreditaram no sistema.

— Mas, quando vinham, elas certamente sabiam o que as esperava, não?

— Não, não sabiam. Daí terem vindo.

— Mas foram enganadas por quê? Prometiam alguma coisa a elas?

— Ah, sim, prometiam mundos e fundos, uma vida melhor de ordem material, que é aquilo que toda pessoa ambiciona. Chegaram aqui e encontraram um mundo que era um deserto. Nada daquilo que o sistema português lhes prometeu.

MIZÉ 6 — Confusão no ar

Golpe de Estado — Primeiro tempo: Nito?

— Será que você poderia me deixar entrar?

— Claro! Mas o que é que se passa? Você vem assim com um ar assustado!

— Você não está ouvindo os tiros na cidade?

— Quais tiros? Aqui não se ouve nada.

— Você está surda, ou o quê?

— E você daqui ouve algum tiro?

— Sei lá! Mas a cidade está um tiroteio só!

— Vamos devagar, por favor, que eu não estou entendendo nada.

— Você já ouviu a rádio?

— Não.

— Pois vamos ligar. O discurso da rádio está muito estranho!

— O que é?

— Acho que está havendo um Golpe de Estado aqui!

— Ah, é? Então liga aí já essa porcaria de rádio. Depressa!

— *Camaradas operários e camponeses,*
— *Povo laborioso de Angola!*

— *Satisfazendo os interesses mais fundamentais das massas populares, a aliança FAPLA-Povo quebrou definitivamente com a ameaça de uma nova subjugação, que ameaçava atirar o nosso povo para o precipício, para a subjugação, e uma nova forma de exploração.*

— *Numa acção desenvolvida hoje, os militantes conseqüentes do MPLA, os guerrilheiros da guerra de libertação popular, presos por causa da traição da Revolução, encontram-se já libertados. Neste momento, as massas populares da cidade de Luanda, em aliança com as Forças Armadas, mantêm-se firmes na sua disposição de combater até ao fim pela defesa, pela vitória dos interesses fundamentais dos trabalhadores, da classe operária, do camponês, de todo aquele angolano que ainda sofre fome e sofre humilhação.*

— *A concentração em frente à Rádio Nacional é um fato que vai culminar numa grande manifestação.*

— *Todos à concentração em frente à Rádio Nacional de Angola!*

— *Todos pela concentração!*

— *Todos pela defesa dos interesses fundamentais das camadas mais exploradas do nosso povo! Todos pela Revolução Popular!*

— *Viva o MPLA!*

— *Viva a Insurreição Popular!*

— *Viva a Revolução!*

— *A luta continua!*

— *A vitória é certa!*

(Música)

— Ó, Zé, você sabe o que é que isso me está parecendo? É que esses locutores não são os da nossa rádio!

— Sinal de que está acontecendo mesmo alguma coisa estranha.

— Agora é que estou realmente a acreditar naquilo que você me está a dizer. Embora já houvesse certas suspeitas.

— Que programa é esse?

— Esses locutores eram de um programa que já tinha acabado. É a malta do *Kudibanguela*! Isso é muito suspeitoso. Escute:

— Aqueles que desviavam as massas do processo revolucionário, aqueles que nos tratavam de terroristas, pois abusivelmente (sic) andaram a utilizar estes microfones, e hoje somos nós, verdadeiros filhos de Angola, a tomarmos conta desta nossa estação radiofônica... Pois os lobos vestidos com peles de cordeiros já estão postos lá fora, porque estão desbaratados, estão envergonhados!

— Podemos informar àqueles camaradas que não estão dentro de Luanda de que há uma concentração na Rádio Nacional de muitos camaradas que vieram de vários bairros, e outra concentração no Palácio. Contudo estamos a fazer os possíveis para ver se conseguimos um único lugar de concentração, pois a máscara dos oportunistas caiiiuuuuuu!!!

(Música)

Moção

— A direção da JMPLA[16] do Bairro Sambizanga apóia incondicionalmente o comunicado da Comissão de Bairro, tanto na forma como no conteúdo. Apóia ainda incondicionalmente a insurreição popular iniciada pelas FAPLA, exortando todos os militantes, em particular, e o povo martirizado do bairro, a participar ativamente nesta jornada de luta contra o esforço revolucionário (sic).

— Viva a unidade FAPLA-Povo!
— Consagremos o marxismo-leninismo!
— Avante, mais audácia!
— Abaixo os reformistas!

---

[16]Sigla da Juventude do Partido MPLA.

— *Viva a juventude angolana!*

— *Pelo Poder Popular!*

— *A luta continua!*

— *A vitória é certa!*

(Fala um pioneiro:)

— *Camaradas, Povo angolano! A todos, boa tarde! Eu cá presente na emissora nacional de Angola, eu vou falar ativamente, em nome dos pioneiros angolanos, a posição do camarada major Nito Alves. Eu sou o camarada pioneiro de nome Lili, nome de guerra mais conhecido por camarada... (inaudível). A posição que eu vou levar, portanto, sobre o camarada major Nito Alves é que o camarada major Nito Alves desde os 14 anos de guerra lutou ativamente contra os seus opressores, os colonialistas! Escorraçou a sua vida por uma causa justa! E, hoje em dia, dizem que o camarada major Nito Alves é o dirigente do fraccionismo! Isso é uma pura mentira, camaradas! Os verdadeiros fraccionistas encontram-se aí dentro do governo! Os verdadeiros fraccionistas, camaradas, povo angolano!, encontram-se aí dentro do governo! Isto não é uma mentira, isto é verdade! Porque o camarada Nito Alves disse há bem pouco tempo: "Caros camaradas! Formulem as acusações que puderem formular, façam as críticas subjetivas que quiserem fazer, calunem (sic) como possam caluniar, façam as manobras que possam fazer, montem nas ruas de Luanda ou do país as emboscadas que possam montar, mas uma coisa é verdade: a ciência nunca pode ser sacrificada! Esta, caros amigos, é a única verdade científica no combate ao racismo como problema! Este é o único método objetivo de combate à oposição, ao racismo!" Camarada Nito Alves também disse que o povo angolano tem que estar mais uma vez convencido que quem deve mandar e guiar a classe operária e a classe camponesa são vocês, os próprios camponeses e operários, e não os que muitos... demagogic... (sic) demagogos encontram-se dentro do nosso seio. Unidas também, as massas proletariadas e camponesas, têm que se organizar e estar no Poder! Avante o poder das massas! Quem é das massas é aquele que deve ter os interesses das massas, e quem deve se encontra aqui! Camarada major Nito Alves foi sempre aquele que esteve ao lado das massas, defendeu a posição das massas! E, por falar a verdade, os camaradas que dizem DISA,[17] finalmente PIDE, vão prender o camarada major Nito Alves! Isto tudo tem que acabar, camaradas! Tem que acabar, camaradas! Os verdadeiros fraccionistas encontram-se dentro do governo, e queriam fechar o olho do nosso mais velho camarada presidente António Agostinho Neto! Assim, camaradas...*

(Interrompida a transmissão em onda média. Segue a freqüência modulada. Ruídos, vozes, confusão no ar. Silêncio.)

— Eu queria sentar, me tranqüilizar um pouco.

— Quer um copo d'água gelada ou um café?

— Os dois.

— Então vamos fazer um café, porque você vem assim com um ar verde, apavorado!

— Claro! É a primeira vez que isso me acontece na vida! Nunca vi Golpe de Estado nenhum!

— Olha, é bem feito, que é para você ter uma experiência. E vá, e depois?

— Vamos por partes. Primeiro, esse programa aí. Que programa era esse?

— O *Kudibanguela* era um programa um tanto quanto pretensioso, muito virado para o racismo, que acabou por ser detectado e abolido pelos nossos órgãos de informação e de segurança. Era um programa que não convinha a ninguém, era mesmo contra-revolucionário.

---

[17]Direção de Informação e Segurança de Angola.

— Você acha que há alguma relação entre...

— Agora estou a achar muito estranho. Os locutores que estão a falar eram exatamente os mesmos do programa.

— Então pode haver mesmo uma relação entre os elementos que faziam esse programa e...

— Ó Zé, vamos cá por partes, porque eu agora também fiquei um bocadinho no ar. Você vem me dizendo que ouviu tiros aí por várias zonas da cidade.

— Pois ouvi! Um tiroteio danado aí!

— Eu não estou a duvidar. Mas aqui nesta zona não se ouve nada, não é? Agora, esse programa era tendencioso, e os locutores são os mesmos. Então vamos fazer uma ilação: há realmente qualquer coisa no ar, que já não é novidade para muita gente. Nós já estávamos à espera de que houvesse realmente um Golpe de Estado, porque as coisas têm evoluído nesse sentido. Mas eu nunca pensei que fosse já. Que dia é hoje?

— Sexta-feira, 27 de maio.

— Pensei até que isso já tivesse sido neutralizado. Agora, quando você me vem falar em tiros, é porque a coisa está preta. Mas há outra cena aí. Ontem à noite passaram por aqui dois amigos meus, com farda das FAPLA, o que é normal, porque eles são faplas. Mas vinham armados até aos dentes. Um entrou numa hora, era mais ou menos meia-noite, e pediu-me simplesmente para fazer um telefonema. Fez a chamada não sei para quem, não sei o que é que ele disse, e saiu de imediato. Passados aí mais ou menos vinte minutos, aparece outro nos mesmos trajes, tal e qual, e pediu também só para fazer um telefonema. Agora eu começo a ficar muito...

— Escute só!

(Gritos, discussão prolongada em espanhol e português, inaudível. Choro convulsivo de mulher.)

— *Calma!*

— Está aqui o documento, companheiro!

(Destaca-se a voz de um cubano.)

— ¡Al pueblo de Angola, y a su máximo líder presidente Neto! Que nos encontramos ahora en la emisora de radio, combatiendo aquí, ¡manteniendo la posición! ¡Que la emisora de radio se encuentra en manos revolucionarias en este momento! ¡Que se encuentra combatiendo! Que aqui hay un montón de pueblo, confundidos...

(Breve interrupção. Voz de angolano.)

— Povo angolano! A Rádio Nacional de Angola encontra-se nas mãos dos revolucionários. A Rádio Nacional de Angola encontra-se com Agostinho Neto!

(Locução repetida várias vezes.)

— Atenção, camaradas do Centro Emissor! Atenção, camaradas do Centro Emissor! Podem pôr os emissores no ar com o sinal dos estúdios. Encontram-se na Rádio Nacional, nos estúdios, as forças fiéis a Agostinho Neto!

(Apelo repetido várias vezes.)

— A situação está normalizada! É necessário que ponham os emissores no ar com o sinal dos estúdios.

(Silêncio de minutos.)

— ¡Camaradas del Centro Emisor! ¡Liguen, liguen la estación de radio, que se encuentra en manos revolucionarias!

(Silêncio de segundos. Recomeça a música. Toca o prefixo oficial, e a locutora de costume anuncia:)

— Rádio Nacional de Angola! Camaradas! Terminou a aventura de meia dúzia de fraccionistas. A situação está a ser controlada! Mantenham-se em vossas casas! Abaixo o divisionismo! Viva o camarada presidente Agostinho Neto! A luta continua! A vitória é certa!

(Música. Volta a locutora oficial:)

— Dentro de momentos, o camarada Dr. Agostinho Neto, presidente da República Popular de Angola, falará à Nação. Chamamos

desde já vossa atenção! Desde já, pedimos a todos os emissores regio-
nais que entrem em cadeia com a Rádio Nacional de Angola!
(Silêncio de segundos. Voz angolana masculina:)
— Militantes do MPLA! População de Luanda! Agitadores a soldo
do imperialismo internacional e da reação interna têm procurado, desde
as primeiras horas da manhã, provocar uma situação de confusão e de
destruição, desorientando o povo com palavras de ordem contra-revolu-
cionárias. Tendo conseguido por alguns momentos infiltrar na Rádio
Nacional alguns de seus agentes, utilizando Nito Alves como bandeira,
procuraram arrastar o povo de Luanda para manifestações insensatas
contra o governo da República Popular de Angola, utilizando, para isso,
o nome do MPLA. O Comitê Central do MPLA e todos os militantes
honestos, o Estado-Maior General das FAPLA, o Governo da Repúbli-
ca Popular de Angola, unidos em torno do líder incontestável da Revo-
lução Angolana, o camarada presidente Agostinho Neto, proclamam que
controlam a situação! Todos os combatentes das FAPLA devem regres-
sar às suas unidades e aguardar as ordens do Estado-Maior General e
dos comandantes da Revolução. Os militantes do MPLA de Luanda
devem esclarecer as populações para que recolham às suas casas, a fim de
permitir melhor detectar os contra-revolucionários. O camarada presidente
Agostinho Neto fará ainda hoje uma comunicação ao país. Viva o MPLA!
Viva o camarada presidente Agostinho Neto! Abaixo os agentes do im-
perialismo! Abaixo os fraccionistas aventureiros!
A luta continua!
A vitória é certa!
O Bureau Político do MPLA.

Segundo tempo: Neto

— Ih! Agora já está a falar o Simons! Estive a pensar que ele já estava morto! Se calhar, com este tiroteio todo! E a Maria Luísa também, até que enfim!

— Quem são esses agora?

— São os locutores que falam todos os dias na nossa rádio, caramba! Há tantas horas que a gente não os ouvia!

— E o que quer dizer isso?

— Não sei, aí deve ter havido qualquer reviravolta. Vamos ouvir com atenção. Espera, vai falar o Camarada Presidente!

(Música. Toca o Hino Nacional de Angola. Voz pausada, mansa e firme, fala o Dr. António Agostinho Neto.)

— Queria hoje afirmar mais uma vez a nossa disposição, a disposição do Comitê Central do MPLA, do Bureau Político, de continuar na via revolucionária, e fazer com que o povo angolano siga o caminho para o socialismo. É um caminho que não somente apresenta certas dificuldades, mas que oferece também alguns incompreensões por parte de elementos do nosso povo.

Quando se fala de socialismo, o que é que nós devemos entender? Temos uma série de países capitalistas, países ocidentais, que estarão contra nós; países que são contra nós, e que não querem, portanto, que nós sigamos essa via. Temos países amigos e, embora amigos, são países que não compreendem bem a nossa opção. Isso chama o ódio de alguns países, de alguns responsáveis africanos, de alguns elementos do nosso mundo atual, que não estão de acordo. Mas nós estamos dispostos a seguir essa via.

Nos últimos dois dias, nós debatemos aqui em Angola alguns problemas que dizem respeito à nossa vida nacional. Problemas que dizem respeito ao povo angolano. Problemas que dizem respeito ao MPLA e à nossa organização política. Alguns camaradas desnortearam-se. Pensaram que a nossa opção seria contra os seus próprios interesses individuais e de grupo e, portanto, começaram a agitar-se.

E assim, hoje, houve uma certa perturbação na parte da manhã aqui no nosso país e, concretamente, na nossa cidade de Luanda, que não corresponde, de maneira nenhuma, aos sentimentos gerais do povo. Nós seguimos isso, seguimos a agitação que se manifestou.

Alguns camaradas ficaram apreensivos, alguns camaradas não compreenderam o que se passava. Mas eu queria dizer, a todos os compatriotas e aos camaradas, que é necessário não perder a nossa calma quando estamos diante de tais fatos. Porque é necessário nós defendermos essa Revolução. A Revolução tem de ser defendida pelo povo angolano. E se não é defendida, nós vamos perder. Essa Revolução, que é defendida pelo povo angolano, naturalmente tem de resultar em benefício para o povo angolano, e não para outro qualquer.

E, nesse momento, o que se pretendeu? Pretendeu-se demonstrar que já não há Revolução em Angola, que já não há Revolução porque os fraccionistas tinham sido expulsos do Movimento, ou tinham sido afastados do Comitê Central, como o sr. Van-Dúnem e o Nito Alves.

Será assim? Eu acho que não. Nós não podemos simplesmente limitar a atividade do Movimento, a atividade do Comitê Central, a pessoas cujas atividades são evidentemente contra a organização, contra a sua linha unitária. Foram expulsos e, na minha opinião, foram muito bem expulsos do Comitê Central. E terão de fazer um grande trabalho de reabilitação para poderem regressar às fileiras do Movimento como dirigentes.

Eu penso, por outro lado, que tudo aquilo que aconteceu hoje poderá repetir-se amanhã ou depois. É um fato terrível. É terrível porque nós perdemos vidas. Há homens que morreram hoje. Homens e mulheres ficaram feridos. Quem é o responsável? Desde sempre nós denunciamos a questão do fraccionismo. Por que razão não discutir dentro dos organismos do Movimento os problemas que afetavam este ou aquele setor, que afetavam esta ou aquela pessoa? Na prática, é assim que nós devemos proceder: devemos discutir dentro da organização.

Mas não foi essa a prática que alguns camaradas pretenderam seguir. E, portanto, nós hoje confrontamo-nos com essa situação. Vamos permitir ou não o fraccionismo? Ontem o Bureau Político fez uma de-

claração esclarecedora acerca do fraccionismo, e acho que isso é suficiente. Não é necessário dizer mais nada.

Mas acho também que é necessário que o nosso povo esteja vigilante. Que não permita uma atividade qualquer contra o MPLA, contra a direção do MPLA, contra o governo, contra todos os organismos de Estado, sem que haja um consenso sobre a própria organização, na direção do país. E eu penso que os fatos que ocorreram hoje, e que fizeram perder vidas, farão com que nós tomemos medidas talvez não muito agradáveis em relação a determinados indivíduos, que pensam deter nas suas mãos toda a verdade sobre a política do nosso país.

Eu penso que o nosso povo vai compreender por que razão nós agiremos de maneira drástica, em relação a indivíduos que agiram hoje com má-fé, que agiram hoje de maneira a perturbar até a calma na nossa capital, dando, portanto, ocasião para que o imperialismo possa novamente atacar o nosso Movimento, o nosso povo e o nosso país.

Camaradas! Era isso o que eu queria dizer. Espero que as medidas que serão tomadas pelo Comitê Central em relação àqueles que perturbaram a paz no nosso país, em relação àqueles que quiseram liquidar o nosso Movimento, àqueles que pegaram em armas para destruir o MPLA, sejam bem compreendidas.

(Hino Nacional de Angola. Segue a programação normal.)

— O que é que você achou dessa locução que o Neto fez ao país?

— Olhe, Zé, eu acho que você não me deve fazer muitas perguntas. Eu penso única e simplesmente, neste momento, que estou muito mais sossegada, a partir do momento em que o presidente fala. É sinal de que ele está vivo. É sinal de que o Golpe de Estado não triunfou. Não me pergunte nada acerca da locução, porque eu ouvi isso tudo muito mal. A única coisa que eu posso perceber é que foi o nosso presidente a falar.

— Sim, mas mesmo que sobre a locução você não possa dizer

nada, uma coisa é certa: se há uma tentativa de golpe de Estado, isso não se fez da noite para o dia!

— Como eu te disse, já há muito tempo que andava qualquer coisa no ar, que as pessoas suspeitavam, que estava tudo à espera. Mas agora eu não posso dizer nada, não sei como é que isso foi feito.

— Você acha que esse golpe era de inspiração esquerdista? Ou de direita?

— É melhor nós deixarmos isso um pouquinho para depois, porque neste momento eu também estou muito confusa. As minhas idéias estão absolutamente baralhadas, mas eu penso que esse indivíduo que quis fazer o golpe de Estado é ultra-esquerdista.

— O Nito?

— Sim, o tal de Nito Alves. É ultra-esquerdista e racista.

— Espera um pouco. Afinal de contas, ele era ministro, homem de confiança do presidente!

— E depois, que é que isso quer dizer?

— Quer dizer que se até um homem de confiança do presidente de repente dá um golpe, é de se perguntar em quem é que esse presidente vai confiar!

— Bem, mas lá por ser tido, repito, tido como homem de confiança do presidente, não quer dizer que seja um traidor? Pode ser um oportunista!

***

(Londres, 27 de maio de 1977, 23 horas — BBC World Service. Ondas curtas, transmissão em inglês. Locutor:)

— Presidente Neto, de Angola, anunciou que um certo número de pessoas morreu na rebelião de hoje contra o seu governo.

O presidente Neto declarou que a rebelião de hoje contra o seu governo em Angola foi acontecimento terrível, envolvendo muitos mortos e feridos. Em transmissão ao povo, depois que as forças leais retoma-

ram a estação de rádio em Luanda, o presidente Neto disse que os responsáveis pela revolta seriam severamente punidos.

A frustrada rebelião iniciou-se horas atrás em Luanda, com tiroteio e fogo de morteiros, mas aparentemente a maioria das Forças Armadas e as tropas cubanas permaneceram leais ao governo.

O correspondente da BBC em Luanda informou que o tiroteio terminou por volta do meio da manhã, e em fim de tarde o trânsito circulava quase normalmente, embora as lojas e os escritórios permanecessem fechados. A rádio foi tomada às primeiras horas da manhã por um grupo que se denominou "Comitê de Ação pelo MPLA", aparentemente um grupo de facção. Sua transmissão apelou em favor de manifestações de massa e pela libertação de dois esquerdistas radicais presos na semana passada, após terem sido expulsos do Comitê Central do MPLA. A rádio transmitia constantemente o slogan "Pelo Poder Popular!", até que foi interrompida. Então houve um anúncio de que a rebelião fora sufocada.

Este é o relato do correspondente da BBC em Luanda:

Luanda, 27 de maio — A rebelião começou por volta das quatro horas da manhã, quando Luanda foi despertada por tiroteio e fogo de artilharia, que prosseguiu até por volta das sete horas. Durante esse tempo, um assalto bem-sucedido à prisão de São Paulo pelos que apóiam Nito Alves libertou os detidos. Também nesse momento, os membros da facção assumiram o controle da estação emissora de rádio, que começou a emitir uma série de comunicados conclamando a liderança do MPLA, uma aliança de direitistas, maoístas e antigos membros da polícia política portuguesa, dizendo que a Revolução Angolana estava morta, a não ser que ocorresse um levantamento popular. Entretanto, nas ruas do centro de Luanda, os carros continuavam a circular, não normalmente, mas em número significativo. Embora algumas pessoas que tinham ido trabalhar voltassem para casa, grupos de jovens vagavam na direção da Polícia Popular e, a seguir, da estação de rádio, onde o grupo antigovernista conclamava a uma de-

monstração. Vi dois ou três caminhões, com cerca de trinta jovens cada, circularem por algum tempo. Mais tarde, caminhões do Exército se reuniram à volta das residências diplomáticas e da repetidora de rádio próxima. Eram disparados tiros intermitentemente mas, embora houvesse fogo até por volta das onze e trinta da manhã, não foram presenciados choques entre grupos armados. Não se sabe quantos morreram durante os tiroteios esporádicos, nem quantos ficaram feridos. Às onze e trinta, quando a rádio ainda estava no ar, nas mãos do grupo antigovernista, foi retomada por forças governistas. Era possível ouvir vozes angolanas, cubanas e soluços de uma mulher, antes que um dos locutores usuais lesse um breve um breve comunicado: "A situação está a ser controlada. A Rádio Nacional de Angola encontra-se com Agostinho Neto!" A rádio conclamou o povo a voltar para suas casas. Agora, Luanda está novamente calma. Não ocorreram mais tiroteios depois das onze e trinta. É meio-dia, e o trânsito circula com maior normalidade. Lojas e escritórios permanecem fechados.

(Transmitem-se notícias de outras partes do mundo. O locutor repete o despacho de Luanda e acrescenta.)

— Um estado de sítio, do anoitecer até a manhã do dia seguinte, foi estabelecido em Angola, após a rebelião frustrada de hoje.

(Segue o noticiário normal da BBC.)

Terceiro tempo: centenas de mortos?

— Centenas de mortos, que história é essa?

— Mas então você sai daqui, vai lá para fora, e volta-me com essas novidades, o que é que se passa?

— Novidades? Eu pensei que você já soubesse. Parece que o que houve foi muito morto aí!

— Não, eu só soube aqui em casa. Eu não tenho saído, mas passam várias pessoas aqui, e o que eu soube é que, ali nas zonas do Cazenga e dali do Sambizanga, de fato, há pelo menos dois mil mortos. Não sei se é verdade ou se é mentira, isso são as bocas que dizem, não posso verificar.

— Mas quem é que os matou?

— Ora, quem é que os matou! Não sei! Naturalmente que foram as forças militares.

— As que estavam a favor do presidente ou contra?

— A favor do presidente, logicamente, porque, se tiveram que matar é porque os outros estavam contra, não sei! Eu não posso dizer nada!

— Espera um pouco. Se se mata tanta gente assim, é porque havia muita gente envolvida nesse golpe, não?

— Olhe, Zé: eu continuo a dizer que estou com as minhas idéias absolutamente conturbadas. Não posso dizer nada neste momento. O que eu sei é que pelo menos dois mil mortos estão identificados. Daí para a frente eu não posso dizer mais nada. Sei que quem os matou foram as forças do presidente. Agora, por que, não sei. Não me pergunte mais nada. Acabou!

— Acabou, não! Que coisa é essa que se mata tanta gente assim? Angola, afinal de contas, me parecia ser um país civilizado!

— E você vem perguntar a mim, por que, especificamente? Eu não tenho nada mais a dizer. Já disse que não estou com a cabeça no lugar.

— Mas você é angolana, você...

— Não sou obrigada a saber tudo, homem! Vá lá saber aos homens da Segurança, vá perguntar a quem entender! A mim, não, porque eu não sou da Segurança, não tenho nada a ver com isso! Que história é essa?! Não sou militar!

— Também não precisa ficar tão exaltada assim. Não se fala mais nisso. Só queria um café.

— Está bem, vou já preparar um. Eu também preciso, ao menos para me acalmar um pouco os nervos.

— Se bem que café não seja o ideal para acalmar...

— Não, mas no momento sabe-me bem uma coisa quente.

Todos enganados?

— Diga lá!

— O que leva a gente a pensar um pouco, a respeito do que passou... Não vou falar mais sobre o Golpe, não.

— Sei lá se passou, se não passou! Ainda está tudo muito no ar.

— Mas eu não quero mais falar sobre isso.

— É muito bom, porque não vale a pena.

— Já vi que, com você, quando não dá, não dá. Mas não é a primeira vez que isso acontece. A gente sabe, por exemplo, que houve, dentro do Movimento, outros momentos assim meio difíceis. Por exemplo, a Revolta Ativa e a Revolta Chipenda. Que explicação você dá para isso?

— Olhe, Zé. Tudo quanto eu sei, e não sei muito: eu vi o manifesto da Revolta Ativa acusando o MPLA, especificamente o MPLA-Neto, duma série de situações. Se é verdade, se é mentira, eu não sei, porque não estava lá fora.

— Eles o acusavam de quê?

— Ó, homem, acusavam de muita coisa. De presidencialismo, de tirano, de muitas irregularidades, até de ordem monetária. Não era especificamente só ao presidente Neto. Era até ao Movimento em si. Eles fizeram todo um manifesto, que você pode procurar aí num sítio qualquer. Aliás, esse manifesto até veio na revista *Notícia*. E ao mesmo tempo surgiu também a Revolta do Leste, a tal chamada Revolta Chipenda, que também queria fazer valer os seus privilégios, com um ponto de vista um bocadinho diferente da Revolta Ativa. Eu não tenho nada a dizer nem a favor nem contra. Acho que surgiram única e simplesmente num momento inoportuno.

— Inoportuno por quê?

— Porque era necessário que naquela altura o MPLA estivesse absolutamente coeso. Não era oportuno que estivesse dividido entre facções.

— Mas os elementos que faziam parte da Revolta Ativa eram o quê? Operários?

— Não, homem! Era um grupo intelectual do Movimento, exatamente. Alguns deles já se tinham afastado das frentes militares há alguns tempos atrás, porque não eram mesmo militares. Era tudo um movimento intelectual. A Revolta Ativa era, era não, é um movimento intelectual. Mas logo imediatamente após o Congresso de Lusaka, fizeram um acordo com o MPLA-Movimento.

— Aliás, desse Congresso de Lusaka foi que o presidente Neto se retirou, em agosto de 1974, não foi?

— Sim, parece que foi isso. E foi após esse Congresso de Lusaka que inclusivamente assinaram um acordo em que toda a Revolta Ativa se prontificava a vir para Angola e trabalhar de acordo com a diretrizes do MPLA-Movimento.

— E a Revolta Chipenda?

— Daniel Júlio Chipenda foi um guerrilheiro, um comandante do Leste, ali da zona do Moxico, que esteve lá durante vários anos. Foi ele que assegurou realmente a guerra do então tempo colonial ali no Leste. Não sei bem por que é que ele se revoltou. Quanto à Revolta Chipenda não me posso manifestar muito, porque não sei bem.

— Mas ele chegou a assumir algum cargo importante aqui?

— Não, aqui dentro em Angola, não. Durante a guerra de libertação, ele foi o comandante do Leste. Depois disso, no Congresso de Lusaka, apresenta-se como um movimento à parte. Então quando, após o 25 de Abril, ele se instala em Angola, aparece como um indivíduo pertencendo a um movimento que não tinha nada a ver com o MPLA, praticamente. Não tinha mesmo nada a ver com o MPLA.

— Quais eram as idéias dele?

— Eu aí não posso me manifestar muito, mas ele tinha idéias contrárias ao Movimento, o MPLA. Tinha muito mais idéias viradas para a direita, e muito mais afinidades com os grupos FNLA e UNITA. Tanto assim que ele fez até uma coligação com eles.

— Mas ele estava sozinho nisso? Não tinha gente que o seguia?

— Não, homem! Ele tinha os guerrilheiros dele, que conseguiu sublevar nesse sentido. Não todos, mas alguns.

— E havia algum intelectual nesse grupo?

— Ah, não sei. Ó, meu Deus, lá estou eu outra vez no meu lugar de ré, e você como juiz!

— Não é nada disso! Estou simplesmente tentando ver até que ponto você sabe.

— Mas não sei tudo, homem!

— E, aliás, há um duplo filtro aí. Primeiro, tenho que saber se você sabe. Segundo, tenho que saber se você quer dizer. Conversar com você é uma tarefa difícil!

— E agora, por que serei eu a vítima?

— Você não vai ser a vítima. É só a gente avançar na conversa.

— Você tem todo um Departamento de Informação absolutamente instalado. Vá lá e pergunte!

— Mas se eu pergunto a você é exatamente porque o tipo de informação que a gente pode discutir aqui não é o que eu vou encontrar lá!

— É o mesmo.

— Se fosse o mesmo, eu não estaria aqui discutindo! Você estava falando que esses movimentos, principalmente o da Revolta Ativa, tinham sido inoportunos, não é? Inoportunos porque era importante naquela época todo mundo se unir em torno de uma bandeira, é isso?

— Claro! Após o 25 de Abril, em que há todo um movimento em Portugal que nos conduz imediatamente à independência, era necessário que o Movimento estivesse absolutamente coeso, e não dividido.

— Certo. Quando você fala da necessidade de coesão, isso é até bastante coerente, porque, ao que me parece, pelo menos do ponto de vista da estratégia militar interna em Angola, um pouco antes do 25 de Abril, o MPLA estava com dificuldades enormes, e teria que mudar talvez de estratégia, porque o exército português estava conseguindo muitas vitórias.

— Vitórias em quê? No plano militar?

— É.

— Ah, isso aí toda gente sabe que é verdade, não tenho nada que lhe esconder. Toda gente sabe que, no campo militar, o exército português tinha a guerra ganha. Ideologicamente e politicamente não tinha, dentro de Angola. Mas militarmente tinha, pela força.

— E, no caso, você acha que o 25 de Abril facilitou a conquista do poder?

— Sim, facilitou! E é por isso que eu digo que, na altura, o Movimento tinha que estar coeso e não dividido.

— Mas ainda que você ache inoportuno que tenha acontecido isso naquele momento, uma coisa parece certa: é que esse não foi o único episódio. Dentro do Movimento houve vários momentos de dissidências, de fracções.

— Olhe, Zé. Agora fazendo uma análise muito fria, muitas vezes eu já tenho pensado nisso. Muitas vezes nós, que sempre estivemos cá dentro de Angola, que nunca saímos das fronteiras, não sabemos bem o que se passa lá fora. Alguma coisa nos soa aos ouvidos. Eu, quanto a mim, que você conhece já há algum tempo, tenho-me feito muitas vezes esta pergunta: por que é que houve o primeiro movimento dissidente, do Viriato da Cruz? Por que é que mais tarde surgiram outros movimentos dissidentes?

— O do Viriato da Cruz foi quando?

— Nos anos sessenta. Em 1963, exatamente. Depois disso houve outros movimentos dissidentes dentro do MPLA. E agora, nessa fase muito mais aproximada, especificamente em 1974, surge uma Revolta Ativa e uma Revolta Chipenda. Eu continuo a interrogar-me a mim própria: será que todos aqueles estavam enganados, e só o presidente do Movimento estava certo? Não sei. Eu penso que nem toda a gente é estúpida, nem toda gente é besta, que se vá meter num movimento contra, e sempre fica uma pessoa que é dada como certa. Não estou a negar as qualidades, de maneira nenhuma, do nosso Presidente. Mas é uma interrogação que eu faço muitas vezes: será que estavam todos errados, e só o atual Presidente estava certo?

— E agora, que já passou o 27 de maio e o Nito Alves?

— Para mim, a interrogação subsiste. É a mesma: todos estariam enganados, e só ele é que estaria certo?

— Mas, por trás dessa interrogação, há alguma possibilidade de que o Nito alguma vez pudesse estar certo?

— Não, homem, nem pense nisso! Mas eu continuo a perguntar: com tanto movimento contra, só há sempre uma pessoa certa? Não sei, é preciso analisar as situações.

O Monstro 1 — "A um metro da ponte, você não via nada."

— Entre os líderes do 27 de Maio, quem me chamou muita atenção foi um indivíduo chamado Monstro Imortal, que deve ser o apelido de alguém. O engraçado é que sendo ele "Imortal", tenha sucumbido nisso. "Monstro", está certo, talvez ele tenha revelado a sua face monstruosa aí. Mas um imortal que é abatido assim ao primeiro golpe!

— Espera aí, Zé, não foi ao primeiro golpe. Antigamente, durante a resistência contra o sistema colonial, cada guerrilheiro tinha o seu nome de guerra, especialmente se fosse comandante de alguma zona, para não ser imediatamente identificado pelo exército colonial.

— Ele era comandante?

— Era, e tinha como alcunha Monstro, só. Era o seu nome de guerra. Da mesma maneira que, você sabe perfeitamente bem, existe o Pepetela, que não é nome dele, é nome de guerra. Existe, sei lá, um Ndózi, um Mangúxi, que era o nome de guerra do presidente. Esse até tinha mais, consoante as regiões. Assim o Monstro. Ficou Monstro Imortal porque passou por uma série de ciladas do exército colonial, e conseguiu sempre escapar.

— Ele era comandante de que zona?

— Ele atuou especificamente ali nos Dembos, na zona do rio Zenza. Era uma das zonas mais perigosas para o exército colonial. É ali na província do Kwanza Norte. E chama-se Dembos porque é a região do povo dembo. Foi ali que o Monstro fez o seu quartel-general, digamos.

— E como é que era esse acampamento?

— Eu vou lhe contar. Eu agora estou naquela fase em que posso contar muita coisa, porque o tempo passou. O Monstro foi para ali fazer o seu acampamento especificamente em 1968. Então o acampamento ficou localizado numa região entre o Quilombo dos Dembos, uma povoaçãozinha que hoje é uma comuna, e uma outra comuna de que não sei o nome.

— Por que Quilombo?

— É o nome dessa região.

— Estou perguntando por que, na história do Brasil, quando os negros se revoltavam, iam para o interior do país e formavam os quilombos, dos quais o principal é o famoso Quilombo dos Palmares.

— Pois. Aqui o nome também tem uma certa ligação com isso.

— Aliás, deve vir daqui, não?

— Sim, o nome é mesmo angolano. Existe o Quilombo dos Dembos, o Quilombo Quiaputo etc. Esse nome também está ligado a uma certa revolta dos negros em relação à escravatura aqui. E então, aí numa região onde havia uma pontezinha que separava várias fazendas, é que ficou instalado o acampamento do Monstro.

— Eram fazendas de portugueses?

— Sim, de portugueses que viviam aí, e que tinham as suas fazendas de café. Aquilo é uma zona cafeeira, e foi ali que ele instalou o seu acampamento, onde tinha de tudo.

— Mas por que é que tinha um acampamento do MPLA na mata? Quantas pessoas faziam parte dele? Havia mulheres e crianças também?

— Havia sempre para cima duma centena de pessoas, pelo menos daquilo que eu vi. Posso lhe dizer porque conheci esse acampamento por acidente. Ali havia homens, mulheres e crianças. Os homens eram guerrilheiros, as mulheres eram normalmente as mulheres dos guerrilheiros, e as crianças eram os filhos deles também. Havia um posto médico, escola, e havia as casas onde as pessoas residiam. Não eram casas de construção definitiva, eram mesmo casas de acampamento, que podiam ser destruídas de um momento para o outro. Então, ali muito perto do rio Zenza, entre a Granja Açores e a povoação de Caungula, foi instalado o acampamento do Monstro.

— Mas por que é que eles instalaram o acampamento ali?

— Porque era uma zona onde nunca tinha havido guerra com o exército colonial. Então, foi o sítio mais propício que se encontrou para instalar, porque era novidade. Era para apanharem o exército colonial de surpresa, porque, em matéria de guerra, aquela zona estava virgem. A guerra fazia-se mais ao norte, mas ninguém pensou que ali também pudesse ser feita. Tanto assim é que nem sequer as estradas estavam construídas ainda em 68, para que o exército colonial pudesse passar à vontade. Nem tampouco as pontes. Em toda região militar com guerra já declarada, todas as estradas foram asfaltadas e as pontes construídas definitivamente. Está a entender agora?

— Sim, daí você ter falado daquela ponte.

— Pois. É que, exatamente aí no sítio onde o acampamento estava instalado, havia uma ponte, a uns cinqüenta metros do local.

— E instalaram o acampamento assim, a cinqüenta metros da estrada?!

— Sim, mas aquilo era mesmo dentro da floresta, de modo que, a um metro da ponte, você não via nada. Só que a ponte ainda era daquelas pontes toscas, de madeira, não tinha nada de construção definitiva. Mais tarde é que o sistema colonial começou a construir a célebre ponte do Zenza, que ainda hoje existe, e que já era de cimento armado e ferros e não-sei-quantos. Mas na hora que o acampamento foi ali instalado, essa ponte ainda não existia.

O Monstro 2 — marufo, quissângua, churrasco de galinha

— E o que é que o Monstro fazia nesse acampamento?

— Pois está claro que ele, como militar, foi para ali única e simplesmente para fazer a guerra. Instalou o seu acampamento, identificou toda aquela região geograficamente, e não só: conheceu a todas as pessoas que existiam na região, desde os fazendeiros até à própria população local. Aliás, ele pertencia àquela zona, era oriundo de lá.

— Mas os fazendeiros estavam de acordo com o MPLA?

— Alguns, nem todos. Bem perto dali existia uma fazenda que até tinha uma milícia popular, porque tinha muito medo do MPLA. No entanto, havia pelo menos dois fazendeiros ali à volta, e que eram os mais próximos desse acampamento, que até estavam de acordo com a guerra do MPLA. Por isso mesmo, eles nunca foram atacados.

— Que milícia era essa? Particular ou do Estado?

— Do Estado. Era constituída por civis, mas, de certo modo, uma força militarizada, que podia ser requisitada não só por fazendeiros, como por quaisquer outras pessoas que tivessem grandes empresas, para protegerem militarmente os seus haveres.

— E tinha nome essa milícia?

— Nós chamávamos de Defesa Civil. E havia ali algumas fazendas que até tinham indivíduos que pertenciam a essa milícia popular. Bem, ali nunca se tinha passado incidente nenhum. Mesmo durante os anos pós-1961, aquelas fazendas nunca sofreram coisa alguma. Como era uma posição estratégica, o Monstro colocou o acampamento ali. Mas depois de ter identificado, entre as pessoas da região, as que estavam a favor do Movimento, ele tinha que fazer saber que estava ali instalado. Tinha que armar uma cilada contra o exército colonial. Então, não sei se por sorte ou por acaso, tive ocasião de o conhecer dentro mesmo do acampamento, e posso lhe contar a história. Uma vez eu ia com uma pessoa que vivia nessa fazenda, na Granja Açores. Eu tinha lá ido passar umas férias, e nós íamos atravessar o rio, quando o carro empanou exatamente em cima da ponte. Depois de várias tentativas do senhor que me levava, para pôr o carro em andamento, apareceram dois indivíduos a perguntar se nós necessitávamos de alguma coisa. Eu aí disse que tinha sede. E fiquei muito admirada quando eles se afastaram e voltaram com uma bandeja, na qual traziam uma garrafa d'água fresca, uma garrafa de quissângua e uma garrafa de marufo.

— O quê?

— Quissângua é uma bebida fermentada, tipo refrigerante, que se faz aqui em Angola. Pode ser feita de milho, de ananás, ou de arroz. Marufo é a seiva da palmeira. Também é refrigerante. E eu fiquei muito admirada de ver ali bebidas tão fresquinhas, mas não disse nada, porque não conhecia muito bem a zona.

— Espera aí. Você disse que marufo é refrigerante, mas eu tenho visto pessoas aqui que se embebedam com isso.

— É quando o marufo já está fermentado. Quando passa de um dia, dois, três, que é tirado da palmeira, e começa a aumentar o grau de fermentação, aí embebeda mesmo. Na altura em que é tirado não embebeda. É apenas refrigerante. O fato é que eu tinha mesmo sede, e escolhi a quissângua, que eu sei que não embebeda e tira a sede. Mas, como eu ia contando, eles nos ajudaram a reparar o carro, e nós continuamos. Aí pelo caminho nós conversávamos, e tanto o senhor que me levava quanto eu achamos estranha a aparição daqueles indivíduos ali. Não havia nenhuma sanzala próxima. Esse senhor conhecia toda a região, e não sabia ali da existência de nenhuma. Aquilo passou. Já vários dias depois, na fazenda, pensamos fazer uma experiência, e ver se, se passássemos no mesmo sítio, voltaríamos a encontrar os mesmos indivíduos. Ah, porque eles fizeram a oferta antes: disseram-nos que todas as vezes que passássemos por ali, se precisássemos de alguma coisa, eles andariam sempre pela zona. Aí resolvemos passar e fazer parar o jipe de novo em cima da ponte. Nesse dia, o jipe não estava avariado. Apareceram de novo os mesmos indivíduos a perguntar se nós precisávamos de alguma coisa. Eu voltei a dizer que tinha sede, e nesse dia não trouxeram mais a bandeja com nada. Convidaramnos a ir beber alguma coisa à casa deles.

— Mas que confiança é essa? Era um acampamento do MPLA e eles iam convidar assim pessoas estranhas?

— Calma! Eu ainda não lhe disse que era nenhum acampamento. Isso foi em princípio de conversa! Aí na hora é que fiquei a saber que era um acampamento, porque tanto o senhor que me levava quanto eu aceitamos o convite e seguimo-los. Qual não é a nossa surpresa quando lá chegamos e encontramos, não uma sanzala, mas efetivamente um acampamento! Eu era visitante da zona, mas o dono da fazenda, que conhecia aquela região toda, não sabia tampouco da existência daquilo.

— As casas eram construídas com troncos de árvores ou eram tendas?

— Eram casas construídas, como nós chamamos aqui, de pau-a-pique.

— No Brasil também se chama assim.

— São construídas com troncos e cobertas de capim. Casas que se podem ser destruídas dum momento para o outro, ou que se deixam ficar quando já não são necessárias. E quando nós entramos lá na casa que nos foi indigitada para tomarmos qualquer coisa fresca, não só nos ofereceram marufo, quissângua e água, como também cerveja. É verdade! Cerveja que se vendia aqui em Angola: a *Cuca* e a *Nocal*. E mais: ofereceram-nos churrasco de galinha. Aquilo era um acampamento absolutamente bem-organizado, onde as pessoas tinham tudo, e nunca tinham sofrido tiroteio nenhum. Estavam ali instalados à espera de fazer a guerra. Foi nesse dia que nós percebemos por que é que eles estavam ali. Você está a olhar assim para mim com um ar incrédulo, o que é que se passa?

— Não, não. É que estou interessado na história, só isso.

— Mas não tem nenhuma pergunta a fazer? Está a achar que é história minha? Que é ficção? Pois não é! O fato é que eles adotaram-me como uma pessoa de confiança. Por isso nos convidaram a ir ao acampamento.

O Monstro 3 — "Morreu tudo quanto era soldado!"

— E mais: eles sabiam quem eu era. Eu não sabia quem eles eram, mas eles detectavam todas as pessoas estranhas que entrassem ali na região. Foi aí que eu conheci o Monstro, que me foi apresentado, e que eu nunca tinha visto antes. Só sabia que existia um comandante Monstro, porque nós ouvíamos por meio do *Angola Combatente*, por vezes até em mensagens cifradas, como se tinha que fazer naquela altura.

— Mensagens de que tipo?

— Mensagens que se mandavam lá de fora. Por exemplo, lembro-me que, pouco tempo depois de eu ter estado lá, aconteceu uma coisa de certo modo triste em relação ao acampamento. Vou lhe contar a história toda. Nesse dia nós bebemos, comemos, e eles, os donos do acampamento, pediram-nos única e simplesmente, foi mesmo o próprio Monstro que nos pediu: "Quando aquela ponte", uma nova, que estavam a construir ali perto, "acabar de ser construída, vocês vão dizer que aqui existe um acampamento." E nós fizemos a promessa de que iríamos denunciar a existência do acampamento. Sabe por quê?

— Não faço a mínima idéia.

— Porque eles nessa altura ficariam emboscados, e a primeira força militar que passasse ali era absolutamente apanhada de surpresa. E foi o que aconteceu. A primeira força militar portuguesa que passou na ponte foi pega de surpresa. Morreu tudo quanto era soldado, oficial e praça dessa companhia.

— Uma companhia tinha quantos soldados?

— Entre oficiais, sargentos e praças, cento e vinte pessoas. Quando eles foram atravessar a ponte em busca do acampamento, ficaram todos, porque não conheciam bem o terreno, nem sabiam como poderiam ser emboscados. Está claro que essas coisas tinham que se pagar, mais tarde ou mais cedo. Então aí o sistema colonial organizou toda uma defesa naquela zona, e foi quando, uma vez, eu estava muito atentamente em casa, já em Luanda, a ouvir o *Angola Combatente*, e ouvi uma mensagem cifrada para o Monstro.

— Vocês ouviam regularmente o *Angola Combatente*?

— Às sete da noite, todas as pessoas que pertenciam ao Movimento. Aquilo era como se fosse rezar a missa.

— Todos os dias?

— Todos! Tínhamos que ligar para o *Angola Combatente*, até porque tínhamos que estar dentro dos assuntos que se estavam a passar lá fora. Muitas vezes vinham mensagens para nós também.

— Durava quanto tempo esse programa?

— Meia hora.

— E era transmitido de onde?

— De Brazzaville. E eu estava em casa a ouvir muito calmamente o *Angola Combatente*, quando ouvi uma mensagem cifrada. Eu de cifra nunca percebi nada. Só sei que dizia: "Atenção, Monstro! A galinha já tem os ovos...", não sei quê. Havia para ali uma confusão, não percebi nada daquilo. Mais tarde vim a saber o que é que houve. Realmente o Monstro estava em perigo. Depois dessa emboscada, o acampamento tinha sido detectado, e havia toda uma operação militar para destruir o acampamento. Mas tal e qual como havia indivíduos dentro do exército colonial que foram traidores, e que decifraram essa mensagem, também havia outros que estavam a serviço do exército colonial e que mandavam mensagens lá para fora, para o Movimento. Daí vir esse aviso para o Monstro, está a entender? Então eu soube, porque voltei lá a passar férias na mesma fazenda, que um dia o exército colonial foi armar uma emboscada contra esse acampamento. E como não tivessem outra alternativa, porque não sabiam bem a localização do acampamento, apareceram um dia de madrugada e apanharam todas as mulheres que estavam a acarretar água do rio. Eram todas já de idade. Entre elas, estava a mãe do Monstro, que vivia com ele no acampamento. Foram todas agarradas, e tinham que fazer saber que estavam presas, para que as pessoas que estavam no acampamento fugissem. À boa maneira do povo angolano, elas desataram aos gritos, fizeram uma choradeira terrível: "Ai, minha mãe! Ai, que me agarraram! Eu estou inocente! Eu não sei nada!", aquela choradeira toda, mas em altos gritos, o que é normal quando as pessoas querem fazer saber alguma coisa. Aí as pessoas que estavam no acampamento fugiram. Todo mundo fugiu, inclusive o Monstro. Todas as armas que existiam no acampamento foram atiradas ao rio, e as munições também, porque eles não podiam levar aquela carga toda. E só houve uma coisa talvez que o Monstro, que aliás escapou, não deve tido tempo de agarrar e levar: todos os mapas e papéis que ele tinha em relação à guerra.

— Toda a parte inteligente da estratégia, é?

— Exato, ficou tudo dentro da cabana. A mãe dele foi morta pelo exército colonial, e algumas velhas que iam com ela também. E levaram os mapas.

— Mortas como?

— Abatidas a tiros, por represália. O que é certo é que o acampamento ficou vazio, com exceção de sete guerrilheiros que foram agarrados por incúria, ou por não terem tido tempo de fugir.

— Os atrasadinhos...

— Os atrasadinhos da ordem, não é? Ficaram ali, foram agarrados e mais tarde foram mortos em praça pública.

— Como?!

— Sim, foram mortos para exemplo, para os outros terem medo. Foram única e simplesmente enforcados, num sítio onde se fazia o mercado de café. E as autoridades portuguesas convidaram todas as populações da área, brancos e negros, para irem assistir ao enforcamento dos traidores, entre aspas. Aí, durante muito tempo, esse acampamento deixou de funcionar, porque foi detectado e destruído. Os meses passaram-se, e, oito meses após isso, já o caso estava de certo modo esquecido na região, porque nunca mais houve ali nenhum tiro. E quando as autoridades coloniais já estavam convencidas de que tinham neutralizado todas as populações daquela zona, o Monstro voltou a instalar-se de novo no mesmo local. Reconstruiu o acampamento, voltou com a sua gente, e ficou ali, a fazer a sua resistência, até 1974. E foi o indivíduo que sobreviveu a todas as emboscadas do exército colonial. Daí o nome dele, Monstro Imortal. Aí o povo até diz que ele tinha feitiço, que as balas não lhe passavam pelo corpo. Contam-se histórias acerca do Monstro...

— E o que é que ele tinha de monstro, fisicamente?

— Nada! Até era um indivíduo absolutamente bem parecido, muito simpático, bem falante! Era uma figura perfeita, um homem novo. Se ele hoje fosse vivo, teria os seus quarenta e três anos. Mais nada! Essa é a história do Monstro que, infelizmente, já não é mais imortal.

— Pelo visto, era um guerrilheiro exemplar.

— Sim, ele foi um ótimo comandante, um ótimo guerrilheiro. E eu fico muito admirada como é que ele, nesta altura, aparece exatamente contra o atual sistema, contra o Presidente. Ele era até afilhado do presidente! Era o filho querido, o homem de confiança! Quando entrou em Angola, em 1975, era um homem da segurança pessoal até do presidente! Não sei como é que isso aconteceu. São coisas que nós não podemos compreender. Como eu já lhe disse mais que uma vez, eu não posso saber de tudo. Tive ocasião de saber muita coisa, de conhecer muita gente, mas o que vai nas cabeças das pessoas nós não podemos entender.

Hoji, o mais novo

— Mas ele certamente não deve ter sido caso único de guerrilheiro assim, não?

— Ah, sim, houve muitos.

— Entre eles, por exemplo, há hoje o que é, digamos, o patrono da JMPLA, o Hoji-Ya-Henda, certo?

— Esse morreu no Leste.

— E era mais novo.

— Sim, bastante mais novo até. O Hoji-Ya-Henda, se fosse vivo hoje, era indivíduo para ter os seus trinta e poucos anos de idade.

— Ele também foi morto em combate?

— Também. Durante um ataque a um quartel português. Não me pergunte bem o ano. Não é muito, muito longe, mas não posso precisar bem a data. Foi no quartel de Caripande, no leste, e a frente leste foi instalada já bastante tarde, em 1967, 1968.

— Mas como é que se explica que ele, sendo tão jovem, já tenha sido nessa altura comandante?

— Depende dos feitos que ele tenha praticado lá fora, do seu fervor revolucionário, de tudo quanto tenha demonstrado. A idade por vezes não quer dizer nada. Ele era muito jovem, efetivamente, mas você sabe que a força está com os jovens. E ele era um indivíduo que tinha realmente muita força. Não só era um bom revolucionário, como também um bom militar. Daí ele ter assumido a função de comandante. E comandava até indivíduos muito mais velhos do que ele, mas isso não quer dizer nada. Era realmente a força da idade. Ele tinha condições para isso, tinha capacidade e qualidades para tal. Mas, como qualquer jovem, era demasiado arrojado. E aí ficou. Acho que foi em 1968. Sei que foi num 14 de abril, porque essa é a data em que hoje se comemora o Dia da Juventude por aqui.

MIZÉ 7 — Argola

"Amanhã você pode ser trucidado."

— Depois de todo esse tempo em Angola, talvez eu não precise mais te fazer pergunta nenhuma. Vou tentar não dizer absolutamente nada do que vim fazer aqui. Vamos ver se você me diz aquilo que hoje está me fazendo falta.

— E o que é que lhe está fazendo falta?

— Diga o que quiser.

— O que quiser, não! Você começa por dizer que alguma coisa lhe faz falta. É uma mulher? Não me diga que, ao fim desse tempo todo, não conseguiu uma!

— Você aí não está falando de mulher, está falando de fêmea.

— Ou isso.

— Eu posso também não lhe dizer se já consegui ou não.

— Então, prontos! Mas eu vejo que você hoje está muito preocupado, conte lá. O problema deve ser muito mais sério.

— Deixa eu terminar esse assunto de fêmea primeiro. É que quem veio aqui não foi o macho, não. Foi o homem.

— Está bem, mas o que é que se passa? Acho que você hoje está muito mais conturbado que em qualquer outro dia.

— Para falar a verdade, não sei bem o que é. Aliás, não é uma coisa só. São várias, muito difusas.

— Bem, mas quando se está na hora da partida começa-se a achar que tudo é muito difuso, não?

— Quem te disse que eu estou na hora da partida?

— Hora da partida é uma forma de expressão! Não quer dizer que você vá já, amanhã ou depois. Mas quando as pessoas começam a chegar ao fim... Você não vai ficar indefinidamente aqui. Ou já optou?

— Ainda não, mas penso que a minha opção vai ser não ficar. Só não acho que se possa dizer que já estou na hora da partida. Estou tentando entender primeiro certas coisas que acontecem, e que me aconteceram, para depois tomar uma decisão. Pois bem: entre as coisas que me preocupam, o fato é que me deu a impressão de ter identificado aqui gente que quer conservar a qualquer custo o poder, e que é capaz de tudo para fazer desaparecer as pessoas que poderiam denunciá-los. São capazes de qualquer manobra, e o poder, para eles, passa a ser um fim em si.

— Olhe, Zé, isso que você está afirmando é grave. Eu gostava que especificasse melhor, porque não entendo assim, nem vejo o meu país dessa maneira.

— Eu seria incapaz de te dar mais detalhes, porque, já te disse, essa é uma sensação difusa.

— Para afirmar isso, você deve ter alguma coisa nas mãos!

— Sinceramente, não tenho nada de concreto. Tenho indícios.

— Então tem que os aprofundar, para poder falar dessa maneira.

— Acontece que você reage sempre como uma pessoa daqui, que já conhece tudo, e que então, obviamente, quer conferir se aquele que começa a perceber alguma coisa, e que é estrangeiro, está certo ou não. E depois, acho que não é um problema só de Angola, é mais geral. Há no mundo uma classe de gente que faz de tudo para chegar ao poder, e que faz de tudo também para não sair. Da mesma forma como acontece aqui. Ou talvez aconteça, segundo você.

— Mas você está com medo de quê?

— Eu hoje já não tenho medo. Tenho é prudência!

— Então conte lá!

— Você sabe do que esses caras são capazes!

— De quê? Quais caras? Ainda não entendi bem! Estou assim fora de jogo.

— ...

— ?

— O que vai acontecer no dia em que eu for embora?

— A mim? Nada. Vou continuar a minha vida normal. Você sabe, eu estava em Benguela, não é? E agora já estabilizei aqui em Luanda o meu modo de vida, você sabe também. Não vou voltar mais para Benguela dentro dos próximos anos, pelo menos. Nem penso mais nisso. Estou a trabalhar, voltei à rádio. Não pense que me vai acontecer assim nada de imediato que seja surpresa para mim. Por quê?

— Eu estava pensando na tua resposta, para ver quanto tempo mais eu fico em Angola.

— Ah, meu amigo, isso não depende de mim. Depende de si, e não só. Olha, mas por tudo quanto vi, Zé, acho que você foi demasiado ousado. Não sei quais são as implicações que possam existir aí. Eu, neste momento, estou a crer que você veio com muito boa intenção, se é que não estou enganada. Só que as pessoas não vivem das boas intenções. De modo que, em relação a si, não sei o que é que eu possa dizer. Você continua a escrever para o jornal, veio convidado pelo MPLA, mas isso são coisas que podem passar. Amanhã você pode ser trucidado, como qualquer indivíduo pode ser trucidado dentro de qualquer revolução. O que é que se passa?

— É que a mim não vão trucidar!

— Porque você vai escapulir, não?

— Quem quer escapulir, sabe como.

— Então você tem culpa?

— De quê?

— Não sei. Uma pessoa, para escapulir, tem que ter qualquer culpa!

— Estou simplesmente tentando fugir a um dos arbítrios da nossa época, a tal soberania nacional.

— Qual soberania? Explique-me lá isso!

— É o seguinte: eu não posso ter razão, em tudo ou em qualquer coisa, desde que isso atente contra a segurança de Estado. E em qualquer país podem me pôr para fora, mesmo que eu esteja certo, desde que eu esteja descobrindo verdades que não interessam revelar naquele momento.

— Só porque você é estrangeiro.

— É.

— Então qual foi o álibi para isso tudo?

— Isso tudo o quê?

— Não sei, você está pensando em ter uma saída!

— Eu não estou pensando em sair ainda, mas sei que vou. Eles também não podem fazer de mim o que querem, não!

— Mas eles quem?

— Prefiro chamá-los apenas de "eles". Um dia a gente talvez vá ver quem são.

— Neste país só existe uma organização que pode pôr as pessoas daqui para fora. Chama-se DISA, e cuida da Segurança Nacional.

— Eu estou falando em termos de vida, você me fala em instituição!

— É que a instituição às vezes complica com a vida!

— Mas você está me falando da DISA por quê?

— Porque é a única instituição que pode pôr qualquer pessoa fora daqui.

— E funciona!

— Funciona, lógico! Qualquer país tem que ter a sua própria segurança, não? No seu país não existe?

— E como!

— Bem, quer que eu lhe fale da Segurança em Angola, é isso? Você ainda não se apercebeu? Não me diga que é um ingênuo, e que, ao fim de todo esse tempo neste país como jornalista, ainda não sabe qual é o sistema de segurança que existe aqui! Você está a dizer que tem que sair, que tem que não sei quantos! Isso tudo me leva a crer que está envolvido com a Segurança.

— Não sei ainda. Afinal de contas, depois do que já vivi neste país, estou preparado para encarar qualquer parada!

— Ainda que não seja uma segurança válida?

— Como é que eu posso saber? Pela carteira de polícia?

— Não. Você aí é absolutamente ingênuo!

— Mas não vamos inverter a ordem das coisas. Quem poderia falar alguma coisa sobre isso é você, não eu!

— Da Segurança neste país? Olhe, Zé, eu não vou dizer nada a favor nem contra. A única coisa que eu lhe posso adiantar é que estamos com pouco tempo de independência, e que a Segurança, no princípio, foi feita de indivíduos que eram lumpens. Foi uma necessidade, um mal necessário no momento, porque eram os únicos indivíduos que asseguravam confiança. Já lhe disse mais de uma vez também que nós estamos vigilantes e conhecemos as pessoas. Ou não? Então, essa Segurança tem que ser modificada, mas é a única que funciona no momento. E não quero dizer com isso que ela seja, de todo modo, irresponsável. Na altura em que você meter o pé na argola, naturalmente que vai ser mesmo acometido por essa mesma Segurança, e vai pagar por suas culpas. Eu o adverti mais que uma vez. Não sei o que você andou por aí a fazer, mas eu sempre disse que não deveria meter a foice em seara alheia. Se aconteceu, o problema é seu. Mas, com relação a essa Segurança, também eu como angolana posso te dizer: é preciso ter muito cuidado!

— Pois ouça bem, se você quiser entender como eu penso, antes de decidir. Às vezes, na minha frente vejo um grupo enorme, quase em fileiras: família, pai, mãe, mulher, futuros filhos, tios, avós, bisavós, antepassados todos, amigos de sempre e até de infância, gente que passou por mim quando pequeno ou quando grande, todo esse povo compondo na minha cabeça uma grande multidão. E é como se, a qualquer momento, qualquer um deles viesse até mim, e me lembrasse algo que me faria refletir duas, três vezes, sobre o que já fiz ou estou fazendo agora. Aí eu decido.

Seara alheia

— Sim, e depois?

— Você já teve oportunidade de analisar a reação das pessoas do lugar quando, num vilarejo, chega um forasteiro?

— As pessoas ficam todas de pé atrás.

— Isso é comum aqui?

— Especialmente nesta fase, sim. Por quê? Está-se a pôr nessa situação, é?

— Foi uma idéia que me passou pela cabeça. Pelo seguinte: todo esse teu discurso nacionalista, ao analisar tudo que eu te conto ou comento sobre o que acontece em Angola, é parecido com o comportamento das pessoas da aldeia, enquanto não vêem concretamente o indivíduo manifestar o interesse dele em ter vindo.

— Olhe, Zé, de qualquer dos modos acho que não está longe disso. E vou explicar por quê. Ao fim deste tempo todo em que nós nos damos, e eu penso que fui das primeiras pessoas que você conheceu aqui, sinceramente ainda não percebi bem quais são os seus objetivos. Você veio como jornalista, o que para mim já é dúbio. Depois, quer saber uma série de coisas, mas a qualquer momento está para se ir embora. Isto tudo deixa muitas dúvidas. Ora, se você tivesse feito um jogo absolutamente aberto, talvez nós pudéssemos conversar doutra maneira, embora eu não lhe tivesse escondido nada dentro daquilo que eu sei, nem tenha tomado uma atitude demasiado nacionalista, como você quer insinuar. Mas, realmente, eu tenho que ter certas precauções, porque já não é o primeiro caso. Como já lhe disse há muito tempo: há pessoas que vêm aqui, exploram uma série de coisas, saem daqui sem saber de nada, e vão lá para fora, vendem artigos aos jornais, e escrevem livros sem qualquer fundamento.

— Pois bem. Para eu fazer aquilo que você sugeriu, isto é, que, assim que chegasse, eu jogasse jogo aberto, seria preciso que eu fosse o que não sou. Que eu tivesse uma consciência profunda dos interesses da minha vida, para eu poder esclarecer para o outro. Ora, se eu não tenho isso claro nem para mim, como é que eu podia esclarecer a você!

— Você é um aventureiro, então!

— E você vê algum mal na aventura?

— Até certo ponto, não. Mas na vida não pode existir só aventura. Deve haver também uma parte de certeza.

— Mas isso se aprende! Não é de um dia para o outro que a gente chega a ser assim. E eu não tenho cento e cinqüenta e sete anos.

— Mas então você aprendeu alguma coisa aqui, não?

— Algumas. Aprendi, por exemplo, a identificar a tal classe de gente, essa elite que, apesar de estar em grande parte visivelmente despreparada, exerce hoje o poder como um fim em si.

— E o que acha de mal nisso? Eu não entendo assim.

— Você acha certo, então, esse tipo de gente estar no poder?

— O poder tem que ser exercido, em qualquer país, por um certo número de pessoas. Qualquer país tem que ter um poder, para poder ser governado. Não vejo de onde vem o mal!

— O mal é que esse poder não esteja à altura das necessidades da grande maioria, e não resolva os problemas das pessoas.

— Como, por exemplo?

— A educação.

— Mas nós estamos agora a começar! Há toda uma série de coisas a transformar! Como é que você quer que as coisas se façam de um dia para o outro?

— Lá vem você de novo!

— Vocês, estrangeiros, são muito apressados. Olhe que nós, angolanos, não estamos com tanta pressa assim! Queremos que as coisas se façam a seu devido tempo, mas como devem ser! Por exemplo, Zé, diga-me uma coisa, agora com respeito à educação, pois você naturalmente já achou aqui uma série de coisas erradas, porque há demasiados analfabetos. Nós sabemos. No seu país, por acaso, não há analfabetos? A educação é perfeita, ao fim de todos esses anos lá em que já estão independentes? Diga-me lá!

— Você acha que um erro justifica o outro?

— Não é que um justifique o outro, mas acho muita graça, acho mesmo muita piada, quando vocês chegam aqui e querem encontrar um país perfeito, quando é independente ainda faz tão pouco tempo!

— Eu não quero encontrar país perfeito coisa nenhuma! Quero simplesmente ter o direito de ver à minha maneira as coisas, de analisar e poder dizer o que eu acho certo ou errado, independentemente do país onde estou! Você falou no Brasil. Não pense que no Brasil eu seria mais indulgente com os erros cometidos na educação. Lá foram e continuam sendo cometidos erros enormes. Por exemplo, já que é moda os países do Terceiro Mundo dizerem que estão vencendo a luta contra o analfabetismo, o Brasil não pára de divulgar números triunfalistas a respeito da alfabetização. Bastaria que a gente usasse o critério de só considerar alfabetizada a pessoa que pode tanto ler compreendendo quanto escrever uma pequena frase simples sobre sua vida cotidiana, para desmascarar a farsa. Pois não pense que no Brasil eu não atacaria com a mesma veemência as falhas que há. Seja aqui, no Brasil, ou em qualquer lugar onde eu estiver. Eu não pertenço exclusivamente a um país. Nós somos todos seres humanos cidadãos do mundo.

— Ai, ai, você é do modo Che Guevara, que pertence a todos os países do mundo, é? Não me parece tanto assim. Por isso é que eu acho que você é que não teve a coragem de fazer, no seu país, a luta que está querendo fazer aqui.

— Se você tivesse vivido no meu país na época em que eu saí, não trataria as pessoas que ficaram lá com esse desrespeito. Quando você diz isso, se fosse só contra mim, estaria ótimo! Não, você está atacando, no fundo, as pessoas que ficaram lá, organizando, da maneira que podiam, a resistência. O problema é que, para grande parte da minha geração, a única arma que nós pudemos utilizar, num certo momento, foi a dos três macaquinhos: ver, ouvir e calar.

— Ai, essa é a melhor forma de resistência! Realmente! E, imediatamente a seguir, é isso: fazer política em país alheio.

— Eu não vim aqui fazer política.

— Mas é o que me parece. Você chega aqui e aponta todos os erros e defeitos. Não vê outra coisa senão de mal. Ainda não o ouvi dizer nada a favor deste país. É jornalista, quer-se ir embora a qualquer momento. Eu não sei o que você veio fazer, finalmente!

— Não é o meu papel salientar as maravilhas que há. Maravilhas já são ressaltadas por si próprias, e pelos governos! Não é preciso que eu diga ao mundo as belezas que o povo angolano tem como cultura. Isso aí, mais cedo ou mais tarde, acaba saltando aos olhos, qualquer pessoa que vem aqui percebe. Onde é preciso que a gente atue é sobre as falhas que se cometem, porque esta é a maneira de começar a corrigi-las e de progredir um pouco mais.

— Ora, muito obrigada por essa lição, mas eu quanto a mim continuo a dizer: ponha-se na sua situação de estrangeiro e de jornalista, e não meta muito a foice em seara alheia.

— E você continua com a mesma atitude, a mesma barreira que sempre teve, de contrapor tua condição de nacional à minha condição de estrangeiro.

— Ah, mas isso tem que ser assim mesmo! O que quer que eu faça?

— Mas nós, acima de sermos nacional e estrangeiro, somos pessoas, homem e mulher.

— Isso eu sei! E o que é que nos liga, para além disso? Nem na política naturalmente hoje ainda estamos identificados!

— Como é que você quer que algo nos ligue, se você não faz esforço nenhum?

— Olhe, Zé, eu já tentei de todas as maneiras, e acho que já tive paciência demais. Já lhe dei demasiadas explicações. Dentro da sua condição, se calhar, disse coisas que possivelmente nem deveria ter dito. E vejo que você está sempre naquela posição de ataque em relação ao meu país.

— Não é em relação ao teu país. É em relação a você! Porque a tua atitude é de mulher que se quer superior, mais vivida.

— E você ataca-me a mim em vez do país?

— Quando é que eu o ataquei? Eu simplesmente fiz perguntas! Até agora não formulei nenhuma resposta. Você ouviu de mim alguma tese sobre Angola?

— Não, mas você quer sacá-las, e faz por vezes afirmações que não correspondem bem à verdade.

— Mas isso é uma forma de pergunta! Aí então você não conhece bem o jornalista!

— É uma forma de pergunta jornalística que tem sempre cá um pé atrás, que é para conseguir os seus objetivos. Acho muito bem, está dentro da sua profissão quando atua assim, e talvez mesmo por isso é que eu não possa ser demasiado aberta. Continuo a dizer: até hoje não sei com que intenção você veio para aqui, embora tenha todas as credenciais e mais algumas.

— Já que você tem um pé atrás porque sou estrangeiro, e eu tenho um pé atrás em relação a você porque sou jornalista, que tal se a gente procurasse, por um instante que seja, deixar de lado os nossos papéis de nacional e de jornalista, e ficar apenas com o que somos?

— Ai, que essa linguagem para mim é muito difícil! Pode traduzir?

— Você está se fazendo de desentendida.

— Nem tanto.

— Se você me encarasse apenas como homem, talvez... Você ri, está vendo?

— Pois rio! Porque, ao fim desse tempo todo, eu o encaro como uma pessoa, como um amigo. Mas homem, como? Homem você já é! Mais quê?

JARRAISILI[18]
INTENAMBA
DIVIRTI
MENTOHO
JO VORRI
DAASSAAFOVO
CRIASIFIGI
COMZOCO
DROGONENELE
KOTOBOKAKAZA
CECENILIL
NININ
HI HI HO   NULUNA
IO IO IO   NALANA
ZAALA
XONOXONO   JOGOMEUMA   NEGRITE
MORREMMA
MUNGUDIKIO   BIFIFI
TU AFRIKA LATAPA
CANELNEL 5000 5000 5000
COLCHIBINOLONO 40 73 83
HOVIEMOS
JENESSAAC   OLOVEXOLO
CHEMETE
NESTANA   DULO   LOMOGO   GRIMIPI
LUSIRSIR   GRIMIPI
LODORO
TIJOLO   TIJOLO   TIJOLO
VOLIACE
LABIKI
VIRGIXITI   GUISSASSU
VIRGIXITI
XITRI   VERMOLENSEE

[18]Entre as inúmeras inscrições feitas nos muros de Luanda, Zé Roberto coletou algumas e compôs este quadro.

MIZÉ 8 — Um espetáculo!

"Tu Afrika Latapa"

— Entre as coisas que mais chamam atenção em Luanda, de uns tempos para cá, são essas inscrições nos muros da cidade, com palavras quase sempre incompreensíveis. Letras, sílabas escritas ao contrário, repetidas, números...

— Você quer falar das inscrições que estão aí feitas nos muros pelos malucos de Luanda, é?

— Escritas por quem?

— Por pessoas que são doidas, que andam aí e que escrevem. São coisas sem nexo, e você não consegue ler coisa nenhuma, em língua nenhuma.

— Mas isso mostra, pelo menos, que não são analfabetos.

— Possivelmente não, mas que são doidos, são. É por isso que você não consegue entender o que está escrito. Nem eu, nem ninguém.

— Mas como é que se deixa os doidos passearem assim tranqüilos, escrevendo pelas paredes? Que loucura é essa?

— Olha, Zé. Segundo o diretor do Hospital Psiquiátrico de Luanda, Dr. Africano Neto, este mundo é todo louco. Eu estou com ele de certa maneira. E então, diz ele, todos aqueles que são um pouquinho mais loucos têm que ser integrados na sociedade. Aí ele abriu as portas da Psiquiatria e pôs tudo quanto era louco cá fora. Não me diga que nunca reparou na gama de loucos que andam por aí pelas ruas, que vão aos contentores de lixo, falam, fazem comícios, andam desgrenhados, alguns sujos, outros mais limpos, ou nus, fazendo casinha aqui e ali, ornamentando até as ruas com sacos de plástico, etc. Nunca reparou nisso?

— Muitas vezes. Mas o que você está dizendo aí mostra que há mesmo uma verdadeira tese da psiquiatria em Angola, de que é preciso integrar os loucos...

— ...na sociedade.

— Aliás, além de ser uma tese bastante avançada, ainda dá um aspecto até pitoresco à vida da cidade!

— Eu de psiquiatria não percebo absolutamente nada, de modo que não estou autorizada a falar nisso.

— Mas você acha que em Angola há mais loucos do que o normal?

— Acho que não. Penso que aqui as pessoas notam que há um certo número porque eles andam à solta, o que não acontece em outros países, ou pelo menos nos que eu conheço.

— Mas o fato de ter havido esse período todo de lutas pela libertação, de repressão, dificuldades, traumas de guerra, tudo isso pode também ter influenciado na proliferação de alguns loucos a mais do que o normal, não?

— É natural que sim, não sei. De tudo quanto tenho lido aí nos jornais, grande parte da loucura que existe em Angola foi provocada por deficiências de ordem alimentar. Outros ficaram loucos por deficiências de saúde dos pais, por doenças que os pais tinham contraído e que não foram tratadas a tempo. Outros mesmo por traumas de guerra, por toda essa situação. Mas esses são a minoria dos que têm saído por aí. A loucura principal é aquela que você pode ver nos loucos que andam por aí espalhados. São todos indivíduos com mais ou menos vinte e cinco, trinta anos, e para além disso. Essa loucura veio já praticamente desde a infância, por deficiências mentais, por subalimentação, ou por outros problemas que possam ter surgido até de ordem social.

— De qualquer maneira, a partir do momento em que essa tese entra em funcionamento, e que os loucos saem às ruas, isso certamente causa algum distúrbio na vida da cidade, não?

— Não. Eles não são agressivos. São inofensivos, pessoas que fazem a sua vida própria.

— Podem não fazer nada com intenção agressiva, mas eu já vi aqui malucos, por exemplo, dependurados no semáforo, perturbando completamente o funcionamento do trânsito.

— A propósito, não sei se você chegou a assistir a um espetáculo, ali onde há um sinaleiro, na Maianga. Ali é que houve uma verdadeira confusão. Eu por acaso estava presente. Eram oito da manhã, na altura em que há um trânsito muito intenso, porque é a hora de as pessoas irem para o trabalho. Estava o sinaleiro em cima da peanha com o seu apito na boca, quando embaixo da peanha apareceu um louco com o apito também na boca, igual ao do sinaleiro, imitando todos os sinais que o policial fazia. Então, quem manobrava a situação era, logicamente, o louco. O largo da Maianga estava cheio de carros parados, vindo de um lado, do outro, do outro, de todas as direções, que ali desemboca uma série de ruas, não é? E ninguém sabia para onde avançar, porque não se sabia nunca quando é que estava a apitar o sinaleiro ou o louco. Toda a gente estava com medo. Fartei-me de rir com aquilo! Dentro dos carros havia pessoas furiosas, porque queriam avançar e não sabiam por que não podiam. Aquilo durou mais ou menos uns quinze minutos, até que veio um outro sinaleiro e conseguiu convencer o louco a sair. Ele sempre com o apito na boca, mandando os carros avançar. Foi realmente um espetáculo!

Frangos, ovos, carne-seca, Brasílias e bulgaridades

— Na linha dos espetáculos, aliás, as pessoas que viveram recentemente por aqui tiveram a oportunidade já de assistir a vários. Não sei se você chegou a presenciar, na ocasião dos frangos...

— Quais frangos?

— Quando foi feita uma farta distribuição de frangos no mercado interno de Luanda. Frangos que já estavam faltando há algum tempo e que, de repente, resolveram distribuir.

— Não presenciei porque não fui buscar nenhum.

— Mas você sabe por que é que distribuíram os tais frangos?

— Não.

— Os frigoríficos dos abatedouros estavam...

— ...avariados? Ah, é?

— E como não conseguiriam conservar os frangos todos nas câmaras frigoríficas, passaram a fazer a distribuição de frangos vivos mesmo. Foi um tal de jogar frango de cima dos caminhões, um alvoroço, um festival de frangos e galinhas cacarejando pela cidade! Mas houve também a questão dos ovos.

— Outra?

— Vai me dizer que você não viu milhares de ovos e mais ovos por essa Luanda inteira?!

— Dos frangos ainda ouvi falar. Agora, dessa dos ovos não sabia.

— Pois na cidade inteira se viu gente e mais gente desfilando com dúzias e dúzias de ovos pelas mãos!

— E onde é que eles foram buscar esses ovos todos?

— É que foram importadas toneladas de dúzias de ovos. Quando chegou isso tudo, as chocadeiras tinham-se avariado e os ovos todos iam apodrecer. Aí, qual foi a solução? Farta distribuição de ovos! E durante uma semana, pelo menos, a população de Luanda se fartou de comer ovo!

— Pois tenho pena de não ter assistido a este. Mas vamos lá, há mais?

— Não, mas, por trás dos espetáculos, quem é forasteiro e começa a viver em Luanda logo percebe que as coisas aqui, em matéria de consumo, surgem em fases.

— Sim. É o que parece, realmente.

— Por exemplo, os carros. Nos últimos anos a gente pode ver as marcas diferentes que se sucederam. Eu não sei bem como foi essa ordem, mas numa certa época eram moda os Brasílias.

— Sim, foi uma importação feita ao Brasil. Hoje em dia, em Angola, não se vendem carros ao povo. Os carros são importados para os serviços. Nós não estamos ainda em época de importar viaturas para venda pública. E, naturalmente, os Brasílias vieram para servir os organismos que regem este país.

— Mas antes disso tinham vindo aqueles carros soviéticos, os Ladas, não?

— Dentro dessa matéria não posso me manifestar, porque sei muito pouco.

— Mas o povo aqui sabe perfeitamente reconhecer um Lada!

— Sim, é parecido com o Fiat!

— Aliás, houve a época dos Fiats, também. Mas não é só em relação a carros, não. A gente vê que, em determinadas épocas, aparecem, sei lá, as famosas bulgaridades, por exemplo.

— Como?

— Ora, os produtos búlgaros que aparecem por aqui!

— Ah, sim, isso em matéria de alimentação. Não me fale nisso, que eu já não posso nem sequer ouvir!

— Bulgaridades, aquelas latas todas de tomate, cenoura e outros legumes. Que mais?

— Apareceu a dobradinha brasileira, liofilizada.

— E a carne-seca, do Brasil também. O fato é que era tudo em fases, e que os produtos vinham de um lado e do outro. Mas o que parece estar havendo cada vez mais, a partir duma certa época, é a entrada do Brasil na linha dos produtos de consumo interno.

— Ouça, Zé. Você sabe que o seu país foi o primeiro a reconhecer a independência de Angola.

— Sim.

— Então você deve saber também que, antes disso, o Brasil já tinha aqui vários investimentos a nível comercial. Naturalmente que até você já foi ao Supermercado Jumbo. É uma empresa brasileira. Ora, eles tinham toda uma gama de importação, que até hoje continua a ser feita. Daí você ver em Angola uma série de produtos brasileiros.

— Sim, mas o que é que você acha desses produtos que têm vindo?

— Até que não são maus. Tirando os Brasílias, que são péssimos.

O brasileiro preso e a banha da cobra

— Você sabia que há um empresário brasileiro preso aí?

— Não, por quê? Você que é brasileiro é que deve saber dessas coisas!

— Foi preso dias atrás.

— O que é que ele andou fazendo de mal?

— Pelo que eu pude saber, ele é diretor do departamento encarregado da África, numa empresa brasileira que trabalha com exportação. Por coincidência ou não, ele é negro, e muito bem falante. Eu o conheci no Hotel Trópico. Chamava nitidamente atenção, pela simpatia, por uma aura que ele criava, e que era um verdadeiro cartão de visitas!

— Se calhar, era um vigarista, não?

— Isso é que eu já não sei.

— Então por que é que ele foi preso, diga lá concretamente!

— Também não sei. Estou perguntando porque pensei que você soubesse de alguma coisa.

— Ó, homem, você pensa que eu tenho de estar informada de tudo quanto se passa neste país?

— Normalmente tenho impressão de que está, mesmo que não diga.

— Não tenho nada a ver com isso, especialmente com brasileiros. A não ser com você, vá lá!

— E o que você acha que vai acontecer com esse sujeito?

— Olhe, Zé. Aqui não se prende ninguém impunemente. Quando as pessoas são presas, algum motivo há, especialmente um estrangeiro. Se ele foi preso, alguma coisa tem que haver aí. Você acabou de dizer que ele é diretor lá numa empresa. Se calhar, veio para aqui impingir algo, ou meter-se em negócio que não devia. É muito bem feito! Aliás, o país tem uma lei. Você ainda não leu a Lei Constitucional do país? Então, ele tem que estar sujeito a essa lei. Ou é julgado e cumpre a sua pena, ou é pura e simplesmente irradiado do país. Eu não sei o que é que se passa aí.

— Não sei se você já conheceu algum empresário que tenha vindo para cá.

— Olhe, Zé, eu penso que tudo quanto é empresário que vem para este país vem vender a banha da cobra.

— O quê?

— Ó, você não conhece essa expressão? É vender aquilo que não existe. Por exemplo, eles vêm dizer que há um vinho muito bom, vêm vender um vinho que não existe no Brasil, e esse tal vinho nunca mais chega. Isso é uma hipótese. Ou podem vir fazer negócios de outra coisa qualquer. Vêm prometer mundos e fundos, que vão trazer indústrias, e não sei quantos. E depois são apenas uns sucateiros que não conseguem fazer coisa nenhuma! Esses indivíduos pensam que vieram descobrir a África agora. Pois não vieram descobrir coisa nenhuma, que a África já foi descoberta há muito tempo!

"Meu filho não vai à escola, pronto!"

— Mudando de assunto: noutro dia eu toquei de leve no problema do analfabetismo, e queria voltar a ele.

— Olha, hoje também não me interessa nada falar de analfabetismo. Estou muito mais preocupada com outras coisas.

— Com o quê?

— Por exemplo, com o meu filho.

— O que é que ele tem? Está doente?

— Não, ele tem é que entrar para a escola agora, mas eu não estou de acordo com isso.

— Por quê?

— Surgiu uma lei aí, do Ministério da Educação, que todas as crianças têm que entrar para a escola com cinco anos de idade. Eu não concordo, porque o meu filho ainda não tem mentalidade para ir para a escola hoje. Então ele não vai, porque eu não deixo!

— Que história é essa de que ele não tem mentalidade para ir à escola com cinco anos, quando a gente sabe que, em todas as partes do mundo, a escola está abrangendo cada vez mais as crianças de pequena idade?!

— Muito obrigado por essa informação, mas o meu filho não teve os pré-requisitos que as outras crianças do mundo têm. Não freqüentou nenhum jardim infantil, porque aqui não existe, e não é obrigado agora a ir para a escola freqüentar uma iniciação. Eu não estou de acordo que ele vá, de mais a mais com os professores que existem agora, neste momento. E não vou entregar o meu filho a qualquer professor. Só se ele fosse muito bem formado!

— Mas aí você vai estar prejudicando o teu filho, porque as outras crianças dessa idade vão entrar para a escola, e teu filho vai ficar em casa.

— Podem ir! Ele vai ficar em casa este ano, e irá para a escola para o ano, com seis anos de idade. E vai para a primeira classe, não vai freqüentar iniciação nenhuma. Eu não concordo com isso, porque nós não temos professores preparados para a iniciação. E daí? O filho é meu, não é seu!

— Está bem, você faz com teu filho o que achar melhor. Mas no tempo colonial não havia iniciação?

— Havia, mas era feita em moldes diferentes. E você não vai perguntar mais nada sobre isso, porque hoje eu estou absolutamente furiosa com esse sistema! Não quer dizer que esteja contra ele, mas há certas coisas com as quais eu não concordo!

— Sim, mas você disse que os professores da iniciação não estão preparados.

— Não estão, porque não tiveram preparação prévia nenhuma.

— Mas havia professores, no tempo colonial, que estavam preparados, e que davam iniciação.

— E onde estão eles agora? A grande maioria foi-se embora, que eram os professores que tinham realmente os cursos à altura. Eu não vou entregar o meu filho assim a um professor qualquer, que não tem preparação nenhuma. Ele só vai deturpar a formação da criança.

— Sim, mas não foram embora só professores da iniciação. Foram professores de todos os níveis.

— Pois está claro.

— Então, o que nos garante que amanhã, quando teu filho entrar para a primeira classe, ele vai ter um bom professor?

— Eu sei que ele não vai ter. Naturalmente pode ser até que eu tenha sorte, aí eu já o posso ajudar um pouco em casa. Mas antes que ele fique deformado na iniciação, ele não vai à escola, pronto! É uma decisão tomada por mim. E não quero que me faça mais pergunta nenhuma. Acabou!

MIZÉ 9 — A raiz

"Negro, mandar, não serve."

— Eu me lembro que uma vez, pouco tempo depois de ter chegado, eu te perguntei sobre racismo. Naquela época, a nossa conversa foi até meio agressiva, lembra-se?

— Sim, eu disse-lhe que aqui não existia nada de racismo.

— Exato. Mas não só eu percebi que o problema não é racismo, como tenho reparado que tenho sido muito bem tratado. Às vezes, me dá até impressão de que sou mais bem tratado ainda porque sou branco.

— Pode ser uma impressão, e pode ser também uma certeza, mas isso tudo tem uma explicação. Você nunca viveu em Angola. É um curioso, está aqui há uns anos já, mas não é o suficiente, porque você chegou numa época em que já não se pode aperceber dos conceitos que o nosso povo tem. Agora, quando você me diz que acha que é bem tratado por ser branco, eu não duvido. E vou lhe explicar por quê. Isso foi um conceito criado, no povo angolano, pelo colonialismo.

— É o que vocês chamam aqui de respeito de cor, não é?

— É. Foi um trunfo que os colonialistas tiveram na mão. Isso foi muito bem perpetrado, muito bem pensado, e muito bem aplicado dentro das nossas sociedades. Aconteceu comigo, posso lhe dizer concretamente: não muito antes da independência, quando nós já estávamos com a certeza de que iríamos ser independentes mais tarde ou mais cedo, eu falava com um soba, que é uma autoridade tradicional dum quimbo ou até duma área vasta, um indivíduo que é respeitado. Muito bem: quando eu abordei o conceito de independência, e lhe disse que mais dia menos dia nós seríamos independentes, e quem iria mandar neste país seríamos nós, angolanos... e não estava aí a falar em cor, estava a falar como angolanos. Pois o soba imediatamente associou angolano a negro, e de imediato respondeu: "Não, menina! Não vale a pena, porque negro, mandar, não serve, não sabe!" Este foi um conceito que o sistema colonial construiu e impôs dentro da mentalidade das pessoas menos esclarecidas. Quer dizer: o sistema colonial conseguiu fazer prevalecer uma superioridade em termos de raça, tal e qual como os arianos. Está entendendo agora?

— Até os negros, no final, já pensavam assim?

— Exato. Foi uma coisa inculcada; não foi feita por acaso, mas ao longo de muitos anos. E realmente, havia toda uma discriminação. Os negros não podiam ir para a escola assim, como qualquer pessoa. Isso não estava escrito, mas havia todo um sistema que condicionava os negros, por exemplo na escola.

— Eles não tinham as mesmas oportunidades que os brancos?

— Não, nem pensar nisso! Então aí, quando eles viam que não tinham a mesma oportunidade, a partir desse momento, qual era a classe superior culturalmente? A classe branca! Então eles começavam a ver no branco uma pessoa inteligente, que é conhecedora, culta, e que sabe mandar e governar. Não analisavam o problema de fundo. Por que é que os negros não iam para a escola? Era preciso que alguém dissesse à nossa camada negra o porquê. Havia uma grande discriminação, embora não por lei; embora nos estatutos, na Constituição portuguesa, isso não viesse lá explicitado. Mas que havia toda uma resistência a isso, havia.

— Mas, na prática, que diferença havia entre você, por exemplo, que é cabrita, e uma colega sua, que era negra, ao fazer, digamos, a escola primária?

— Eu vou lhe contar. Antes de 1961, portanto, antes da luta armada, havia a seguinte discriminação: só poderiam ir para a escola indivíduos de raça negra que pertencessem a famílias assimiladas. Está a entender?

— Eu estou é me perguntando o que é que distingue um assimilado de um não-assimilado.

— Dentro da raça negra, o sistema colonial previa a seguinte discriminação: o indivíduo assimilado e o não-assimilado. É uma coisa que vem em qualquer estatuto, você pode procurar aí em qualquer biblioteca. Esses documentos existem de certeza. E o que é que distinguia um do outro? O assimilado era um indivíduo que já calçava sapato e meia, por exemplo. Que vestia normalmente, como qualquer pessoa veste. Não digo que estivesse à moda, mas que vestia a sua camisa, a sua calça, e punha gravata. Que tivesse em casa uma mesa, quatro cadeiras e uma cama para dormir. Esse era um dos princípios básicos para se considerar um indivíduo assimilado. Não interessava que ele tivesse escola ou não. Podia ser mesmo analfabeto, mas, contanto que tivesse esses requisitos, já podia passar para a classe assimilada.

— Mas como é que eles sabiam se o indivíduo podia ser considerado assimilado ou não? Havia vistorias?

— Havia, sim senhor! Um indivíduo que não era assimilado, para passar para essa classe, tinha que fazer um requerimento e pedir para ser assimilado. Esse requerimento era feito à autoridade da zona, ou ao chefe de posto, ao administrador, que ia fazer uma vistoria à casa, e ver se ele tinha mesa, as quatro cadeiras, uma cama para dormir, um sapato para calçar, a meia etc. Era mesmo uma coisa maquiavelicamente idealizada e praticada pelo sistema colonial. Reporta-se aos anos antes de 1961. Então, a partir dessa vistoria, o indivíduo era considerado assimilado, e começava a ter o direito de ter um bilhete de identidade, como qualquer pessoa tem, em qualquer parte do mundo.

— Os não-assimilados não tinham?

— Os não-assimilados tinham uma tal chamada de caderneta. Não tinha outro nome. E os filhos desses que não eram assimilados não podiam ir para a escola oficial, para a escola do Estado. A partir daí, começa-se a criar todo um sistema de classes, não é? Os assimilados já se consideravam superiores aos não-assimilados, embora vivessem no mesmo quimbo, na mesma sanzala. Podiam estar a viver lado a lado, mas aí já se consideravam superiores. Podiam até não ter nem a mesa nem as cadeiras. Muitas vezes iam pedir tudo emprestado, só para a vistoria. Mas já eram assimilados, e os seus filhos podiam ir para a escola. Eles tinham acesso a outras coisas de ordem social que os não-assimilados não tinham. Os não-assimilados tinham que continuar a ser lavradores ou, sei lá, indivíduos que trabalhavam para os outros. Isso foi maquiavelicamente bem pensado pelo sistema colonial. Só mesmo dentro de um sistema colonial é que isso pode existir. Na sua terra também existe isso?

— Já existiu. Aliás, de uma certa maneira continua existindo. Mas, e as missões, o que é que faziam nisso tudo aí? Havia as escolas das missões, não? Elas também tinham os mesmos critérios para aceitar os alunos, ou eram mais benevolentes?

— As missões não tinham esse critério. Até porque ou eram protestantes, ou eram católicas.

— O que eu percebi é que as missões, tanto as católicas quanto as protestantes, tiveram uma influência bastante grande na formação de muitas pessoas aqui.

— Sim. As missões faziam uma outra espécie de discriminação, digamos. Por exemplo, tanto as missões protestantes quanto as católicas aceitavam indivíduos oriundos de qualquer classe. Não interessava que fossem assimilados ou que não fossem. Bastava que fossem filhos de pessoas que não os podiam sustentar, e que quisessem que as crianças estudassem. Então eles entravam num regime de internato. Aí as crianças que estavam internas tinham que trabalhar para a missão, fazer aqueles trabalhos práticos de limpeza, de fazer cama, de pôr a mesa etc., que eu até não acho mal. Habituavam, criavam certos hábitos. Dentro da escola é que havia essa discriminação: por exemplo, nas missões existiam a primeira classe adiantada e a primeira classe atrasada. O indivíduo fazia a primeira classe atrasada e transitava para a primeira adiantada. Quer dizer: no tempo em que, em qualquer escola oficial, se demorava quatro anos para fazer a instrução primária, na missão protestante ou católica demorava-se oito.

— Daí que os negros estavam sempre em atraso em relação aos brancos. E eventualmente aos assimilados negros também, não?

— Isso mesmo. Resultado: os indivíduos oriundos das missões, quando iam para o liceu, ou para as escolas comerciais, já iam com uma idade muito mais avançada que as outras crianças. Essa era a grande discriminação que se fazia. Por quê? Não sei. Por uma questão de terem uma mão-de-obra assegurada durante mais tempo? Por uma questão de língua? Não, porque nas escolas oficiais não se olhava a questão da língua. Eu penso mesmo que era por uma questão de mão-de-obra.

— Você fala dessa questão de língua na escola, que não se olhava, mas aqui a gente ainda ouve de vez em quando se falar no pretuguês.

— O pretuguês é esse português que se fala por aí, que não é muito bem falado. Vocês arranjaram uma maneira de falar à moda brasileira, não é? Naturalmente que nós vamos um dia arranjar uma maneira de falar à moda do angolano, que será talvez o pretuguês!

— Aliás, esse é um termo criado pelos portugueses, não?

— Sim. O pretuguês era o português falado pelo preto, que

nunca pode ter a mesma entoação; nunca pode, nem deve, ter a mesma escolha de vocabulário, o mesmo fraseado etc.

Cinco graus abaixo de cão

— Por falar em mão-de-obra, apesar de não se tocar muito nesse assunto, porque é do tempo colonial, aparece de vez em quando, nos poemas ou em revistas, a figura do contratado. Como é que era essa história do contrato?

— O contrato, eu lembro-me bem quando isso aconteceu, porque já faz parte da minha vida, dos anos 1950. Daí para a frente, não sei bem.

— Você já começa a perder a noção dos anos, é?

— A idade vai avançando! Mas eu lembro-me de que já era absolutamente consciente, dentro da minha meninice. Estava na idade da curiosidade, e você sabe que as crianças são astutas demais para perceberem uma série de situações. Eu era bastante garota ainda, quando apareceu uma grande campanha a favor do contrato. Em que consistia o contrato? Era angariarem-se pessoas, daí o termo *angariadores*, que viviam unicamente do recrutamento de pessoas, para as levar de umas zonas para outras, para trabalhar. Ora, quem eram esses angariadores? Não eram só brancos, não. Eram indivíduos de todas as cores, que faziam dinheiro com essa outra maneira de escravatura mais moderna. E aí lhe deram um outro nome. Evoluiu o termo, deixou de ser escravatura para ser contrato. E a zona que foi mais afetada por isso foi exatamente a zona dos planaltos centrais: Bié, Huambo e Benguela. Por quê? Porque eram e são as zonas mais densamente povoadas. E toda a gente sabe perfeitamente bem que o umbundo foi sempre o povo capaz de fazer toda a espécie de trabalho.

— Aliás, o umbundo é o povo mais numeroso de Angola, não?

— Sim. Por isso, o maior centro de angariamento para o contrato foi a zona dos planaltos centrais. Aí, os chamados angariadores arranjavam uma série de pessoas, que vendiam a outros senhores, aos donos das fazendas de café, para eles irem trabalhar, a troco de mil escudos por ano. Uma miséria! Da mesma maneira que arranjavam uma série de indivíduos para ir trabalhar para as pescarias do sul, de Porto Alexandre, de Moçâmedes. E para ir trabalhar para o gado do Cunene.

— Eles pegavam gente umbundo e levavam para territórios habitados por outros povos?

— Por outros povos, por outras tribos. Por exemplo, tiravam os umbundos da sua terra natal, do Bié, do Huambo, ou até de Benguela, e traziam aqui para o norte, para o Uíge, para o Kwanza Norte, para as terras do café. Da mesma maneira que agarravam os mesmos umbundos e os levavam para a zona dos cuanhamas, para ir trabalhar no gado.

— Sim, mas se eles pegavam essa gente e levavam para outro lado, era sinal de que a gente do local não queria se prestar a fazer o trabalho que os portugueses queriam.

— É isso mesmo. Por exemplo, dentro dos trabalhos da pesca, havia muitas tarefas que as pessoas da região da pesca se negavam a fazer, porque pura e simplesmente não tinham necessidade disso. Daí a necessidade de se angariar mão-de-obra que fizesse esses trabalhos. O mesmo acontecia em relação aos quicongos e aos quimbundos, quando se fala no café. Não havia nenhum quimbundo, nenhum quicongo que quisesse agora estar a capinar o café. Faziam isso dentro das suas lavras de café, mas não iam trabalhar para um senhor da fazenda. Então tinha-se necessidade de ir buscar gente para outro lado. Mas não era só isso. Havia outro problema mais complexo: a necessidade também de pôr uma tribo contra as outras. E então eles puseram. Por exemplo, os quicongos e os quimbundos continuam a pensar que o umbundo hoje ainda é um povo cinco graus abaixo de cão, dentro da linguagem vulgar. Pensam que é um povo inferior. Se você for ao Cuanhama, vai ver que o pior insulto que se pode fazer a uma pessoa e dizer-lhe: "Tu és pior do que um umbundo." E, no entanto, o umbundo é um povo de Angola, e o cuanhama também. Isso foi todo um sistema criado pelo colonialismo. Daí os cuanhamas considerarem realmente o povo umbundo uma raça inferior, e insultarem os outros usando também o nome de umbundo.

— Mas eles consideram isso certamente também porque viam que o povo umbundo fazia coisas que eles tinham-se negado a fazer, não?

— Exato. Mas isso tudo foi bem orquestrado pelo sistema colonial. E por que é que o umbundo se sujeitava a ir fazer esses trabalhos? Ora, os planaltos da zona umbundo são as zonas mais densamente povoadas em Angola. Há grandes extensões de terreno, mas realmente as pessoas, devido à densidade da população, tinham de se deslocar para outros sítios para conseguir um melhor modo de vida. Isso foi perfeitamente bem aproveitado pelo sistema colonial, que criou esse antagonismo todo entre as diversas tribos que existem em Angola.

Uma fiada de homens

— Mas antes de o sistema colonial ter encontrado essa solução do contrato, como é que era a questão do trabalho? Que imagem você guarda do povo, na época, trabalhando?

— Tenho diversas imagens. Eu era uma garota, e lembro-me bem disso. Do povo que trabalhava nos seus campos, nas suas lavras, tinha o seu gado, trabalhava no dia-a-dia. Depois tenho uma imagem que é horrível. Eu essa estou a ver ainda agora. Quando as pessoas eram presas por qualquer motivo, ou quando fugiam de pagar o tal imposto que existia, porque todo cidadão angolano negro tinha que pagar um imposto anualmente, e muitas vezes as pessoas não tinham meios para tal.

— Imposto pelo Estado?

— Sim, era uma certa quantia que tinham que pagar todos os anos, para ter os seus direitos de cidadãos. É uma coisa que só num sistema colonial é que pode existir. Então, por que é que eu hei de pagar imposto? Para viver no meu país tenho que pagar? Mas isso acontecia. Muitas vezes as pessoas não tinham meios, e então escapavam-se, e depois eram presas. Ainda me lembro como se fosse hoje: normalmente, essas pessoas iam trabalhar para as estradas ou para as chamadas granjas dos administradores locais. E como é que elas trabalhavam? Pior do que os animais. Não sei se na vossa terra existe: dois bois, presos por uma corrente, a puxar, por exemplo, uma charrua. Faziam aqui exatamente o mesmo aos negros. Eles eram amarrados pela cintura, com uma corda: havia para aí uma fiada de dez, vinte homens, todos amarrados pela mesma corda, e tinham que cavar. Um sistema de trabalho forçado, que não se admite em moldes humanos. E quando eles saíam desse trabalho forçado, ao fim do dia em que tinham tido de trabalhar de sol a sol, voltavam para a cadeia, onde não tinham condições nenhumas de vida, e tinham uma mísera refeição. Dormiam, e no dia seguinte tinham que se levantar com o sol para voltar de novo a trabalhar, amarrados, na estrada ou na granja. E aquele que se negasse a trabalhar mais levava uma carga de palmatoadas. Eu era garota, e lembro-me muitíssimo bem. Aliás, dos nossos poetas da época de 50, alguns deles retratam bem essas imagens. Você está a ver que não é uma época que esteja muito atrás de nós, correto?

Pau de Cabinda, cebola do Cazombo e ovo de codorna

— Você disse outro dia que tinha feito uma viagem pelo norte e que passou por Cabinda. Já algum tempo atrás, a gente tinha falado de Cabinda também, em outro assunto, mas tem uma coisa que eu queria te perguntar. O que é o pau de Cabinda?

— Ah, isso é a coisa mais conversada em Angola, especificamente dentro da sociedade masculina.

— Por quê? É só para os homens?

— É.

— É o quê? Pau mesmo? Tronco de árvore?

— É um afrodisíaco que se usa, e que adotou o nome de pau de Cabinda, apesar de não ser especificamente só da região de Cabinda. Aliás, não é nem pau, é uma raiz de árvore da zona norte, que tem um efeito afrodisíaco. Agora, não aconselho que um homem da sua idade, que não necessita disso, tome.

— Por quê?

— Ó, homem, como é que quer que eu lhe diga? Quer ficar aí de pau teso todo o dia?

— Acontece isso?

— Ah, pois, acontece mesmo!

— Mas o sujeito toma o quê? Um chá?

— É. Um chá feito de infusão do tal pau de Cabinda. Mas isso só é aplicado especificamente para os homens com mais de cinqüenta anos de idade.

— E usa-se muito aqui?

— Usa-se lá nas regiões do norte. Aqui em Luanda não se usa. Mas, por exemplo, há outra região, ali para o leste, onde usa-se a cebola do Cazombo. Tem os mesmos efeitos afrodisíacos, só que não é um pau, é uma cebola. Você sabe o que é, por exemplo, uma raiz de dália? É a mesma coisa. Também se põe em infusão, e os homens tomam a partir dos seus cinqüenta e tal.

— Será que é por isso que a gente vê esses velhinhos aí com filhos novos?

— Talvez seja, não sei.

— Mas essa cebola do Cazombo funciona tão bem quanto o pau de Cabinda?

— É a mesma coisa. Tem os mesmos efeitos afrodisíacos.

— E onde é que se compra isso?

— Não se compra nada, homem! Você só pode adquirir isso lá na própria região. Mas, para você, penso que ainda não é necessário!

— Eu não estou interessado em comprar, só quero saber. Uma pessoa interessada vai comprar aonde?

— Isso não é coisa que se venda nos mercados. É segredo da terra, da região. Aliás, nem é bem um segredo, mas só na própria região é que se pode adquirir. E nem precisa comprar. Basta que lhe digam onde é que está, e você vai, pode tirar da terra até.

— Além desses dois aí, você conhece mais algum?

— Eu sei que, por exemplo, lá nas regiões do Centro-Sul do país, onde a vegetação já é um pouquinho diferente, existem não só afrodisíacos, mas também calmantes. Calmantes, mesmo! Você está a rir? É verdade!

— E quem é que usa isso?

— Acontece, por exemplo, que de repente um homem fique viúvo. É normal, não é? Ou que uma mulher fique viúva. Então, se a mulher é jovem, e o homem também... Vamos supor os dois numa situação de viúvos, tanto o homem quanto a mulher. Aí, há lá umas raízes, que não sei como se chamam, mas sei que existem no Centro-Sul e servem para acalmar os ânimos de ordem sexual que qualquer um tenha, tanto homem quanto mulher. Isso é para precaver os indivíduos, viúvos e viúvas, ou solteiros, ou em situação que não tenham nenhuma... sei lá! E você está assim a me olhar com ar estranho, por quê? Na sua terra isso tudo não se usa? Não há?

— Olha, deve haver! Talvez ovo de codorna, por exemplo.

— Que é isso?

— Codorna é uma ave que bota uns ovos muito conceituados também. Come-se esse ovo, e diz-se que também tem efeitos afrodisíacos.

— Ah, mas isso é para aumentar, não é para diminuir!

— É lógico! Para diminuir, não acredito que brasileiro nenhum tenha interesse em tomar esse tipo de coisa!

— Mas por vezes há conveniência. Eu aí acho que o nosso povo está avançado. Mas aqui há outros recursos ainda...

— Há o jindungo, que é a nossa pimenta-malagueta, não?

— Ó, Zé! Eu penso que essa história de jindungo é mais mito que outra coisa. Bem, aí também não sei. Os indianos, por exemplo, que usam muito o jindungo, nós vemos como eles se multiplicam, não é? Agora, também não vou atribuir a multiplicação feita em Angola ao jindungo. Penso que isso não. O jindungo é apenas um condimento que faz parte de qualquer comida angolana.

— E você acha que, sexualmente, em geral, o povo angolano é avançado?

— Avançado como?

— Pratica o sexo de uma forma avançada?

— Em relação à Europa, pratica muito mais numa ordem natural. E aí pode-se dizer que está muito mais avançado, porque é uma coisa que faz parte da vida. Pelo menos não tem tantos preconceitos quanto os europeus.

— E há algum desvio, ou o que os mais conservadores chamam de desvio? Lésbicas, homossexualismo?

— De tudo quanto eu sei, isso não existe dentro das sociedades africanas. Pode haver um caso ou outro, mas não é normal que isso aconteça.

— E quando há, o que é que acontece?

— Não sei, porque não sei de caso nenhum. Que eu saiba, dentro das sociedades tradicionais, esses casos não existem.

— Mas nas cidades se encontra.

— Ah, sim, mas aí já são casos de importação. No povo africano, você não deve encontrar muitos.

Entre lençóis

— Acende a luz, por favor.

— Por quê?

— Estou sentindo uma coisa que não sei explicar. Vontade de gritar, de rir, de sair contando por aí...

— Olhe, Zé. Era uma coisa que eu não pensei nunca que fosse acontecer. Está muito bem, aconteceu, e eu não me vou arrepender. Mas não vale a pena sair aí pelos telhados, feito galo, anunciando ao povo todo a chegada da manhã. Melhor que fique entre nós, como se fosse assim um sonho, um salto nosso meio fora do real, estás a perceber? ... Zé!

— ...

— Ó, Zé!

— ...

— Pois não é que o gajo já dormiu!

MANOLO — O fuzil e o gravador

"Mi familia, la mataron."

O caso foi assim: ia saindo do Hotel Trópico, uma noite de não sei que dia de 1978, quando vi Manolo pela primeira vez, em companhia de um cubano de meia-idade. Discutiam animadamente, em espanhol, sobre armas soviéticas, movimentação de tanques em campos de batalha e coisas do gênero. Primeira surpresa minha: não é comum ver-se meninos de treze, catorze anos, tratando de questões militares. Segunda: eu não sabia da existência de meninos cubanos em Angola. Aproximei-me dele, acabamos ficando amigos e, de vez em quando, Manolo aparecia lá em casa. Na primeira oportunidade, tivemos a seguinte conversa:[19]

— Você quer falar do que, Manolo?

— *Tu me puedes hacer las preguntas.¡Cualquiera!*

— Quantos anos você tem?

— *Catorce.*

— E onde você nasceu?

— *¿Yo? En Benguela.*

---

[19]Esta nota, manuscrita, foi anexada pelo Zé ao princípio desta entrevista.

— Então você é angolano?

— *¡Sí!*

— Mas como é que você fala tão bem o espanhol?

— *Porque llevo tres años con los cubanos. Voy para cuatro años con ellos.*

— E como você os conheceu?

— *Mi familia, la mataron. Entraron en la casa mía y mataron a mi mamá y a mi papá. Yo soy el único hijo. Corrí, salí por la puerta y me fui para el monte, para la mata. Escondíme en la hierba, me fui. Entonces estaba caminando, caminando y aparecieron los cubanos y me recogieron. Estuve adentro de la tanqueta. Después me metieron de militar, me dieron un fusil, y anduve con ellos. Cuando se fueron, me dejaron aquí en el organismo de la pesca.*

— Mas quantos anos você tinha?

— *¿Cuando mataron a mi familia? Diez años.*

— A partir daí você viveu o tempo todo com os cubanos e aprendeu espanhol com eles?

— *Eso.*

— E você ainda fala português?

— *¡Sí!*

— Teus pais falavam que língua?

— *Portugués.*

— Na tua casa não se falava nenhuma língua nacional?

— *No.*

— E como você fez para ficar com os cubanos?

— *Ellos me vieron caminando solo y me recogieron.*

— Mas eles poderiam ter entregue você às autoridades angolanas, não?

— *No, porque después me pasé seis meses en el monte combatiendo, ¿me entiende? Yo conversaba con ellos y les explicaba todo lo que pasó, y se hicieron amigos y se quedaron conmigo.*

— Mas no princípio, quando te deram a arma, você já sabia lidar com ela?

— *No, pero ellos me enseñaron.*

— E você aprendeu rápido?

— *En cinco días aprendí.*

— Que tipo de arma você utilizou na primeira vez?

— *Pepecha.*

— Soviética?

— *Sí.*

"Me puse a jugar y vi el enemigo."

— Teus pais faziam o quê?

— *Mi papá era constructor, ¿conoce lo que es constructor? Además echaba gasolina en los carros. Mi mamá vendía pescado y maní todos los días en la plaza.*

— Você foi à escola?

— *Con los cubanos, cuando tenía el cuarto grado*

— Quem foi que matou os teus pais?

— *Los sudafricanos.*

— E com os cubanos, o que é que você fazia?

— *¿Yo? Guiarlos, enseñarles el camino. De vez en cuando me ponían a jugar con aquella cosa donde se mira a ver si se ve el enemigo, en el tanque. Una vez me puse a jugar y vi el enemigo. Estábamos comiendo. Entonces yo dije: "¡A la tanqueta!" Y cuando hago así, y hago así, veo un batallón. Me digo: "Tanqueta vieja, ¡mira lo que hay aquí!" Y cuando viene el jefe, mira también. Y mandó todo el mundo a montarse y todo eso.*

— Você chegou a participar em batalhas?

— *Sí, yo iba dentro de la tanqueta, y me ponía una cosa aquí, para no molestarme el oído.*

— Você nunca foi ferido?

— *Una sola vez, cuando caí dentro de la emboscada. Me hicieron una operación rápida. No fué una operación de hospital, porque nadie sabía operar.*

— O que foi que houve?

— *Un tiro. Yo iba corriendo. Cuando tiraron, dijo el jefe: "¡Dále! Ponte la ropa y vé!" Me puse la ropa, cojí mi fusil, fui corriendo. Y cuando fui a tirarme en la arena atrás de un palo, me cae una bala aquí en la barriga, ¡tá! Con el susto me desmayé, y quedé cuatro horas durmiendo. El jefe estaba aquí, y yo estaba como a unos dos kilómetros, solo y desmayado. Y cuando ellos me buscan, "Manuel no viene, ¡Manuel no viene!", me encontraron y me despertaron. Yo habia botado por lo menos dos vasos de sangre, con el fusil mío en el suelo. Me recogieron, y yo sentía que la bala me estaba quemando aquí dentro. Cogieron una cuchilla de afeitar, ¿sabe lo que es?, para la barba, y sacaron la bala. A sangre fría. Me pusieron un pañuelo en la boca, yo no podía gritar ni hablar.*

— Ainda dói?

— *Ya no, hace un año y medio.*

— Quanto tempo você passou combatendo?

— *Ocho meses, más o menos. Y cuando vine para Luanda, empezé a traer comida para la tropa.*

— Quando os cubanos começaram a falar com você, você entendia o que eles diziam?

— *No, pero fui aprendiendo, hablando con ellos, preguntando como eran las cosas. Al principio ellos hablaban y yo no comprendía. Para comprender, ellos tenían que repetirme como cinco veces.*

— Depois de quanto tempo você viu que já estava falando e entendendo tudo?

— *Empecé a hablar español cuando ya llevaba un año con ellos, ya entendía más o menos. Después ya que me iba un año y medio, ya sabía igual la lengua. La compañera cubana, aquella que está con nosotros ahora, lleva ya dos años y sabe un poquito portugués, es lo que sabe.*

— Até quando você foi à escola?

— *Hasta los diez años.*

— E o que você aprendeu lá? A ler?

— *¡No! Aquí se aprende a leer solamente cuando tienes la cuarta clase.*

— O que é que você aprendeu, então?

— *A hacer diseños, cuentas. Y a cantar.*

— Você gostava da escola?

— *¡Sí! En dos semanas, yo dejaba de ir solamente cosa de uno, dos días. Y faltaba a la escuela por estar jugando.*

— Os cubanos te ensinaram a ler?

— *Antes no. Ahora sí, me enseñan a leer.*

— E a escrever, você aprendeu na escola também?

— *No. Aprendí con los cubanos, más o menos.*

— Por exemplo, se você um dia vier me ver e eu não estiver em casa, você é capaz de me deixar alguma coisa por escrito?

— *Escribir, yo escribo. Lo que no sé es si tú me vas a entender.*

— E os cubanos têm paciência para te ensinar?

— *Sí. En la escuela de aquí se bate, se dá. En Cuba, no. ¿En Brasil en la escuela se dá?*

— Às vezes sim, em algumas partes do país e do corpo.

— *En Cuba, no. La profesora que dá a un chiquito, la tiran de la escuela. Pero, ¿qué horas tienes?*

"Tiré, y el tipo se cayó."

— São 20h05. Por quê? Você tem alguma coisa para fazer agora?

— *¡No! Estoy preocupado con la papeleta.*

— Que papeleta?

— *¿No conoce lo que es papeleta? Lo del cine, el billete ese, se llama papeleta. Estoy preocupado con la papeleta.*

— Por quê? Você quer ir ao cinema hoje?

— *¿Tú no vas al cine?*

— Posso ir. Mas temos tempo, estamos de carro.

— *Sí, pero el problema es que la película que ponen la pusieron hoy, y todo el mundo va. La película está muy buena.*

— Que filme é?

— *Es de un sargento, unos militares. Es cómica, de reírse. Hay un río, ¿conoce lo que es un río?, con água y pescado. Los soldados están a pasar por el río, ven el enemigo, y el sargento dice: "¡Siéntense!" Es cómica.*

— E quando você estava nas batalhas, havia também situações cômicas?

— *En la realidad no, no se podía jugar. Nosotros nunca podíamos reír, porque entre más mataban gente de nosotros, más malos nos ponían, ¿conoce lo que es malo? Por ejemplo, si tú estás conmigo, y te matan a ti, por cuenta de matarte a ti, mato cinco, ¿comprende?*

— Você matou muita gente?

— *No sé, porque las matas son así, llenas de mato. Tú tiras y no sabes donde está el enemigo. Dos veces no más yo tiré así: había un unita con una ametralladora encima de una mata, y estaba tirando. Entonces el capitán dice: "Manuel, ¡mira éste que está ahí!" Y cuando miré así, no sabía lo que iba hacer. Pero cuando estás ahí, no hacía mucha puntería, sino tiraba para cortar. No tiraba para entrar dos balas, tres, no. Tiraba para acertar al enemigo de todas las formas.*

— E o que você fez? Atirou?

— *Sí, tiré, y el tipo que estaba allá se cayó. Pero no sé si estaba muerto, no sé si se hizo el muerto, ¿conoce lo que es hacerse el muerto? Tú me das un tiro, y no me hieres, pero yo caigo.*

— Você já se fingiu de morto alguma vez?

— *Yo no, nunca.*

— Nunca foi preso pelos inimigos sul-africanos?

— *¡Nunca!*

— E você não tinha medo de ser detido por eles?

— *Al principio sí, pero después ya no tenía miedo.*

— Se acostumou?

— *Al principio cogí miedo que corrí, cuando vi que había suda-fricanos que venían, barbudos, el pelo aquí en el pecho así de este tamaño. Yo cogí miedo y dije: ¿Qué será esto?" Eran los sudafricanos. Yo salí corriendo, porque parecian leones, con los cabellos así. ¿Y por qué esto se mueve?*

— É a agulha do gravador. Quando alguém fala ou faz baru-lho, a agulha se mexe.

— *Es decir, yo hablo ahora: ¡Hé! Y cuando grito: ¡¡¡Hééé!!!, se mueve más! Entre más alto tu hablas, más alto la agujita se mueve, ¿me entiende?*

"¡Y salí en la televisión con Neto!"

— Manuel, você tem a intenção de continuar trabalhando sem-pre na pesca?

— *Yo pienso ser oficial de barco mercante, ¿conoce lo que es mercante? ¡Oficial! A mí me gusta ser segundo oficial, no capitán. Segundo oficial, o primero, pero no capitán, porque capitán tiene mucha responsabilidad. Todo lo que sucede en el barco, responde el capitán. Si un marinero se muere en el barco y el capitán no sabe como se murió, va preso el.*

— E você não quer ter essa responsabilidade?

— *¡No! Quiero ser segundo, tercer oficial, nada más.*

— Mas alguém tem que ser responsável, não?

— *Sí, alguien, ¡pero no yo!*

— E como você vai fazer para conseguir ser oficial?

— *Estudiando. En el barco basta que tenga la sexta clase, o la décima clase. Después escribo una carta a Neto, que quiero ir a estudiar a Cuba, en un barco allá.*

— E você acha que o presidente vai receber essa carta?

— *¡¡Cómo no?!*

— Você o conhece?

— *¡¡Si yo conosco a Neto?! ¡Yo salí en la televisión con Neto!*

— Ah, é? Que foi que você fez para sair com ele na televisão?

— *Yo estaba en la televisión haciendo un programa, y llegó Neto ahí, me vio, y me saludó, habló conmigo. Y salí con él en la televisión.*

— Ele te conhecia?

— *No me conocía de cara, pero ya sabía toda la historia. Me vio y dijo: "¿Tú no eres Manuel?" Yo dije: "¡Sí!" "¿Tú no eres el que estaba con los compañeros cubanos?" Yo dije: "¡Sí!" Ya sabía, porque ya le habían dicho toda la historia mía. Todos los cubanos aquí, tú les preguntas: "¿Manuel?", todos te dirán": "¡Ah, sí, Manuel!"*

"Soy socialista, ¿comprende?"

— Manolo, quantas pessoas você acha que estão na tua situação, que ainda são jovens e já foram para a guerra?

— *Hay muchos pioneros aquí en Angola.*

— O que é um pioneiro?

— *Un pionero es un muchacho que luchó por la Patria, que es socialista, que se defiende. Tú dices esto y el responde cómo es. Respetuoso, estudiante, trabajador, ¿me entiende?*

— E você é tudo isso?

— *A lo mejor no soy, pero creo que sí.*

— Se você pudesse sair de Angola, que país você gostaria de conhecer?

— *Me gustaría Cuba. Unión Soviética no me gusta*

— Não? Por quê?

— *No me gusta el modo de vida, la educación. La gente de ahí casi no se ríe. Estan siempre vestidos bueno; nosotros no tenemos esta costumbre de vestir bueno, pero sí de estar riendo, conversando, yendo a fiesta, haciendo todo. La Unión Soviética no. En Unión Soviética se va poco a la fiesta, juegan muy poco, no les gusta casi el cine, siempre están en la casa. Nosotros vamos al cine. Si tenemos un amigo que invita a comer en su casa, vamos, a tomar refresco, cerveza, lo que sea. Me gusta Cuba, me gusta Francia también, me gusta España.*

— E os Estados Unidos?

— *No, no me gustaría.*

— Por quê?

— *Yo, si fuera para los Estados Unidos... ¿Tú sabes por qué no me gustaría? Hay problemas. El único país que tiene problemas con la revolución es los Estados Unidos, que quiere apoderarse de todo para él. Y hay otro problema. Estados Unidos es un país que casi corrompe las personas, ¿conoce lo que es corromper? Podrir la idea. Ningún país socialista hace revistas pornográficas, ¿conoce lo que es? Ninguno hace películas pistoleras, porque es una propaganda, ¿comprende?, es una fantasía. ¿Cuál es el hombre que va a tirar una pistola rápido, que tira un tabaco, y ¡bum!, ¿y cae, sale corriendo y monta un caballo? ¡Eso es fantasía!*

— Mas mesmo assim você gosta, não?

— *A mí me gusta, pero, ¡no se puede! A mí me gusta ver película pistolera, pero la educación y el problema que la Revolución lleva, no se puede hacer eso, ¿comprende? ¿Cuál es el hombre que, en el karate, ¡pum!, dá un puñazo y levanta dos hombres? ¡Eso es mentira! Entonces eso va corrompiendo la idea del hombre, ¿me entiende? ¿Cuál es el hombre que siempre, en el final, se queda con todas las mujeres, o con las mujeres más bonitas? ¡Las películas americanas son así! Nunca yo he visto una película americana hablando bien de la Revolución. Nunca yo he visto una película americana enseñando la educación al pueblo de los Estados Unidos. ¿Y por qué en los Estados Unidos no hay negros?*

— Mas há negros nos Estados Unidos!

— *Sí, pero muy pocos. Hay tres o cuatro, que no puden dar una galleta a un blanco. Si un negro en los Estados Unidos le dá una galleta a un blanco, lo matan.*

— Mas, Manolo, há milhões de negros nos Estados Unidos!

— *¿Ahn? Hay muchos negros, pero... separados. ¡Eso no puede ser! Blanco, mulato, negro, somos hermanos todos. Tenemos la misma sangre, ¿comprende? Tenemos que vivir juntos. Yo no voy a ver nada más tu cara todos los dias, la cara tuya, la cara tuya, ¡no! ¡Tengo que ver blanco, mulato, negro, de todo! Si todos los días voy por aquí y te veo, voy por allá y te veo, ¿qué no voy a pensar? "Este hombre, ¿que quiere conmigo, que siempre lo veo, que siempre lo veo?" Tiene que tener negros, ¿me entiende? ¿Y por qué los Estados Unidos no quieren negros? ¿Por qué solo quieren blancos que vivan en ese territorio? En mi cuarto puede vivir un negro, un mulato, lo que sea, cualquier raza. Yo soy negro, pero en el plato mío, en la cuchara mía, puede comer cualquiera. Igual todo. Por eso no quiero ir a los Estados Unidos. Francia, Cuba, sí. Hay países capitalistas que no son como los Estados Unidos. ¿Por qué Estados Unidos robó mitad de Francia? ¿Por qué Estados Unidos robó mitad de Mexico? ¿Por qué eso? ¡Eso no puede ser! Cuba é[20] una pequeña isla, y Cuba y Angola están orgulhosas de tener ese bocado de país. Para que eu vou ter otro país? ¿Para qué? ¿Para qué tengo necessidade de ter una grabadora, quero essa grande, por qué? Si todas son iguales, ¿comprende?*

— E como você pensa que deve ser uma Revolução?

— *¡La política! Você tem idea, un ejemplo, de levar essa grabadora só para você. Y yo tengo idea de levar esa grabadora para todo el mundo. Você quer ouvir? Oiga. ¿Tú quieres oír? Si yo quiero oír la oigo, pero no para mí nada más. Por eso, la boca es la que insiste, ¿comprende? Você sin boca no puede fazer nada. Sin mão no puede fazer*

---

[20]A partir daqui, Manolo tenta expressar-se em português. Daí as misturas.

nada. Por eso tenemos que ter mão e boca, porque no podemos solamente falar y no fazer, ¿comprende? Hay que hacer política.

— E você vai fazer política, então?

— *¿Yo? En un momento determinado, en que se pueda hacer política en este país, yo hago. Pero en el momento en que no haga falta, yo no la hago. Yo penso ir ayudar a Namíbia y a Zimbabwe, que es un país oprimido, en que el blanco está así, arriba, y el negro está así, abajo. Y nosotros queremos que todos estén ahí, igual. ¿Você nunca ha visto cinema cubano? En Cuba se hace filme de educação de povo, se hace filme de todos los predios, de la construcción. Ningun filme fala mal de un país capitalista. Y hay países capitalistas que fazem filme de propaganda contra países socialistas, ¿comprende? Que você acha se eu faço um filme em que um americano dá um soco e um preto não dá um soco, que quer dizer isso? Eu posso ir a Francia, a cualquier país. Eu não falo isso porque soy capitalista e tenho que ficar com idéia socialista, ¡no! Você fica con la idea que tú tienes, y yo fico con la idea que tengo. Yo posso ir a Francia y no ficar com a idéia de Francia, siendo capitalista. Eso es así, ¿comprende?*

— Mas você quer passar do outro lado?

— *¿Yo? Pienso que no. Yo puedo ir a Bulgaria, a Francia, a España, cualquier país. Posso ir a viver ahí, posso ir aí a passar um mes, ¿comprende? Se eu gosto a Francia, y ahí obrigatoriamente tem que ter um régimen capitalista, y eu gosto y no quiero sair de Francia, fico capitalista. Mas se eu gosto a Angola y estoy em Francia, voy de Francia, vuelvo para Angola, porque yo soy socialista, ¿comprende? Mas se você me leva para Francia, y vejo Francia bonita, muy boa, y fico capitalista, ¿puede ser eso? Até agora yo tenho a esperança de ficar, de ser socialista. Posso ir a otro país, mas eu tenho idéia de ficar socialista.*

— Você acha que aqui em Angola há angolanos que não gostam dos cubanos?

— *Sí, eu já vi.*

— E por que é que eles não gostam?

— *¡No sé por qué! Porque têm mala consideração a los cubanos, son contra la Revolución, ainda têm a idéia capitalista. Ainda têm a idéia do colonialismo português, que estava aqui a oprimir este país. Então eles acham que o português estava a fazer mais bem que a Revolução. Y por eso él fala mal de los cubanos, ¿comprende?*

— Mas você tem encontrado pessoas que falam mal dos cubanos?

— *Sim, e eu não falo nada, fico calado, ¿comprende?... Oye, ¿vamos al cine?*

— Vamos. Mas até agora você não me disse: como é teu nome, Manolo?

— *Manuel Orlando Dáris. ¿De que país será Dáris?*

— Você sabe quem te pôs esse nome?

— *¡Mi papá, mi mamá! Ese nombre debe ser inglés. ¡Dáris no es un nombre angolano!*

MIZÉ 10 — A urna

Dia 11, a notícia

Faleceu, vítima de grave doença, o camarada presidente Agostinho Neto.[21]

Glória Imortal ao Guia da Revolução!

Povo Angolano!

Militantes do MPLA-Partido do Trabalho!

Camaradas e compatriotas!

O Bureau Político do Comitê Central do MPLA-Partido do Trabalho tem o doloroso e sentido dever de comunicar o falecimento do nosso querido presidente Dr. Agostinho Neto, ocorrido no dia 10 de setembro de 1979, às 16 horas e 45 minutos em Moscovo, na seqüência da gravíssima doença de que sofria e não obstante a intervenção cirúrgica a que foi submetido, numa malograda tentativa de salvá-lo.

Uma profunda angústia e pesar e a maior comoção nos abalam nesta hora trágica.

Todavia, o exemplo inapagável da vida daquele que foi e será sempre

---

[21]Comunicado do Bureau Político, lido às 13 horas do dia 11 de setembro de 1979 na Rádio Nacional de Angola, e publicado no *Jornal de Angola* de 12 de setembro, em manchete de primeira página.

o nosso Guia impõe-nos neste momento o dever solene de sermos cada um de nós o seu reflexo sereno, firme e perseverante.

A vida e a luta do camarada Dr. Agostinho Neto têm a dimensão histórica da nossa pátria, porque nele se reuniram as virtudes superiores do revolucionário sem mancha, do militante total, do intelectual e poeta universal, do médico profundamente humano, do chefe amigo, do líder clarividente, do companheiro de todas as horas, do incansável servidor do povo.

A evocação do seu nome e da sua memória sempre viva será fonte inesgotável de estímulo para nos lançarmos cada vez mais decididos na luta pelo triunfo dos seus ideais e ensinamentos, a causa do Socialismo, a implantação do Poder Popular, o reforço e a pureza do Partido, pela unidade nacional no nosso país.

A memória do camarada presidente Dr. Agostinho Neto pertence hoje a todos os povos do mundo, empenhados na luta pela liberdade e a afirmação do homem. Cada operário, cada camponês, cada homem explorado, cada combatente internacionalista, cada pensador marxista-leninista encontrará nele um símbolo da própria luta, que, ultrapassando fronteiras, o fixa no espaço dos mais altos dirigentes da nossa época.

O camarada presidente Agostinho Neto projetou a Revolução Angolana na luta vitoriosa da Humanidade inteira.

Povo Angolano!

Militantes do MPLA-Partido do Trabalho!

Camaradas e compatriotas!

Em nome da bandeira gloriosa que nos legou o nosso querido camarada presidente Agostinho Neto, cerremos fileiras em torno do Comitê Central do MPLA-Partido do Trabalho, combatamos todos quanto pretendem opor-se à concretização dos seus ensinamentos e orientações, e de punho erguido levantemos bem alto a decisão de construir a pátria socialista e a felicidade do povo angolano.

Glória imortal ao Guia da Revolução Angolana e fundador da nação e do MPLA-Partido do Trabalho!

A luta continua!

A vitória é certa!

O Bureau Político do MPLA-Partido do Trabalho.

Luanda, 11 de setembro de 1979.

Dia 14, a chegada de Moscou[22]

É um autêntico mar de lágrimas, rostos contorcidos em dor, mãos erguidas num último adeus. Foi assim que o povo recebeu o camarada presidente. (...) Foi com dolorosa ansiedade que o nosso povo aguardou no aeroporto internacional "4 de Fevereiro" a urna que transportava os restos mortais do Guia Imortal da Revolução Angolana. A cidade envolvida na amargura pareceu não adormecer na véspera em que foi anunciada a chegada de Moscovo do avião das Linhas Aéreas de Angola, vestido de luto, ao contrário de outras ocasiões em que nele viajou o saudoso Camarada Presidente. (...)

A atmosfera condensou-se de repente quando as portas do avião se abriram para mostrar o compartimento que trazia a urna do Camarada Presidente. (...) Na placa da aerogare, milhares de militantes e povo em geral choravam copiosamente, ali onde muitas vezes foram em companhia dele dedicar o seu apreço às delegações que conosco viveram as mais efusivas jornadas de confraternização.

Depois da deposição dos restos mortais no armão militar, realizou-se o cortejo até ao Comissariado Municipal, passando pelas principais artérias da cidade. Apesar da dor, foi indiscutível o amplo sentido de disciplina da população. Desmaios, naqueles que não puderam resistir ao fato, foram assistidos pelas equipes dos Serviços de Saúde que na primeira altura prestaram os socorros devidos. Os pioneiros, que durante a segunda guerra de libertação se evidenciaram com as suas famosas armas de pau, também não aceitaram a cruel realidade, deixando escapar dos seus olhos, que antes tão vigorosamente denunciaram a presença do inimigo, as lágrimas. A OMA também desceu à rua para chorar estrondosamente o Guia que

---

[22]Revista *Novembro*, setembro de 1979, número especial, pp. 18-22.

sempre defendeu a emancipação da mulher. No seu incontido desespero clamavam: "Por que nos deixaste, Camarada Presidente? Íamos festejar agora o teu aniversário..."

Quando o cortejo atingiu a Avenida dos Combatentes, a multidão irrompeu toda atrás do percurso manifestando o seu sentimento de profundo pesar. Todos quiseram, enfim, correr até ao Comissariado Municipal para ver mais bem de perto a cerimônia.e local, minutos depois repousava no pedestal a urna do Camarada Presidente, que mais tarde foi apresentada, primeiro aos familiares, aos membros do Comitê Central e Governo e às delegações e por último ao povo.

Dia 15, o relatório médico

Comunicado do Secretariado do CC[23] do MPLA-Partido do Trabalho[24]

Relatório médico explica as causas do falecimento

Segundo o relatório médico sobre a doença do camarada Dr. Agostinho Neto, presidente do MPLA-Partido do Trabalho e da República Popular de Angola, recebido de Moscovo e subscrito pelos médicos E. Tshasov, membro da Academia de Ciências e da Academia de Medicina da URSS, professor N. Malinovsky, membro da Academia de Medicina da URSS, professor N. Smaguine, membro correspondente da Academia de Medicina da URSS, professor G. Riabov, membro correspondente da Academia de Medicina da URSS, professor A. Vorobiev, professor V. Fedorov, professor V. Soura, doutor em Ciências Médicas, B. Savtchovk, doutor em Ciências Médicas, Eduardo Macedo dos Santos, médico assistente do presidente da República de Angola:

---

[23]Comitê Central.
[24]Manchete no *Jornal de Angola* de 16 de setembro de 1979.

1. Constatou-se a instalação de uma grave insuficiência hepática e a forte suspeita de obstrução da via biliar principal. Nestas condições impôs-se intervenção cirúrgica como única alternativa para salvar a vida do Camarada Presidente.

2. No ato operatório, que teve lugar no dia 8 de setembro de 1979, verificou-se que além das graves lesões do fígado havia também um tumor do pâncreas.

3. O período depois da operação decorreu de forma grave, não tendo sido possível combater a insuficiência do fígado e outras complicações, tais como perturbações renais e alterações graves do sistema nervoso central, coração e vasos.

4. Apesar do concurso e da assistência dos mais eminentes especialistas da URSS, estas complicações agravaram-se, dando lugar ao falecimento do Camarada Presidente, que teve lugar no dia 10 de setembro de 1979.

Luanda, aos 15 de setembro de 1979.

O Secretariado do Comitê Central do MPLA-Partido do Trabalho

Dia 17, o funeral[25]

O corpo do presidente Agostinho Neto, que envergava um fato preto com leves riscas brancas, esteve exposto em câmara ardente desde o dia 14 no Comissariado Municipal de Luanda, numa urna de vidro transparente. Durante três dias, membros da direção e das organizações do Partido, do Governo, do Estado-Maior General das FAPLA, inúmeras delegações estrangeiras e milhares de militantes e pessoas da capital do país e também provenientes do interior desfilaram diante dos restos mortais do Grande Guia da pátria angolana.

Durante os dias em que o corpo esteve em velório, a população não

---

[25]Revista *Novembro*, setembro de 1979, pp. 28-31.

pôde esconder a dor e a angústia que o trágico acontecimento provocara. Era difícil acreditar na terrível tragédia que se abatera sobre o país. A população ouvia duas, três vezes, o comunicado, mas mantinha-se incrédula. O rosto de cada angolano transformara-se num charco de lágrimas.

Sete dias após o falecimento do mais destacado militante da Revolução angolana, a urna, envolvida pela bandeira nacional, contendo o corpo daquele que ao longo de duas décadas conduziu vitoriosamente a luta revolucionária do nosso povo, foi depositada pelas 10h20 do dia 17 de setembro, no Palácio do Povo. O corpo do chefe consagrado que foi Agostinho Neto será conservado para a eternidade, devendo ser erigido um mausoléu em local a designar, onde em cada momento a sua presença possa inspirar operários, camponeses, soldados, intelectuais revolucionários e todos os filhos e filhas do nosso povo.

O funeral, o adeus à hora da partida

As cerimônias fúnebres tiveram início cerca das 10h, quando uma Guarda de Honra retirou a urna do salão nobre do Comissariado Municipal de Luanda, colocando-a num armão das FAPLA. Na placa daquela instituição estatal, achavam-se perfilados os familiares mais próximos do distinto desaparecido, os responsáveis máximos do Partido, do Governo, das Forças Armadas, dezenas de delegados estrangeiros em representação de povos dos quatro cantos do mundo. Lá mais atrás, a população a engrossar o desfile. Um batalhão de jornalistas nacionais e estrangeiros fazia a cobertura do trágico acontecimento.

Protegido por diversas viaturas militares, em passo lento, o desfile prosseguiu a sua marcha, contornando, sob o desespero e o sofrimento das pessoas postadas ao longo do trajeto, a rua do talho do povo em direção ao largo ex-D. Afonso Henriques. Nestas bandas gerou-se uma indescritível e espontânea manifestação de dor profunda e comovente. Às forças de segurança era impossível deter a população angustiada e agredida em presença daquele doloroso quadro. Esta foi, aliás, a característica dominante desta dramática jornada. Ela queria apalpar a urna, certificar-se de tão dolorosa realidade patenteada diante dos seus olhos. Aos prantos, gritava incessantemente: **Neto, Neto, por que nos abandonaste? Tu não morreste, é mentira!** A população rompia a cintura de segurança, ela mesma também comovida e chocada, contristada e fulminada pela dor e pelo luto. (...)

No teu aniversário, um bouquet de rosas para ti...

Quis um infeliz concurso de circunstâncias por ironia do destino que o corpo do presidente Agostinho Neto fosse depositado na dia em que deveria completar 57 anos de idade. Foi, de fato, comovente. O povo, esse, apenas pôde mergulhar-se numa amálgama de irresignável tristeza e de pungente saudade das épocas passadas. Das épocas em que ovacionava o chefe amado, o dirigente querido, o guerrilheiro destemido, o poeta admirado, o homem respeitado. O presidente que uma vez na história se habituou a chamar nos maquis **Kilamba**, nas cidades **Mangúxi** ou **Presidente** simplesmente, ou ainda mais vulgarmente o **Velho** (...) (...) (...)

E agora? "Rei morto, rei posto."

— Onde é que você andou esse tempo todo, Mizé? Eu te procurei por aí tudo e não te encontrei. Queria falar com você.

— Andei trabalhando fora de Luanda. Por diversas províncias do país, pelo norte. Estive no Uíge, fui ao Zaire, em seguida apanhei um avião para Cabinda. Fui fazer uma série de trabalhos, umas reportagens, sobretudo em relação ao folclore angolano.

— Eu queria te fazer uma pergunta, depois de tudo o que aconteceu nesses dias: o Velho morreu. E agora?

— Então, e agora? A vida continua. Por quê? Você está apreensivo por causa disso?

— Estou curioso, de um lado. Um pouco apreensivo, sim, porque nunca vi ponto de interrogação tão grande quanto este país hoje.

— Olhe, Zé. Eu penso que aí é um medo demasiado que especificamente os estrangeiros têm. Penso que quando há um partido constituído, e é o que acontece no nosso país, todas as pessoas têm que estar preparadas para a morte de um presidente, que não é eterno, naturalmente. Então, não é de muito bom-tom dizer-se, mas "rei morto, rei posto". Morreu o presidente. É certo, era uma figura carismática até, que já nos faz muita falta, à política internacional e à política interna de Angola, porque era um indivíduo inteligente, clarividente. Mas haverá outro presidente que o vai substituir. Quem? Não sei. Mas alguém já deve estar preparado para tal. Algum dos membros do Comitê Central naturalmente tem que assumir esse cargo. É espinhoso, mas alguém tem que o substituir.

— Espera aí! Quando você diz "Quem? Não sei", só pode ser figura de estilo, porque sabemos perfeitamente que já foi nomeado o novo presidente.

— Como assim? Estou a acabar de chegar, e não sei de nada! Não tenho ouvido a rádio... Foi nomeado quando? Hoje?

— Chama-se José Eduardo dos Santos.

— Ah, é? Muito obrigada pela novidade.

— E agora te pergunto: você acha que se vai continuar na mesma linha?

— Eu penso que sim. A linha está traçada, e não foi traçada só por um homem, mas por um governo constituído que existia. O presidente não era o único que decidia.

— Mas você há de convir que o Neto tinha sobre o país uma autoridade, adquirida ao longo de muitos anos, que vai muito difícil alguém conseguir manter.

— Sim. Eu aí não posso dizer muita coisa agora, porque para mim até foi uma novidade você me dizer que já há um presidente eleito. Muito bem, aceito, não tenho nada a contestar. Mas, realmente, o então presidente, como eu acabei de dizer, já faz muita falta, porque era um homem que sabia de tudo quanto concerne a Angola dentro e fora do país, de todos os interesses que nós teríamos, dentro e fora também. Mas como isso não era feito só por ele, penso que o atual presidente vai continuar na mesma linha. Tem por obrigação estar absolutamente bem-informado.

— Se tiver o mesmo poder que tinha o anterior.

— Eu não sei o que é que você quer dizer com isso de poder, neste momento. Poder político? Tem que ter. Poder decisório? Também tem que ter. Não sei bem o que é que você está insinuando. Olhe que esses dias eu estou um bocadinho confundida agora com as minhas idéias, não sei. Acho que não é o momento oportuno para você me pôr essa questão. Vamos esperar para ver.

? — A jangada

Sonho que só poderia ser de intelectual.
Não o que viveu, mas o que escreveu.[26]

Um sonho como outro qualquer. Ou talvez não, talvez o único, o verdadeiro, o que uma Pitonisa achará revelador.

Um rio como outro qualquer. Ou talvez não, talvez nada tivesse sentido se o rio não fosse. Um homem deitado sobre uma jangada feita de dois troncos amarrados. Um sonho, um rio, uma jangada, um homem.

O homem era um qualquer. A jangada talvez não, era de dois troncos, cortados longe por algum caçador de mel. As cordas eram tiras de casca dum arbusto especial, que servem para amarrar tudo.

O homem na jangada não mexia. Deitado de barriga para baixo, os olhos abertos contemplando a água e as ondas da corrente. Só fechava os olhos quando a água salpicava ao chocar contra a jangada. As mãos por baixo do queixo doíam pelo imobilismo. Mas ele mantinha-se olhando a água, as margens, as aves que se levantavam do capim para o ver. Um ou outro hipopótamo mergulhava mais à frente e ele

---

[26]Sem assinatura, este conto terá sido dado ao Zé por algum escritor angolano bom de pena. Quem conhece bem a literatura angolana certamente descobrirá seu autor sem pestanejar.

esperava a todo o momento sentir-se levantado e atirado para o rio. Não olhava para trás, passado tempo, procurando a emersão do animal. Tudo era a corrente que o levava, ora pelo meio, ora por uma das bordas.

A jangada parou de repente, como já acontecera inúmeras vezes: tinha chocado com os caniços da margem e por eles ficara retida. O homem não mexeu. Sabia que a correnteza venceria, mais tarde ou mais cedo. Aos poucos a jangada foi oscilando, a parte de trás traçando um arco, e em breve se desprendeu.

Agora, a cabeça dele estava na retaguarda, e por isso olhava o caminho que percorrera. Os pés chocavam com as ondas e as gotinhas de água vinham, curvadas, cair-lhe na cabeça.

Até que a jangada de novo encalhou no capim, agora na margem direita. Entrara obliquamente e, portanto, mais profundamente. O homem ficou observando os bandos azuis, brancos, negros, de todos os arco-íris de aves voando para ele. A corrente cantava ao roçar nos troncos da jangada e assobiava manso ao deslizar pelo capim. E era cântico de vitória, ou talvez só de certeza nela, pois a cabeça rodou suavemente e ficou virada para a frente, quando a jangada se desprendeu. Tinha de novo que fechar os olhos, ao cortar as ondas.

Para dali sair, poderia guiar a jangada, remando com as mãos, por uma das várias sendas que as catanas tinham aberto no capim das margens. Mas depois teria de abandonar os troncos e caminhar dentro dos pântanos, enterrando-se na lama até aos joelhos, durante horas, até atingir terra firme. Que encontraria? Matas, chanas, animais, homens. Lutar contra o lodo dos pântanos, contra as cobras de água, para atingir a mata. E aí, lutar contra a mata, a fome, os animais, os homens. Lutar em palavras contra os que pescam, para poderem continuar a pescar; os que caçam, para poderem continuar a caçar; os que fazem a guerra, para poderem continuar a matar; os que fazem amor, para que haja os que pescam e caçam e matam...

Olhava o rio. Olhando a corrente, ora o que estava por vir, ora o que já passara, ultrapassaria este rio, desaguaria num Zambeze ou Zaire *ou Cunene mítico, venceria rápidos e quedas, iria espraiar-se no Índico torrado ou no Atlântico encrespado. E ali se sepultaria no seio duma vaga salgada.*

O homem, um homem qualquer, olhava um rio num sonho como outro qualquer. Sem presente, porque a jangada só fugazmente avançava de lado, alternando ritmicamente do futuro para o passado.

CAMARADA ANDRÉ 1 — A crítica

Publicar isso? "Só assim, não dá."

— Agora que você já leu esses diálogos, o que é que você acha se eu um dia quiser publicar isso?

— Acho que só os diálogos assim, não dá.

— Por quê?

— Dão uma visão muito estreita sobre a realidade. Isso em termos de informação ou análise da realidade.

— Se você diz que eles dão uma visão muito estreita, é porque você tem uma visão mais larga.

— Espero que sim. Seria normal, não é? A visão é estreita pelo seguinte: ela é dada por uma só personagem, que é ela, a Cabrita.

— Mas não é uma personagem, é uma pessoa!

— Eu estou a ler como uma obra literária, então é uma personagem.

— E quem te disse que é uma obra literária? Estou apenas transcrevendo conversas que tive com uma mulher aqui em Angola!

— Pois eu vejo isso como obra literária, embora aí seja difícil separar a fronteira entre a tal personagem jornalística e a ficção.

— Mas te garanto que vivi isso aí. Não posso te assegurar que as palavras tenham sido exatamente essas, mas a reprodução dos diálogos é a mais fiel possível ao que aconteceu entre mim e ela.

— Também isso eu já tinha imaginado possível. E até sei quem pode ser ela: um pouquinho mais escura na realidade do que está aí. É só essa a diferença.

— Aí você se engana.

— Talvez, mas é uma imaginação que avancei aqui, agora. De qualquer modo, acho que é obra literária.

— E por que você acha que a visão dela é uma visão estreita de Angola?

— Eu não estou a dizer que é uma visão estreita. Mas dando só essa visão, dá uma imagem estreita, porque é só focada a partir de uma pessoa. Por muito larga que seja a visão que essa pessoa tenha, é estreita.

— Mas, André, estou te mostrando isso aí justamente para você também tomar posição, como angolano que é, e para ampliar, se for o caso, essa visão estreita.

— O que a mim me parece é que a imagem que se dá não está correta.

— Em que, por exemplo?

— Independentemente de alguns fatos, de algumas análises que sejam talvez demasiado superficiais, e mesmo algumas erradas, o que é normal, porque era preciso ir ao fundo, conhecer melhor, dá uma situação do país sem ter em conta a história. E quando não se tem em conta a história, e faz-se só uma análise fenomenológica, está-se a falsear em parte a análise.

— Você está sendo muito intelectual aí, espera um pouco!

— O que eu quero dizer é que você faz uma análise factual duma série de coisas.

— Mas eu não faço análise nenhuma! São só diálogos que tive com uma mulher aqui.

— Zé, para mim é um livro que está aí. Você perguntou: se publicasse, o que é que eu achava. Estou a ver isso publicado como livro.

— Está bem, mas independentemente de vir a ser livro ou não, eu gostaria que você analisasse o conteúdo deste texto. O que é que você acha que não está bem? O que você tem contra, por exemplo, a posição minha ou a dela?

— Eu não vi a sua ou a dela, para já. Eu vi a posição de um estrangeiro e duma angolana, a discutir. Vê-se a posição dele pelas perguntas que faz, que geralmente são sugestões. Dão sempre a visão dum estrangeiro, nunca a visão de alguém que entrou a fundo na realidade.

— Mas eu sou estrangeiro mesmo. Não sou eu que tenho que dar uma visão nacional. É ela.

— E ela dá uma visão nacional, mas com uma certa vivência que, como todas as vivências, é limitada. Não é uma visão da nação. É a visão duma nacional.

— É a visão que uma nacional tem da nação.

— É uma das visões que as diferentes nacionais podem ter da nação, não é? E ela dá uma visão. Não sei se vale a pena criticar a personagem, mas, do meu ponto de vista, é de um certo nacionalismo estreito. Isso sem nenhum juízo de valor, mas porque depende das circunstâncias, na medida em que ela está em confronto com um estrangeiro. Ela, como personagem, representa um certo meio social. Não tenho nada contra. Mas se for publicado só isso, assim, é estreito como visão.

Um guerrilheiro normal?

— Você continua com um discurso puramente intelectual. Não dá fato nenhum, fica só no campo das idéias. Até agora você não contestou um só fato concreto que tenha sido contado por ela!

— Há muitos! Aliás, eu tenho aqui anotados alguns. Mas, antes de passar a eles, eu gostaria de chamar atenção para um aspecto importante. Eu não conheço essa mulher, mas para se entender a visão dela há várias hipóteses possíveis. Há, e isso é muito comum aqui, a hipótese do frustrado, que nunca participou em nada, mas que se imagina ter participado, num dado momento, porque ouviu um primo que contou alguma história. Há também a hipótese daquele que não é frustrado, mas que colaborou com uma antiga situação, do lado da potência colonial, e que depois se ressalva de tudo a partir do 25 de Abril de 1974. São casos muito comuns aqui. Aí contam histórias desse tempo como se tivessem colaborado na luta contra o colonialismo.

— Mas esse não é o caso.

— Estou só a pôr hipóteses. Sei que não é o caso por uma razão simples: é que esses são os mais radicais, fantasticamente radicais no seu anticolonialismo, descoberto de um dia para o outro, do 24 ao 25 de abril. E provocaram muita merda. Mas há os outros, que terão tido alguma participação, muito individual, muito desgarrada, com objetivo mas sem meios, digamos, e que subconscientemente imaginam essa participação mais ativa. E há os que participaram efetivamente. Aquilo que esses últimos contam é verdade, ou aquilo que imaginaram ser verdade, ou porque conheceram indiretamente, por meio de pessoas que viveram fatos concretos. Como vê, há quatro hipóteses pelo menos de casos diferentes.

— E em qual desses casos você enquadra a Mizé?

— Não sei. Mas sei que há fatos apresentados que, ou porque a informação indireta foi errada, ou porque é pura imaginação, são fatos que não são possíveis de terem acontecido.

— Por exemplo?

— Essa visita à base do Monstro Imortal. Como está descrita, eu lhe digo: é praticamente impossível.

— Por quê?

— Porque um guerrilheiro não convidava outras pessoas, muito menos de tom claro, a ir visitar a sua base como quem vai visitar um acampamento de escoteiros.

— Isso talvez um guerrilheiro normal. O que ela está querendo mostrar aí é exatamente que o Monstro não era um guerrilheiro normal.

— E por que ele não era normal?

— Porque era capaz de certas coisas. Como, por exemplo, convidar duas pessoas, que, aliás, o Movimento conhecia muito bem, para visitar o próprio acampamento, por uma razão muito simples: ele precisava de alguém que fosse contar depois para o colono que havia ali um acampamento.

— Pois ele não precisava de convidar ninguém para fazer isso! Havia métodos muito mais simples e mais seguros. Ele já tinha muita experiência de guerrilha e sabia, melhor que eu, como é que se faz para atrair a tropa colonial ao acampamento.

— Mas que experiência de guerrilha você tem para falar isso?

— Alguma, o mínimo que dá para dizer que isso não é possível. Mostre isso a um guerrilheiro, que ele vai rir na cara! Vai dizer: "Não, essa menina imaginou. Ou foi um sonho muito bonito, ou então alguém lhe contou a história, e a contou já inventada, e ela acreditou, e agora conta como sendo dela." Realmente isso não é possível, numa guerrilha, aqui. Talvez num outro país, quem sabe? Aqui? Impossível. Era para chamar a tropa colonial para o acampamento? Há maneiras muito mais simples, e seguríssimas!

— Por exemplo?

— Fazer uma explosão na tal ponte. O barulho atrairia a tropa, muito mais simples. Ou deixar um bilhete perto da tropa, ainda mais simples. Ou então atacar uma fazenda, ali ao pé. Imediatamente a tropa diria: "Tem que ser por aqui, por essa estrada." Passariam por ali e cairiam na emboscada, sem estarem avisados que há um acampamento. Outra inverossimilhança: se a tropa está avisada de que há um acampamento, vai com certas precauções. Não se destrói uma companhia assim. Um pelotão de trinta homens, dentro de uma companhia de cento e vinte, é possível. Agora, uma companhia inteira, que já vai prevenida que vai atacar uma base? Não é possível. É normal que, ao contar, uma pessoa tenha exagerado, ou passe a contar de outra maneira, e aí estrague a história toda, porque mete lá os tais pormenores que a gente sabe que não são possíveis. Isso até pode não ser por vontade de enganar. Pode ser só vontade de ter vivido aquilo que não pôde viver! Sei lá, há milhões de razões psicológicas.

"Vamos aos fatos", ponto por ponto:

1. Chauvinismo? "Não existe."

— Você disse que minha crítica a essa tua parte com a Mizé ficava apenas no campo das idéias. Muito bem, vamos aos fatos. Veja, por exemplo, aí na parte "Bichas? São necessárias". Isso aí não é verdade!

— O quê?

— Você põe aí que o redator-chefe diz: "Meu filho, você não sabe de nada, guarda isso", porque o jornalista é estrangeiro. Não é verdade. Como redator-chefe, ele podia dizer a um redator: "Guarda isso, isso não se publica", mas não por ser estrangeiro.

— Você acha que o pessoal do jornal aqui é todo internacionalista, é?

— Não é isso. Mas é que, nesse aspecto, não fazem distinção entre estrangeiro e nacional para publicar ou não. Não acredito. Essa nota de chauvinismo, que o jornalista aponta aí, não existe.

2. "Chupam tudo!"

— Aí na parte "Neste momento toda a gente se aproveita", há pior que isso. Tem aí umas máquinas que chupam ovas, plânctons, e tudo. Por isso é que não há peixe.

— E de onde é que vêm essas máquinas?

— Sei lá, é dos países desenvolvidos.

— Países capitalistas?

— Não, países desenvolvidos.

— Não necessariamente capitalistas?

— Não. Quer dizer, os que têm capacidade técnica.

— E destroem a flora e a fauna marítimas.

— Chupam tudo. Ovas, peixe pequeno, peixe grande, fêmeas a desovar, tudo.

— E o que vocês podem fazer contra isso?

— É preciso ter mais barcos, para controlar.

3. Cuanhama: "Não é do deserto."

— Que mais? Você está em desacordo aí com alguma coisa que ela diz sobre os cuanhamas?

— Sim, ela fala que o cuanhama é um povo do deserto. Eu digo: não, não é do deserto. É savana, dá para criar gado. É savana, e savana arborizada.

4. Mucubais: desapareceram?

— Nessa parte sobre os mucubais, está um bocado ambíguo. Ele diz que foi a Moçâmedes e não viu mucubal nenhum, como se tivessem desaparecido. A população de Moçâmedes é de origem mucubal. Podem já não se vestir à mucubal, podem já pôr camisa e calça...

— Mas não são só de origem mucubal, são?

— Não. Há também cuanhamas, umbundos, um ou outro quimbundo, mumuílas também, que tinham ido para lá, na época, para trabalhar sobretudo nas pescarias, como contratados, e ficaram. Mas aqui a idéia que dá é que parece que os mucubais desapareceram do mapa. Não. Estão de fato na província de Moçâmedes, e com alguma incidência mesmo nas cidades. Só que já não se vestem à mucubal, o pano amarrado à cintura e mais nada.

5. Simulambuco

— Na parte em que a Mizé fala no Tratado de Simulambuco, você acha que há erro?

— Há, porque de fato não é o Tratado de Simulambuco que liga Cabinda a Angola. Há três tratados, e esse é um dos mais conhecidos. É um tratado de vassalagem ou de protecionismo, feito por um nobre de Cabinda, um dos vários que havia. Foi feito em relação aos portugueses, em que uma parte do território de Cabinda seria protetorado de Portugal. Quer dizer, não há ligação com Angola. É só mais tarde que o governador-geral da colônia de Angola vem a ter autoridade sobre Cabinda. Mas isso é muito posterior.

6. Claro e provadíssimo

— Já aí, quando a Mizé fala sobre a FLEC em Cabinda, não há dúvida nenhuma. A FLEC é um movimento da França. Claro e provadíssimo! Financiado, feito pela França, através do Gabão. Mais tarde é apoiado pelo Mobutu. Aí não há dúvida. Se há uma dúvida possível, essa não existe.

7. "Foram os Estados Unidos."

— Aqui, é o problema de aparecerem os três movimentos, que fizeram parte do governo de transição. O Zé pergunta: "Mas você acha que foram os portugueses que tiveram culpa?" E ela diz: "Sim, os portugueses e todas as potências internacionais..." Eu diria assim: especificamente, foram os Estados Unidos, que tiveram um papel direto na implantação aqui da FNLA, sobretudo.

— E haveria algum outro país além dos Estados Unidos, já que ela fala no plural?

— A França. Estados Unidos e França são os principais.

— E a China?

— Sim, mas secundariamente. Não teve papel tão importante. Só no fim, mesmo.

8. Pura e simplesmente

— Com o que você não está de acordo aí?

— Ela diz que a repressão aqui, "de certo modo, era mais benevolente que em Portugal". Eu faço uma observação: mas a PIDE em Portugal não matava. Em Angola matava.

— Mas ela diz depois: "não que a PIDE fosse benévola".

— Mas aqui está: "de certo modo, era mais benevolente que em Portugal." De maneira nenhuma! Entre as colônias não deveria haver diferença, não é? Agora, entre as colônias e Portugal havia diferença. Os homens da oposição portuguesa, os comunistas etc., eram presos em Portugal, mas não eram mortos. Em Angola eram mortos, pura e simplesmente.

9. Solidário? "Mentira!"

— Aqui há um equívoco, quando ela diz que o povo português que veio para Angola se identificou com o povo angolano, que estava a nosso favor etc. É um equívoco grande. Ou realmente a coisa mudou muito, depois que eu saí daqui para o exílio, e desde que essa menina começou a pensar. E parece que ela começou a pensar mais ou menos na mesma altura que eu. Admito que ela pense assim, porque esteve ligada a portugueses, tinha casado com um português. Mas dois pontos: primeiro, não é geral esse pensamento, nem mesmo entre os intelectuais angolanos, eu, por exemplo, de considerar que o povo português se sentia solidário com o povo angolano, vinha para aqui, e eram iguais. Mentira!

— Mentira por quê?

— Qualquer português que viesse para Angola tinha já um privilégio: o de ser colono, e de ter todo angolano para machucar, por mais ignorante, analfabeto ou miserável que fosse o português. Lá, ele era o mais baixo da escala social. Ao chegar aqui, não: aqui eram os negros que estavam abaixo dele. Imediatamente tinha modificações de mentalidade. Isso não é teórico, é na prática de todos os dias, constante. Mas como essa menina, a Mizé, é a única a falar, e não há termos de comparação ao que ela diz, a idéia que pode ficar ao leitor é a dela, que é falsa. Por mais miserável que fosse o português operário ou camponês que viesse, ele aprendia logo a comportar-se como colono. Daí racismo etc. Os piores racistas aqui eram os portugueses da mais baixa condição social, não eram os da mais alta. E as tais milícias populares eram formadas desses portugueses de baixa tigela, como a malta chamava. Esses é que tinham tudo a perder com o fim do colonialismo. Tinham que voltar lá para Portugal e cavar, porque aqui já não estavam a cavar.

— Nesse ponto, você acha que a visão dela é ingênua?

— Totalmente errada, mais que ingênua, pá! Absolutamente falsa! É a visão dogmática daquele que quer ser progressista e que diz: "Há três classes sociais: os capitalistas, os operários e os camponeses. Os capitalistas são maus, os operários e os camponeses são bons, qualquer que seja a sua situação!" Mentira! O operário, o camponês colonizador, que vem para um país colonizar, deixa de ser operário, passa a ser colono. E, como tal, é tão mau quanto o capitalista. Aliás, o capitalista pode ser até mais liberal, sempre foi. Isso está claro, viu-se em muitos países colonizados. A Argélia, então, é o exemplo máximo disso. Os *pieds-noirs* da Argélia, o que eram? Não eram os operários e camponeses da Argélia, franceses, que fizeram a OAS?[27] Não foi nada o grande colono. O grande colono foi-se embora, e ficou à espera de que a guerra acabasse. Dava dinheiro para a OAS, mas quem matava, e não-sei-quê, era o pequeno colono, o *petit-blanc*. Como aqui, exatamente igual! Isso que a Mizé diz é completamente falso, é realmente não conhecer nada de sociologia. Aí eu não admito, não aceito. É um erro completo!

10. Um louco chamado Jo Voli

— O que a Mizé está a dizer sobre os loucos me faz lembrar da inscrição JO VORRI, que é uma deturpação do umbundo da palavra Jo Voli. Jo Voli é "o salvador". Vi isso hoje aí na rua, quando se sobe da Mutamba para a Avenida dos Massacres. Isso deve ter

---

[27]Sigla da Organisation Armée Secrète.

sido escrito por algum louco que se chamava Jo Voli durante a luta, só que agora ele já está a escrever o nome alterado. Mas havia mesmo um louco chamado Jo Voli. De qualquer forma, a mim me parece que os que escrevem aí na parede são loucos, sim, mas duma religião quicongo. Pode ser o quimbanguismo, ou algo parecido. Há várias seitas, saídas todas de Simão Quimbango.

11. Dobradinha brasileira

— O que há de ridículo aí?

— Está-se a falar da importação de Brasílias, de carne-seca, de dobradinha brasileira, e ela diz: "Ouça, Zé. Você sabe que o seu país foi o primeiro a reconhecer a independência de Angola." Esse argumento é ridículo. Não é porque o Brasil foi o primeiro a reconhecer a independência de Angola que se está a comprar dobradinha brasileira!

— E por que é que se compra lá a dobradinha?

— Comprou-se muita coisa no Brasil porque respondia mais rápido às nossas necessidades. Por isso.

12. Pequeno-burguesa

— Isso aqui não é verdade. Os professores que davam iniciação ainda cá estão. São os atuais professores. Eram os professores de posto.

— Quer dizer que nada mudou então, na iniciação?

— Não.

— E você acha que a atitude dela, de não querer pôr o filho na escola, está certa?

— Claro que não!

— E por que ela tomou essa atitude, então?

— Porque é uma pequeno-burguesa... reacionária. Você ri?

13. Uma centena, no máximo

— Esse número aí, dos mortos do 27 de Maio, está multiplicado por dez, pelo menos.

— Você tem certeza, André?

— Houve muito poucos mortos no 27 de Maio. "Dois mil mortos estão identificados", diz ela. Quer dizer: faltariam os outros não identificados! Ora, se houve cem identificados já foi muito. Dos dois lados.

— Não houve massacre em musseque nenhum?

— Massacre?

— Sim, extermínio de algumas centenas, digamos.

— Não, não houve.

— Olha que depois, historicamente, pode-se comprovar que houve, hein!

— Comprove-se! Eu cá não sei de nada. Nunca ouvi falar nisso. Houve uns tantos corpos que apareceram aí, uns dias depois do 27. Seriam talvez vinte e tal, trinta ou coisa assim, mortos pelos fraccionistas. Depois houve uns tantos fuzilados. Tudo deve dar uma centena no máximo. Não houve bombardeamentos, não houve nada: isso é o que mata pessoas, não? Houve tiros para o ar na Rádio Nacional, mais nada. Depois disso não houve mais tiros nenhuns na cidade. No máximo, eu diria uma centena de mortos, talvez, dos dois campos. Isso aí de dois mil é exagero.

14. Guerrilheiro? "Perfeitamente falso!"

— Aí ela diz que o Chipenda foi um guerrilheiro, um comandante do Leste, ali da zona do Moxico, que esteve lá durante vários anos e que foi ele que assegurou realmente a guerra do então tempo colonial aqui no Leste. Isso é perfeitamente falso! Para já, ele nunca assegurou nenhuma guerra. Nunca comandou nada. Nunca combateu na vida dele. Nunca deu um tiro, salvo em algum treino militar que tenha feito na fronteira, mais nada. O máximo que pode ter estado dentro do território de Angola, depois que começou a guerra, foi vinte e quatro horas, numa missão em que esteve. Teve um ataque de diabetes e saiu imediatamente. Isso eu sei, não vale a pena estar aí a exagerar!

15. Mangúxi, Kilamba

— O nome de guerra do Presidente não era Mangúxi, mas Kilamba. Mangúxi é um nome que aparece depois, já aqui em Luanda.

16. O Monstro? "Nunca mais voltou."

— O Monstro Imortal, ao contrário do que ela diz, saiu em 1970, e não em 1974, e não mais voltou. O acampamento resistiu, mas sem o Monstro. Aliás, não era só um, mas uma série de acampamentos, da Primeira Região Militar. O Monstro saiu com o Valódia, e nunca mais voltou.

— Quem era o Valódia?

— Era um outro comandante da Primeira Região, que trabalhava com o Monstro. Acho que era o chefe de operações do Monstro. Outra coisa: quando ela diz que o Monstro era afilhado do Presidente, eu tenho dúvidas sobre isso. E que era um homem de confiança, de certeza que não. Não era, não. Desde há muito tempo já não era, nem podia ser homem de confiança. Tinha feito demasiados erros na sua região.

17. Homossexualismo? "Existe."

— Sobre o homossexualismo, a Mizé diz que não existe nas sociedades africanas: "de tudo quanto sei, não existe. Pode haver um caso ou outro, mas não é normal que isso aconteça", diz ela. Pois eu tenho a impressão de que, por exemplo, no Cuanhama, existe, no homem. Não talvez muito generalizado, mas freqüente.

CAMARADA ANDRÉ 2 —
Los Románticos de Cuba

"Fizeram erros, é natural!"

— André, eu tenho ouvido falar muito mal dos cubanos por aqui. Aliás, quanto mais se desce na escala social, pior a gente ouve falar. Eu sei que você não vai nessa linha ao falar dos cubanos. Como é que você interpreta então o fato de que haja tanta gente que fala mal dos cubanos, se eles vieram aqui para ajudar?

— Há muitas críticas em relação aos cubanos que são verdadeiras. Como seriam verdadeiras outras críticas em relação a outras pessoas que tenham vindo.

— Por exemplo?

— São muito mais verdadeiras, diga-se de passagem, em relação aos soviéticos. Mas não só. Há outros. De qualquer modo, eu creio que nós temos de ser um bocado relativos, no que diz respeito aos cubanos. Há que ter em consideração um aspecto: é que os primeiros cubanos que vieram para aqui, e que ficaram ajudando como técnicos ou como assessores, tinham vindo antes como militares. Depois ficaram a ajudar, num setor em que tinham alguma experiência. Mas não eram quadros realmente formados para uma série de situações técnicas que ajudaram a assumir em Angola. E aí tiveram falhas, fizeram erros, é natural.

— Tinham vindo por um impulso militante. Aliás, mais que militante, militar, não?

— Militar, pois. Os primeiros que vêm são realmente como militares. No meio deles vêm historiadores, críticos literários, professores, artistas, pintores, sei lá!

— Eles já eram militares em Cuba ou se militarizaram para vir?

— Em Cuba há, digamos, o Exército regular, e há as milícias populares. Toda a população tem um certo treino militar. Para Angola vieram muitos voluntários das milícias, ou seja: têm outra profissão, mas também têm o treino militar, e vieram como voluntários.

— E aqui combateram como militares?

— Sim, na primeira fase vieram como militares, e combateram. Logo que o problema militar ficou mais ou menos resolvido, então estiveram a apoiar noutros setores, naquilo que era necessário.

— Em que época?

— Em 1976, por exemplo. E aí houve naturalmente uma série de falhanços, porque de fato não eram quadros técnicos, não eram os mais competentes para resolver esse ou aquele problema de um país que estava a começar, a tentar organizar-se. Aí é uma primeira crítica que se pode fazer: não eram quadros competentes e mandados especialmente para tal.

— Você aí define nitidamente uma primeira fase, em que vieram cubanos voluntários, e não se poderia exigir muito deles. Depois viriam, numa segunda fase...

— Sim, e aí, numa fase posterior, que eu creio que já é, em certa medida, por uma certa crítica dos próprios angolanos, os cubanos começam a ter mais cuidados, e passam a enviar já uma cooperação técnica mesmo. E aí também houve falhas.

— E por quê?

— Porque, por um lado, não conheciam o país. Segundo ponto, e isso nota-se nos que são mais jovens, e quanto mais jovens são: têm uma formação talvez demasiado estreita, demasiado especializada, o que dificulta muito a apreensão de uma outra realidade que não a sua.

— É uma crítica à formação de quadros cubanos?

— Não. Mas é preciso ver que a formação de quadros cubanos tem vinte anos. Houve que fazer uma formação muito massiva e, portanto, alguma coisa se havia de sacrificar. Por exemplo, uma certa formação geral, que é o caso do técnico, que havia que formar massivamente, e em pouco tempo. Isso é um problema cubano que eu, por exemplo, compreendo. Não compreenderei daqui a dez ou vinte anos. Mas realmente há essa dificuldade. Não é de repente que se podem formar milhares e milhares com uma formação completa, uma formação geral. Portanto, esses técnicos têm uma formação específica, mas não uma formação geral suficiente para se adaptar a qualquer realidade. Alguns falharam. Outros até nem falharam, até funcionaram normalmente.

— Mas falharam, pelo que a gente ouve aqui, em áreas muito específicas. Na saúde, por exemplo.

— Na medicina, exatamente, porque eram médicos acabados de se formar lá, que foram enviados para cá sem experiência. Vieram fazer o estágio aqui. Num outro país, isso poderia ter resultado, porque seriam enquadrados por nacionais. Mas o problema é que aqui não havia nacionais para os enquadrar. Foram lançados sozinhos, em pequenos grupos, numa série de municípios isolados, e não tinham a mínima orientação de alguém com mais experiência. Houve uma série de erros. Eu não justifico os erros, mas compreendo. E creio que, à medida que os anos vão passando, e à medida que as autoridades angolanas vão mostrando melhor certos erros, essa cooperação tem vindo a melhorar. Pouco a pouco.

— Em que setores?

— De um modo geral, em todos.

— Mas isso também porque a cooperação cubana regrediu bastante depois desses erros. Ou não?

— Regrediu como? Em números?

— Não, não em termos quantitativos, mas de impacto, influência, assessoria.

— Bem, em termos de assessoria regrediu completamente. Praticamente hoje já não há assessores.

— E por quê?

— Porque os quadros nacionais começaram a tomar conta do assunto. Antes, quase cada quadro tinha um assessor. Agora já passaram alguns anos, e é normal que as pessoas tenham começado a assumir as suas responsabilidades.

— Mas os angolanos fizeram isso normalmente, ou foi porque viram que os assessores cubanos não estavam assessorando à altura?

— As duas coisas. Porque é muito difícil um assessor assessorar à altura, principalmente quando não conhece o país. Para assessorar à altura, só mesmo os que conheceram o país antes, que eram os portugueses. Esses seriam talvez os assessores ideais, se tivessem outra mentalidade. Aí está o problema. Mas os portugueses são os que conheciam o país. Os outros estão a aprender agora: é o caso dos búlgaros, dos soviéticos etc., que não têm nenhuma experiência de países tropicais, e agora estão a aprender, a conhecer alguma coisa. Pena que, quando conhecem, vão embora. Esse é um outro problema, mas já é uma questão muito técnica, no quadro da cooperação.

— Está bem, mas o povo que sofre as conseqüências desses erros depois comenta, e cria uma certa aversão.

— Certo. Eu creio que, por exemplo, em relação aos cubanos, foi mais no domínio da saúde que se criou essa... aversão? Sim, chamemos aversão. Mas eu creio que aí há também um bocado de memória curta.

— Em quê?

— Ou talvez um certo egoísmo. Porque as pessoas que são ajudadas no princípio aceitam qualquer ajuda. Está certo, tudo o que vem é bom. A partir de um certo momento, começam a ter um sentido crítico, a fazer comparações etc. E também depois caem num extremo, de esquecer todo o resto e só começar a apontar a parte negativa. Aí é que eu não estou de acordo.

Operação Carlota, "decisiva!"

— Você supõe que os cubanos tenham vindo aqui realmente para ajudar. Não houve nenhuma questão geopolítica?

— Foi mesmo para ajudar. Se há questão geopolítica, é outra. Eu não sou a pessoa mais indicada para ver isso, mas alguém disse um dia, e parece que é verdade: "Os cubanos vieram ganhar a independência deles aqui em Angola."

— Independência em relação a quê?

— Aí eu não sei. Mas, em certa medida, é um bocado isso. Quando eles vieram, foi realmente por internacionalismo. Não tinham nada a ganhar, só tinham a perder. E foi um risco enorme que Cuba correu.

— Você não acha isso uma espécie de romantismo revolucionário, não?

— E é. Dentro das revoluções socialistas, a única revolução romântica que há é a cubana, que deu o Che Guevara, por exemplo.

— ¡Los Románticos de Cuba!

— Não há dúvidas! E realmente, toda a "Operação Carlota", que é a operação militar de apoio de Cuba a Angola, é extremamente romântica.

— De onde é que vem esse nome?

— Creio que Carlota era uma escrava cubana que fez uma revolta contra os espanhóis em Cuba. E o dia do embarque das primeiras tropas cubanas para Angola coincidiu com o dia do nascimento ou da morte, não sei, de Carlota. Não sei que dia é esse, mas é em novembro.[28]

— Mas as tropas cubanas começaram a chegar aqui antes disso, não?

— Como tropas, não. Vieram antes alguns instrutores militares. Mas tropas cubanas mesmo devem ter partido de Cuba para chegar aqui dia 11.

— E você acha que a presença cubana foi decisiva? Se os cubanos não tivessem vindo, o MPLA teria proclamado a independência?

— Foi decisiva. Proclamava a independência, só que os sul-africanos chegavam a Luanda no dia 12. Os sul-africanos, não o exército de zairotas, que isso era fácil de varrer. Agora, os sul-africanos teriam chegado. De fato, foram os cubanos que conseguiram travar o exército sul-africano.

— E se os sul-africanos tivessem chegado, quem é que eles teriam colocado no poder?

— Deviam escolher entre Holden e o Savimbi. Talvez atirar uma moeda ao ar e escolher um deles, ou os dois ao mesmo tempo.

— E com um dado um pouco marcado teria sido o Savimbi provavelmente, não?

— Talvez mais o Savimbi, mas não é certo, porque houve apoio dos Estados Unidos.

— Daí os cubanos como salvadores de uma pátria que não é deles, e o romantismo.

---

[28]"'Operação Carlota', nome com que foi chamada essa operação, numa homenagem à negra Carlota, uma escrava de origem africana que, num 5 de novembro de 1843, cento e trinta e dois anos antes, tinha sido morta em Cuba, depois de rebelar-se com um grupo de escravos, no antigo engenho 'Triunvirato', localizado na província ocidental de Matanzas." *(traduzido do espanhol)* — José M. Ortiz, *Angola: un Abril como Girón*. Havana, Editora Política, 1979, p. 50.

— Salvadores, não direi. Mas ajudaram decisivamente a salvar, não há dúvida. Isso é bom não esquecer. E, realmente, só um país com uma certa tradição romântica havia de atravessar o Atlântico assim, como eles atravessaram, para se lançar numa aventura. Porque era uma aventura.

— E você tem certeza de que não há aí o dedo de Moscou?

— Não há. Do que eu sei, os cubanos é que empurraram depois Moscovo a apoiar. Pelo fato de eles avançarem, obrigaram a União Soviética a ter que avançar, porque senão era Cuba que ficava mal. Até nesse aspecto a intervenção cubana é positiva, ao ter vencido uma certa hesitação da parte da União Soviética. E é bem por causa disso que uma vez um amigo meu disse que era aí que os cubanos estavam a jogar a sua independência.

"Fez o que pôde."

— E depois de tudo isso, o que é que vai sobrar da aversão que o povo tem?

— Quando as pessoas do povo relembram-se disso, elas reconhecem, e recuam um bocado na crítica que fazem aos cubanos. E é preciso relembrar o fato. Agora, que Cuba não era o país mais preparado para ajudar Angola concretamente, sobretudo nessa fase, isso era evidente!

— E qual era o país mais preparado?

— Os países mais desenvolvidos.

— Por exemplo?

— Uma União Soviética.

— Mas a União Soviética não ajudou?

— Tem ajudado em alguma coisa. Mas não aquilo que seria necessário.

— Será que é porque não falam português? Ou porque estão preocupados com outra coisa?

— Não sei. Mas, claro, a língua também é um problema.

— E o Brasil, poderia ter ajudado mais?

— Não. Precisava ter outro regime, para ajudar. Reconheceu, e já não foi mal. Creio que foi o máximo que poderia ter feito.

— Dizem que o Brasil reconheceu não o MPLA, mas o governo da República Popular de Angola.

— Está aí a palavra "Popular". A República Popular de Angola era uma. Havia a República Democrática de Angola, que foi instaurada no Huambo, pela UNITA, em 11 de Novembro de 1975 também, e o Brasil reconheceu a República Popular de Angola, quer dizer, a do MPLA. Aliás, fala-se muito disso em Angola, que está muito reconhecida ao Brasil por esse reconhecimento. Foi o primeiro país ocidental a reconhecer-nos. Foi, enfim, uma política inteligente do Brasil. Mais do que isso também não podia fazer, não creio. Fez o que pôde. O que pôde aquele regime. Agora, que o Brasil teria, noutras circunstâncias, noutro regime político, muito mais capacidades para ajudar Angola do que tinha, por exemplo, Cuba, isso é evidente.

— Em quê?

— Em todos os campos. Cuba é um país com extremas dificuldades econômicas, um país pequeno.

— Mas os cubanos não estão ajudando Angola de graça. Para cada quadro cubano que vem, é dinheiro em divisas que é pago ao Estado cubano, não?

— Claro! Mas, de qualquer modo, é um sacrifício para Cuba.

— Mas eles não têm lá uma taxa de desemprego alta?

— Cuba com desemprego alto? Nunca ouvi falar! O que eu sei é que eles têm falta de mão-de-obra para, por exemplo, o trabalho do corte da cana. Mas não deve haver desemprego. Agora, eles aqui ganham algum dinheiro, sim, que é uma compensação, não pela ajuda que deram, mas pelo trabalho que estão a realizar aqui. É normal.

— E se você estiver sendo tão romântico quanto os cubanos?

— Não seria mal! Mas acho que não é romantismo. De qualquer modo, qualquer país que ajude outro país tem certos interesses. E eu penso que, com relação a Cuba, os interesses não são tanto econômicos. São muito mais interesses políticos, no sentido de apoiar outros países que se possam afrontar ao imperialismo etc.

— Seria então uma política de não-alinhamento que Cuba estaria tentando pôr em prática, ativamente?

— Exato. E talvez o futuro confirme. Ou infirme, quem sabe? Só o futuro poderia dizer. Mas eu creio que já há uma evolução nesse sentido.

MIZÉ 11 — A base

Quanto vale uma mulher?

— Alembamento é uma palavra que eu não conhecia em português.

— Não é mesmo uma palavra portuguesa, não. É um problema nosso. Você nunca ouviu falar disso na rádio, no jornal?

— Na rádio, não.

— Pois na rádio também. Nos programas da noite, esse problema foi abordado mais de uma vez. Até porque é um problema que está sendo atacado frontalmente, porque necessário.

— E por que o alembamento é um problema?

— O alembamento existe de Cabinda ao Cunene, como nós dizemos para abranger toda Angola, embora seja praticado de diversas maneiras, consoante os povos. Mas existe em toda parte.

— No alembamento, se a gente for falar duma forma simplista, é o homem que compra a mulher, não?

— Não é bem uma compra. Bem, de certo modo, é. Nas regiões do centro-sul, o homem, quando pretende uma mulher, vai pedi-la em casamento à família, aos pais dela. Aí ele é obrigado a dar aquilo que em português se chama dote. E por quê? À partida, quando vai buscar uma mulher, ele sabe que leva para casa uma força de trabalho. A mulher é que tem que cultivar a lavra, tem que cozinhar, tem que tratar das crianças. Tem que render o suficiente em trabalho, dentro da casa. Consoante a riqueza da família à qual a mulher pertence, assim é pedido o alembamento. Pode ser em cabeças de gado, coisas assim, ou também em dinheiro. Agora, isso varia muito de acordo com a classe à qual a mulher pertence.

— Mas por que em dinheiro? Você não acha isso meio aviltante, não?

— Não, dentro das sociedades africanas não é aviltante coisa nenhuma! Da mesma maneira que os pais da mulher podem pedir duas cabeças de boi, podem traduzir isso numa só, e o resto em dinheiro. Para além dos bois, podem pedir panos. De qualquer das maneiras, é sempre uma troca que se faz, digamos. Isso no Centro-Sul, na região dos umbundos. Em outros sítios, o alembamento se passa de uma maneira um bocadinho diferente. Por exemplo, na região do Cuanhama, o homem paga o alembamento em cabeças de gado.

— Nunca em dinheiro?

— Nunca. Mas aqui para a região Norte é mais pago em dinheiro, vinho para a festa do casamento, animais que serão mortos para a festa. Aqui já não se vê tanto a mulher como força de trabalho que se leva para casa. É mais uma contribuição do homem para ajudar na festa de casamento e, de certo modo, dar um dote aos seus pais. Mais por uma questão de gentileza.

— Você falou que depende da condição social da mulher. O que é que depende?

— A quantia que o homem tem que dar. Se, por exemplo, a mulher for a filha de um soba, o homem tem que dar muito mais do que se for só a filha dum simples camponês.

— E abaixo da filha do soba, quem é que viria, na escala social?

— Viria a filha do seculo.[29] O seculo é, na sociedade tradicional, o equivalente a ministro, ou primeiro-ministro, o conselheiro do soba. Pelo menos no Sul é assim que se chama: seculo. Noutras regiões, o nome talvez seja outro, mas quer dizer o mesmo.

— E abaixo do seculo, o que é que vem?

— Há os homens mais ricos e os menos ricos. Os que têm mais propriedades, mais gado, mais condições de vida de ordem material, e os que têm menos. Aí as coisas já se traduzem mesmo em questão monetária.

— Há então uma classe média nessas sociedades tradicionais?

— Pois há! Está estabelecida entre as pessoas que têm mais ou menos riquezas, como em qualquer sociedade. A sociedade tradicional, embora de certo modo seja comunista, tem muito de capitalista nesse aspecto monetário, em que as divisões se fazem pelo poder que as pessoas têm materialmente. Mesmo que na economia ainda não tenham chegado a uma fase capitalista moderna.

— Mas aí a gente chega à base, a filha mais pobre da sociedade. É a filha de quem?

— Do camponês, daquele que vive exclusivamente do seu trabalho no campo, e que tem umas propriedades, umas lavras, muito reduzidas. Como eu estava a explicar, no Centro-Sul o homem tem que pagar mais do que em outras sociedades, porque, quando leva para casa uma mulher, leva uma força de trabalho. Agora, na hora em que essa mulher o traia, que arranje outro homem, esse homem com quem ela traiu o marido é obrigado a pagar a quantia toda que o marido tinha dado por essa mulher, o alembamento todo. Mas isso normalmente é uma combina que existe entre marido e mulher. Eles preparam uma situação entre

---

[29]Do quimbundo "*Sekulu* — Tio. Ancião; chefe de casa ou sanzala." Assis Júnior, *op. cit.*, p. 356.

ela e outro homem. O marido chega na altura própria e os pega em flagrante.

— Mas o que é que a mulher ganha com isso?

— Nada! Quem ganha é o marido, que fica de novo com toda a quantia que deu.

— E depois ele se separa da mulher?

— Nada disso! Se isso é uma combina entre os dois, como é que ele vai se separar! Eles só obrigam o outro homem a pagar o abuso, como é chamado.

— Que história é essa de abuso?

— Por exemplo: suponha que eu, casada, combine com meu marido, e vou provocar um outro homem para trair o meu marido. Nessa altura nós somos apanhados em flagrante, e aí o homem com quem fui é que tem que pagar. Às vezes é a mesma quantia, mas pode ir para mais, ou para menos.

— E quem é que julga?

— É a minha família e a do meu marido. Ali há uma assembléia de família, que tem que julgar o culpado, que, aliás, nunca é a mulher. É sempre o homem que a foi seduzir. Embora as coisas se passem ao contrário, o culpado é sempre o homem, que depois tem que pagar ao marido o abuso que ele cometeu, por ir meter-se com uma mulher alheia.

— E já houve casos em que se descobriu a combina?

— Na maior parte dos casos descobre-se, mas o homem não fica isento de pagar, não. À partida, normalmente, o homem até já sabe que tem que pagar. O que há é que é seduzido, e nós sabemos perfeitamente bem como é que funciona a matéria humana.

— E acontece do marido devolver a mulher aos pais?

— Acontece. Se a mulher não tem filhos, por exemplo, é um desprestígio para a sociedade. Ocorre que muitas vezes a mulher casa e, coitada, não tem filhos. As pessoas não vão ao médico, não sabem por quê. Então, quando o marido a vai devolver aos pais, os pais dela são obrigados a devolver o alembamento. Quer se passe um ano, dois ou cinco.

— E se, por acaso, a mulher não quiser fazer nada, não quiser trabalhar em casa?

— Não pode! Tem que fazer mesmo! Ah, isso aí, nem ponha essa hipótese, porque a mulher vai para casa e trabalha mesmo!

— E se ela não trabalhar?

— Ó, homem, mas trabalha! Casos desses nunca vi! Se aparecer alguma, de certeza que volta para a casa dos pais, e aí os pais é que têm que devolver o alembamento.

— Você acha que hoje, numa cidade como Luanda, ainda se faz o alembamento como se faz no campo?

— Não. À medida que cada vez mais deixa de haver uma sociedade tradicional, a questão do alembamento também vai acabando. Dentro das cidades já não se pratica, já ninguém está de acordo. Nem a própria mulher. As pessoas hoje em dia unem-se porque se gostam.

— Mas mesmo aqui em Luanda a gente ouve falar, por exemplo, que o alembamento está por volta de sessenta mil kwanzas. Dois mil dólares, convenhamos que é um bom dinheiro!

— Sim, mas não é especificamente dentro da cidade. É no campo. Dentro da cidade, hoje em dia, não se encontra homem nenhum que esteja disposto a dar sessenta mil kwanzas por uma mulher.

— O governo condena o alembamento, não?

— Condena, porque isso faz parte de uma sociedade tradicional retrógrada. Só que, à medida que a sociedade vai evoluindo, vai mesmo abolindo naturalmente o tal alembamento. Há ainda aquelas famílias antigas que continuam muito arraigadas a isso, mas essas não vivem dentro das cidades. Vivem no campo. Aliás, essas famílias mantêm ainda outras práticas antigas. A escravidão, por exemplo.

Os escravos, a rainha e o presidente: "fome em Angola?"

— Escravidão, ainda hoje?!

— Há, sim! As famílias tradicionais ricas, e que pertencem a uma certa aristocracia, digamos, ainda hoje têm escravos. Mesmo depois da independência.

— Mas não há uma lei que proíba a escravatura?

— Essa lei já vem desde o tempo de Dona Maria Segunda, que eu saiba. Desde 1822.

— E por que é que o governo não a faz cumprir?

— Ó, Zé, porque isso são coisas que não se pode fazer cumprir dum dia para o outro! Há outras coisas que são prioritárias. Isso vai desaparecendo naturalmente, ao longo dos tempos, à medida que as pessoas vão sendo absorvidas por uma nova sociedade. Se você for lá ver a rainha Nhacatolo, naturalmente que ela ainda hoje tem escravos. E não só ela.

— Que rainha é essa?

— A que existe ainda hoje no Moxico. Uma rainha de carne e osso.

— Com súditos e tudo?

— Tudo!

— E onde é que ela mora?

— Lá mesmo no Moxico, bem perto de Luena, a capital da província.

— E quem são os do reino dela?

— Os da raça tchokwê, ou quioco, como queira chamar.

— Mas ela reconhece a República Popular de Angola?

— Reconhece, mas continua com o seu reinado, e quer ser tratada como rainha. Sei que, por exemplo, no tempo em que o presidente Neto existia, a rainha simplesmente recusou-se uma vez a falar com qualquer outra pessoa que não fosse o presidente. Aí nós ficamos a saber que ela admite que exista um presidente que mande em toda Angola, do qual ela é súdita e o seu povo também. Mas, como rainha que é, não admitiu falar com outra pessoa. Falaram, e ela expôs a ele os problemas todos do povo dela. Que não é só dela, o povo é de Angola, mas que ela dirige.

— E que tipo de problema a rainha discutiu com o presidente?

— Eu sei que um dos problemas que ela pôs foi o da fome, que começava a existir em Angola. Foi o primeiro que ela abordou.

— Por que você diz "que começava a existir"? Antes não havia fome em Angola?

— Como agora, não.

Sobas e mumuílas, "um povo à parte"

— Além da rainha, há outras autoridades tradicionais importantes hoje, em Angola?

— Há os sobas. Em todo lado continuam a existir sobas, porque fazem parte de uma sociedade tradicional que não pode ser abolida de um dia para o outro. Por exemplo, nos últimos anos do tempo colonial, os portugueses quiseram mudar o nome de "soba" para "regedor". Não deu. E não deu dentro do próprio povo. Nós sabemos, por exemplo, que existe ainda hoje, em Angola, um soba que é quase tão poderoso quanto a rainha. É o soba dos mumuílas. Não sei se é o mesmo de antes, mas sei que nem as autoridades portuguesas algum dia o conseguiram ver. Ele nunca se apresentava. Mandava sempre o seculo. Negava-se terminantemente a ser visto pelos portugueses e a falar com as autoridades de então, por uma questão de rebeldia, de oposição ao sistema que existia. Houve um indivíduo que tentou acabar com os hábitos tradicionais dos mumuílas, com a maneira até de eles se vestirem. Pois eles deixaram de aparecer nas vilas.

— Que indivíduo era esse?

— Você ainda não foi ao Lubango?

— Já, mas não soube disso, não.

— Pois. Você sabe que ainda hoje, por exemplo, as mulheres mumuílas não se vestem da cintura para cima. Usam apenas colares e, depois, uma saia. Usam também uma espécie de cosmético da terra, que até não tem cheiro muito agradável, porque é feito com leite azedo. E então surgiu lá um administrador português, nos anos 1960 e tal, que queria modificar aquela situação toda: que as mulheres se começassem a vestir à maneira européia, que tapassem o corpo todo, e que deixassem de usar os seus cosméticos naturais. Aí tudo quanto era mumuíla simplesmente desapareceu das vilas e das cidades. O comércio ficou deserto. Eles refugiaram-se no seu reino, e os comerciantes é que foram os primeiros a berrar, porque tinham as lojas às moscas. O administrador acabou sendo transferido do local, e os mumuílas continuaram a vestir-se à sua boa maneira, até hoje. Mas nem naquele momento o soba apareceu, embora o administrador o procurasse. Aliás, foi o sítio onde a implantação missionária foi mais difícil.

— De que religião?

— Não só a católica como a protestante. Aliás, foi intensa em Angola a exploração missionária. Pois posso lhe garantir que o Lubango é um dos sítios onde há menos missões. O povo se negava a tal. As missões existem, por exemplo, dentro da cidade. No mato, não.

— E por que o povo mumuíla rejeita tanto os contatos de fora?

— Porque é auto-suficiente. É um povo à parte. Nem é um povo que se mistura até com os outros povos de Angola mesmo.

Até é proibido, dentro do próprio povo, que qualquer homem ou mulher mumuíla se misture com os outros.

— São auto-suficientes fazendo o quê?

— Dentro da sua agricultura, do gado que têm.

— E qual é a reação deles agora, depois da independência?

— Que eu saiba, aceitaram perfeitamente bem, porque já estavam preparados para tal. Aliás, nós pudemos constatar isso quando da invasão sul-africana, em 1975. Eles ajudaram muito os nossos militares, e fizeram toda uma guerra contra essa invasão. E até hoje o Lubango continua a ser uma das províncias que melhor vai produzindo. Isso mostra o apoio deles à situação atual de Angola, já independente.

As terras do fim do mundo

— Mas houve sobas que, mesmo depois da independência, andaram protestando, não?

— Onde?

— No Cuando-Cubango. Pelo que sei, houve mesmo sobas que andaram centenas de quilômetros a pé para falar com o presidente Neto, quando ele esteve lá.

— É. Mas o Cuando-Cubango é uma província muito vasta, com clima desértico e com carências de toda espécie. Isso já vem desde o tempo colonial. Antigamente chamavam-se até "as terras do fim do mundo". Ninguém queria ir para lá. Ali chega a fazer temperaturas negativas. E com a situação atual de carências em Angola, eles têm falta de cobertores, de alimentação, de tudo, e de transporte principalmente. Daí não se admirar que houve sobas que fizeram quilômetros a pé para falar com o Presidente. E daí ele querer fazer do Cuando-Cubango, na altura, uma segunda capital, digamos. Foi quando ele mandou para lá tudo quanto é vice-ministro, que não chegaram a ir, porque infelizmente ele morreu. É uma região muito abandonada e que tem que ser protegida.

— Inclusive porque faz fronteira com a África do Sul.

— Sim, uma larga fronteira com a Namíbia. É uma província enorme, com grandes extensões de areia. Olhe, e são tanto terras do fim do mundo que as pessoas até acabam por se perder por lá. Tal e qual como agora se perdeu uma companhia militar.

— Uma companhia?! Há quanto tempo?

— Soube aqui há dias que havia por lá uma companhia perdida, que até as próprias Forças Armadas se esqueceram de que existia, lá junto da fronteira com a Namíbia.

— Mas então não foram eles que se perderam!

— É que aquilo são terras tão grandes que o próprio Ministério da Defesa se esqueceu de que tinha depositado ali uma companhia!

— Mas como é que a companhia chegou a se manifestar?

— Porque eles já estavam cansados de lá estar, sozinhos e abandonados, com as barbas crescendo até ao meio do peito, sem roupa e sem calçado. Aí resolveram mandar uma delegação à sede da província, ao Menongue, a dizerem que estavam vivos. A delegação negou-se mesmo a falar com as autoridades provinciais. Fizeram questão de que o Presidente viesse a saber da situação. E ele soube, pela boca deles próprios que estavam lá, e que vieram a Luanda. Disseram que não queriam sair do Cuando-Cubango, porque já estavam ambientados e tinham o apoio do povo todo, mas puseram as suas condições: voltavam para lá, mas com assistência regular. Agora sim, já estão a ser reabastecidos regularmente de alimentação, roupa, calçado, remédios e cigarros, inclusive.

Segredos do Sambo

— A gente ouve muito falar por aqui em medicina tradicional. Você acredita que essa medicina seja eficaz?

— Para certas doenças, é. Pelo menos aqui, a medicina tradicional é um tratamento feito à base de ervas, de raízes, de folhas. O problema é que muitas pessoas que dão esse tratamento não sabem dosar bem as quantidades. Aí é um perigo. Mas que é eficaz em certos casos, é. Por exemplo: a epilepsia, que eu saiba, é dificilmente tratada com sucesso. É muito raro que um epiléptico seja curado na Europa ou em qualquer outro país. Aqui em Angola, sobretudo no Sul, é tratado e curado, por indivíduos que têm o segredo de certas ervas, de certas raízes, das quais fazem chás. Começam pelos chás, feitos também de folhas e cascas de árvores. Isso funciona como vomitório, e obriga as pessoas a expelir uma série de coisas. Depois elas têm que fazer uma dieta, durante um ano, em que não podem comer nada de gordura de origem animal, nem açúcar. Ao fim desse ano, a pessoa volta a tomar uns outros chás, e fica curada. Agora, quais ervas são, não me pergunte, porque eu não sei. As pessoas detentoras desse segredo também não o fornecem a qualquer um. Por vezes nem até aos próprios filhos. Outro caso que existe aqui é o tratamento do cancro externo. Eu conheci muitos indivíduos, que não sei se você já teve ocasião de ver pelos sítios onde andou em Angola, que por vezes têm um bocado do nariz roído, ou o lábio. É um cancro externo, que os médicos formados em universidades européias não curam. A medicina tradicional cura. Pois fica com aquele defeito, com o nariz um bocado roído. Isso depois obrigaria toda uma operação estética, que isso eles já não fazem. Mas que secam o cancro, secam, à base de ervas, raízes e folhas. Tratamento tradicional existe em toda parte em Angola. Agora, é pena que muitas dessas coisas vão se perdendo, porque as pessoas acabam morrendo e não confessam o segredo que têm. Raros foram os indivíduos que fizeram isso, e que estudaram uma série de ervas que fazem bem aos rins, à bexiga, ao estômago, ao fígado etc., como é, por exemplo, o caso do Sambo. Você, que já está aqui há um bocado de tempo, já deve ter visto que existe em Luanda uma ervanária que se chama Sambo. Esse Sambo foi um indivíduo que vivia ali no Huambo, e que fez todo um estudo, além de ser detentor de uma série de segredos que lhe foram legados. Como indivíduo mais evoluído, conseguiu fazer um doseamento dos chás para determinadas doenças. E então fez disso um negócio que é benéfico para as pessoas. Legou os segredos a um filho dele, e deixou por escrito tudo quanto sabia. Já morreu há alguns anos, mas ainda hoje se mantém a ervanária Sambo.

— Bem, mas aí você está falando de medicina exclusivamente tradicional.

— Sim, que hoje está a ser aproveitada, e acho muito bem que os médicos angolanos estejam virados para essa questão, porque há muitas doenças, especificamente em Angola, que só podem ser tratadas por meio de medicina tradicional.

"Matam e andam com a galinha à volta."

— Mas não há, às vezes, uma mistura dessa medicina tradicional com um certo misticismo?

— Pois há. Há muitos indivíduos que, embora tenham conhecimentos de medicina tradicional, misturam isso com misticismo, ocultismo, ou como queira chamar. Aí é que nós chamamos os tais quimbandas.[30]

---

[30]Do quimbundo *"Kimbanda* — pessoa que trata de doentes. Mágico; exorcista; necromante; bruxo". Assis Júnior, *op. cit.*, p. 129.

— Mas aí não são pessoas só voltadas para o bem, são?

— Não, como é que eu vou explicar? A medicina tradicional está sobretudo virada para as doenças físicas, para o indivíduo que sofre do estômago, dos intestinos, de qualquer coisa de ordem física. Agora, tudo quanto é ocultismo, fetichismo, ou não sei o termo, também está virado para aquelas doenças de ordem psíquica, ou moral, ou não sei quê. Por exemplo, a mulher que pretende um sujeito, e o indivíduo não a quer. Então ela vai procurar o feiticeiro, e vai ser obrigada a praticar uma série de rituais, para conseguir o tal homem.

— Que rituais são esses?

— Olhe, Zé, eu não sei bem. O que sei é que eles também dão uma série de ervas ou pós feitos de ervas, e depois mandam lá matar uma galinha, fazem lá aqueles rituais todos: matam e andam com a galinha à volta da pessoa. É consoante as regiões e o feiticeiro que faça isso. Levam fotografias, sei lá! Da mesma maneira que, em contrapartida, existem também indivíduos, os quimbandas, que reagem contra as forças do mal, e que vão curar as pessoas das doenças adquiridas por meio dos tais feiticeiros. Tratam com rezas, com banhos, defumadores, sei lá quê mais!, porque nunca andei lá metida numa situação dessas. Sei que essas coisas existem e que são muito praticadas, não digo só em Angola, mas sobretudo em sociedades subdesenvolvidas, em que as pessoas estão muito arraigadas a toda uma religião. Em Angola existe muito isso, porque nós somos um povo subdesenvolvido. Aqui, muitas vezes, para serem curadas fisicamente, as pessoas nem tampouco recorrem à medicina tradicional. Recorrem sobretudo ao feiticeiro ou ao quimbandeiro. Se dão com um homem honesto, podem ser bem encaminhadas. Agora, se dão com alguém que quer simplesmente extorquir dinheiro, nunca mais se curam da doença.

Arrancar um dente?

— Você sabe se há aqui alguma medicina que lida com forças ditas ocultas, em que se adivinhem coisas, por exemplo, sem nunca te terem visto?

— Ah, sim, também existe. Eu isso posso comprovar, porque vi com os meus olhos, e ninguém me pode desmentir. Há também essa parte, de pessoas que não só adivinham, como curam.

— O que é que você viu, concretamente?

— Vi o caso concreto de um amigo meu, que tinha a mulher muito doente. Ela foi curada por uma pessoa que adivinhou a doença dela. E essa pessoa não a conhecia, nem a ele nem a ela, de parte nenhuma. Ele foi consultar essa mulher, ela descreveu a doença toda que a mulher dele tinha, e indicou o tratamento. Ora bem, esse tratamento foi feito à base de uma religião, de certo modo virada para o católico, porque muitas das coisas que ela tinha que fazer eram na igreja católica.

— Quer dizer que há uma mistura também?

— Há, e não me admira que exista, por toda uma aculturação, até de ordem religiosa, que nós temos. A religião católica foi implantada em Angola há séculos. Os primeiros missionários foram católicos. Daí a mistura com as religiões tradicionais que já existiam. Hoje, se você for a uma pessoa dessas, vai ver que ela mistura os santos que existem em qualquer igreja católica, em qualquer parte do mundo, com pessoas que já morreram em Angola, mas sobretudo ligadas a uma certa dinastia de reinado, como, por exemplo, a rainha Jinga, o Ngola Kiluange, a quem essas pessoas atribuem também forças ocultas. E não só essas. Muitas vezes pode ser até um antepassado da família negra tradicional, um bisavô, um trisavô. Sei lá se é espiritismo ou não, sei que é tudo virado para o ocultismo. Mas que funciona, funciona!

— Mas esse caso que você está contando aconteceu com um amigo teu, não com você.

— Sim, mas eu estava presente. Daí eu acreditar, porque antes não acreditava em nada disso. Ele pediu-me, eu assisti à consulta, e tudo o que a mulher estava a dizer era verdade. Ela não o conhecia, nem nada da vida dele, e disse tudo. Mas tenho também um caso concreto com o meu filho. Isso também é uma coisa que me toca, e daí ninguém pode me dizer que não existem forças ocultas.

— Como é que foi esse caso?

— O meu filho tinha problemas de dentição, os dentes de leite muito estragados. Tinha muitos abcessos. A criança, coitadinha, sofria muito, e nessa altura tinha apenas quatro anos de idade. Eu estava num consultório médico para ser consultada. Tinha também marcado para o mesmo dia uma consulta com um dentista, com o qual o meu filho iria arrancar um dente. Uma dessas pessoas, que estava no mesmo consultório que eu, também para ser consultada, era uma mulher negra, já não muito nova, que vestia panos tradicionalmente. E dentro daquelas conversas que qualquer pessoa estabelece num consultório, nós começamos a conversar, e ela fez-me a seguinte observação: "Tu hoje vais arrancar um dente ao teu filho." Olhe, era a primeira vez que eu estava a ver a mulher! Eu não a conhecia de parte nenhuma, ela não me conhecia a mim. Como é que ela adivinhou que eu tinha um filho, e que eu lhe ia arrancar um dente nesse dia? Eu disse: "Sim, eu realmente vou, mas por quê?" "É que tu não podes ir arrancar esse dente ao teu filho, porque senão ele vai morrer. Vai ter uma hemorragia muito grande e morre." Eu aí comecei a ficar um bocado confusa. Mas como já tinha o caso do tal meu amigo, eu aí joguei pelo seguro, fui-lhe fazendo perguntas, e ela explicou-me: "Olhe, o teu filho tem um abcesso interior que não está detectado. Na altura em que tu fores arrancar, como ele ainda tem muito pus, vai ter uma hemorragia tão grande que vai morrer." E eu: "Então, o que é que eu posso fazer contra isso?" Ela explicou-me que eu não deveria arrancar o dente, e que deveria fazer um tratamento caseiro, à base de umas esfregadelas de limão nas gengivas e dum bochecho de aguardente durante x dias, até que o pus saísse todo, e que ele nunca mais depois precisaria de arrancar o dente. Eu tinha essa consulta marcada para o meu filho para as seis e meia da tarde. Entretanto deixei-me ficar lá no consultório à espera da minha consulta. Quando eram ali pelas seis, a mulher chamou-me atenção das horas. Eu, aí, enchi-me de medo e fui embora para casa. E a verdade é que eu fiz o tratamento que ela tinha prescrito, e até hoje o meu filho nunca arrancou esse dente. Nunca mais também eu vi essa mulher e, se a vir hoje, eu não lhe conheço nem a cara.

— Você chegou a comentar com o dentista a respeito disso?

— Não, não fui a dentista nenhum! Eu não ia contar uma coisa dessas a um indivíduo que lida única e simplesmente com toda uma ciência, e não acredita nessas coisas.

Retificação. E os militantes do 25 de Abril?

— Mudando de pato para ganso: fala-se muito aqui atualmente em retificação. E como, no Brasil, retificação é uma palavra que se aplica muito mais para a mecânica de motores, por exemplo, isso sempre causa espanto a qualquer brasileiro que aparece. Que história é essa de retificação dentro do MPLA? Que, aliás, transformou-se de movimento em MPLA-Partido do Trabalho a partir do último congresso em 1977, não é?

— Ó Zé, você sabe tão bem quanto eu o que quer dizer isso de retificação em relação ao partido! Por que é que está a fazer essa pergunta?

— Eu é que me pergunto por que você acha que eu sei tão bem quanto você!

— Então! Você ainda trabalha no jornal, ou não?

— Sim, mas, de tudo quanto eu sei, retificação é uma espécie de funil, pelo qual todos os membros do MPLA-Movimento devem passar.

— E não só.

— Na linha de que "é do partido não quem quer, mas quem merece".

— Ah!, então, está a ver como você até sabe slogans e tudo!

— Sim, mas eu gostaria que você explicasse um pouco melhor, porque me parece um pouco estranho que se faça isso. O Movimento não confia em todos os que já estavam nele?

— Olhe, Zé, eu começo a ser uma pessoa um tanto quanto duvidosa para falar nessas coisas. Eu penso que, quando houve o início do movimento de retificação, mandado fazer por meio até do Congresso do Partido, algum motivo havia. Um motivo, digamos, puro, por parte das pessoas e dos congressistas. Só que os altos comandos muitas vezes, com a melhor das intenções, mandam fazer qualquer coisa, e cá em baixo todas essas coisas são deturpadas. É o que está a acontecer com a retificação.

— Você vai ser retificada?

— Nem pense nisso! Não quero.

— Por quê?

— Ah, porque não! Por que é que eu hei de ser retificada, quando já assisti a vários desses encontros, e a única coisa que perguntam é se as pessoas pagam as quotas, se vão às reuniões? Eu penso que isso não é o suficiente para uma pessoa ser retificada e admitida como militante do partido. Eu até posso pagar as quotas, ir sistematicamente às reuniões, e não ser uma boa militante. Isso não define militante nenhum. E de tudo quanto já observei, até hoje, nas retificações às quais assisti dentro do meu trabalho, o processo só consiste nisso. Então eu não vou! Penso que, para um militante, há coisas que obrigam muito mais, para além de pagar as quotas. Um militante pode até nem pagar as quotas! Sabe-se lá se ele pode ou não pagar! Se pode ou não assistir às reuniões!

— Mas, para você, o que é que define um militante?

— Olhe, toda uma ação. Quanto a mim, o militante é um indivíduo que tem exercido uma ação de acordo com os ideais do movimento. Que tenha feito qualquer coisa em prol do movimento. Não digo antes do 25 de Abril. Pode até ser um militante de depois do 25 de Abril, mas é preciso que ele tenha feito qualquer coisa em benefício do movimento. Não basta só andar ali a gritar nos comícios, de braço no ar, "Viva o MPLA! A luta continua! A vitória é certa!". Isso não define militante algum. As ações, o porte no dia-a-dia, enfim, uma série de situações é que definem um militante.

— Você toma o 25 de Abril como data. Por quê?

— O 25 de Abril deu oportunidade a que muitas pessoas aderissem ao movimento. Grande parte delas por oportunismo, quando antes havia muitos militantes que trabalhavam já em prol do movimento, que fizeram todo o possível e o imaginável, que sempre estiveram cá dentro, e outros lá fora, para que realmente o MPLA triunfasse.

— E, segundo você, o que é que caracteriza o "militante do 25 de Abril"?

— Isso é uma análise que tem de ser muito bem feita. Há realmente aqueles militantes que só se quiseram manifestar após o 25 de Abril, por uma série de situações: ou por medo, ou porque antes nunca puderam, ou porque não tiveram oportunidade etc. Há aqueles que realmente se manifestaram após o 25 de Abril, mas como militantes convictos. Já tinham a ideologia pelo menos dentro da cabeça, como sói dizer-se. E há aqueles que aderiram ao movimento única e simplesmente por uma questão de oportunidade, para terem o seu tacho ganho, como se diz em linguagem vulgar.

— Mas que oportunidades são essas?

— Ora, podem ter bons cargos, usufruir duma série de privilégios que outros não têm, chegar a ser chefes de departamentos, ou mesmo diretores. Até podem chegar a ministros, alguns.

Lojas do povo, lojas do partido

— Você me ajuda? Estou tentando classificar uma coisa que todos aqui observam: as lojas. Queria ver se consigo identificar todos os tipos que há. Vamos começar pelas de baixo?

— Podemos começar pela loja da qual você se abastece. Qual é? A diplomática? É ótima!

— Não, eu me abasteço na loja do cooperante.

— Ah, então já vê, dois tipos estão classificados. A diplomática e a dos cooperantes.

— Essas são para estrangeiros. Aliás, são as únicas ou há mais?

— Que eu saiba são as únicas, para além das lojas que cada companhia estrangeira tem. Por exemplo, a companhia de petróleo, a Petrangol, tem uma loja que é dela. Mas não é só para estrangeiro. É para todo o pessoal, inclusive angolano, que trabalhe na empresa. A Diamang também tem uma, para todos os que trabalham no setor de diamantes.

— Não há também uma loja dos soviéticos?

— Não. Como estrangeiros, os soviéticos se abastecem, uns na loja dos cooperantes, outros na diplomática. Os cubanos é que têm uma loja só para eles. Aliás, mais do que uma. Aquilo é dividido em categorias de cubanos.

— E quantas categorias de lojas para cubanos tem?

— Ah, eu dentro disso não estou, mas sei que existem algumas. Pelo menos mais de duas.

— E com relação aos angolanos?

— Ah, aí já é outra história! Se você quer começar de baixo, vamos primeiro às lojas do povo, que é onde você vê essas bichas das quais eu antigamente não admitia que você nem sequer falasse. Essa é uma categoria. Depois existem as lojas dos responsáveis. "Responsável" já é a partir de chefe de departamento, que é ótimo, não? Aí já têm um cartãozinho, com uma cor que eu não sei bem, porque eu não sou chefe de coisa nenhuma. Têm direito a entrar nessa loja e no talho...

— Que nós chamamos de açougue, sabia?

— Têm tudo. Sapataria, peixaria etc. Depois ainda existe a loja dos Faplas, que são os do exército. A seguir vem a loja dos ministros. E não falando já nas lojas que existem para as pessoas da presidência. Essas não são só para o Presidente, que seria demasiado ter uma loja só para ele. É para toda aquela corte em torno dele.

— Há mais algum tipo, além dessas?

— Eu não estou a ver bem neste momento. Ah, existe a loja do partido, só para os membros. Não é só loja onde a pessoa vai comprar o arroz, o azeite e o óleo. Há também sapataria. O povo não tem sapataria; sapatos, só duas vezes ao ano. No entanto, existe uma sapataria especial, que aí é para as pessoas do partido, das Faplas de certa graduação para cima, do Comitê Central etc.

— Há alguma diferença nos produtos, conforme o tipo de loja?

— Há muita! Em tudo, até na questão das roupas. O povo não tem loja de roupas. Você já conseguiu comprar aí umas calças, uma camisa?

— Em que tipo de loja?

— Nas lojas que deveriam existir para o povo! Pois não! Eu também não. Estou a vestir com a roupa do tempo antigo. E hoje eu falo assim mesmo porque estou revoltada com essa situação. No entanto, as lojas dos responsáveis têm roupa todo o ano. Roupa de cama, roupa de vestir, e calçado.

— Mas você há de convir que há muito menos responsáveis do que gente do povo, não? É muito mais fácil abastecer em pequenas quantidades!

— Engraçado! O fato é que eles é que têm as lojas, e o povo não tem. Você já viu como esse povo anda miseravelmente vestido, inclusivamente eu?

— Você se abastece em que loja?

— Nas lojas do povo. Então, eu pertenço às massas! Você ri?

DONA CACILDA 2 — Uma lata só

"Mesmo o povo, que vamos fazer?"

— Dona Cacilda, como é que está essa história de comida lá no seu bairro? O pessoal tem achado carne?

— Carne só saiu semana passada. Dois quilos só. Cada cartão são dois quilos, seu Zé. Pode ter duas pessoas só em casa, quatro ou cinco só em casa, é dois quilos, não dá mesmo mais que isso. Se tem dois cartões lá em casa, então tem mais carne a mais. Se tem só um cartão, é mesmo dois quilos num mês.

— Um cartão para cada trabalhador?

— É, sim.

— E frango?

— Eu nunca vejo frango, seu Zé.

— E ovos, tem tido?

— Seu Zé, não.

— Leite?

— Hoje mesmo de manhã comprei uma lata, quatrocentos kwanzas.[31] Comprei numa senhora.

— E por que é que faltam essas coisas todas, dona Cacilda?

---

[31] Salário de dona Cacilda: quatro mil kwanzas. *(Nota do Zé)*

— Não sei.

— O que é que o povo diz?

— Ah, o povo o que vai falar, fazer? Faz nada! Até o mercado, seu Zé, não tem peixe.

— E o povo não pergunta por quê?

— Seu Zé, mesmo o povo, que vamos fazer? Nada! Arranja prisão a torto e direito. Seu Zé, não tem mesmo, aqui o peixe na praça não tem. O senhor pode ir ao mercado, não tem. Só encontra do peixe fininho, do peixe pequenininho. Mas um montão assim na mão, duzentos a trezentos kwanzas, olha só! Aquele peixe vou comprar para fazer quê? Aquele peixe até ninguém comia. Aqui na praia aquele peixe deitava fora! Quem é que comprava? Qual é o barco que apanhava aquele peixe?

— O que aconteceu, então? Os peixes grandes fugiram? Se antigamente tinha, por que agora não tem?

— ...

— O que é que a senhora e os seus filhos têm comido em casa, então?

— É o arroz simples, com sardinha. Ou cozinha o arroz doce e come. Sabe quanto é a lata de óleo no mercado? Cento e cinqüenta, já se viu? Ontem fui na praça. Encontrei essas latas que vêm agora de chouriço, a vender por quinhentos kwanzas. Havia lá fiscal, fiscal viu. Para que não perguntou: "Onde conseguiu comprar essa caixa de chouriço?" Para que não perguntou? Havia lá CPPA.[32] Para que não perguntou: "Camarada, onde você conseguiu comprar uma caixa de chouriço, quem te vendeu?" Não perguntam! Ele onde conseguiu aquela caixa? Na bicha não lhe deram, no cartão leva só uma lata, uma caixa não pode. No Jumbo está a passar só porrada por causa do chouriço. Só duma lata! Aquela bicha cheia! De manhã ali na bicha até à tarde, para se comprar um bocadinho de comida. Aqueles

---

[32]CPPA — Corpo de Polícia Popular de Angola.

gajos onde encontraram uma caixa cheia para ir vender na praça, encontraram onde? Eu já digo, é contrabando. Para que não perguntam? O fiscal não pergunta! Ainda o Estado não quer fazer nada, o povo vai fazer quê? Não faz nada! Pode olhar, só. Aquele é CPPA, é Estado. Quando encontra uma coisa cara, de muita quantia, pergunta! "Você onde é que conseguiu?" Nesse preço, uma lata só por quinhentos kwanzas, duas latas por mil! Não, não perguntou! Olhou, saiu. Você, povo, vais reclamar com isso, não ficas mal? Fica! A pessoa sabe a vida dele.

MIZÉ 12 — A réplica

"Está a duvidar de mim?"

— Lembra de quando você me falou, uma vez, do Chipenda? Estive conversando aí com um amigo angolano, e o que me parece é que a figura do Chipenda é muito controvertida. Enquanto você diz, por exemplo, que ele foi um bom guerrilheiro, um ótimo comandante, esse amigo meu afirma que ele não ficou sequer vinte e quatro horas em Angola com uma arma na mão.

— Olhe, isso é falso! Então esse seu amigo é que não está nada bem-informado.

— Por que não?

— Porque realmente o Chipenda foi um ótimo comandante! Ele era mesmo um guerrilheiro, e foi um guerrilheiro que começou da base. De soldado, dentro do MPLA, subiu até ser comandante da Frente Leste. Foi o único comandante que agüentou aquela frente. Você não faz idéia nenhuma do que é Angola, mas eu posso lhe dizer que, na Frente Leste, o povo que existe chama-se quioco, ou tchokwê, como agora chamam. Para mim continua a ser quioco. Ali, ou uma pessoa prova que é, ou que não é. Eles não têm meio-termo, até porque o povo quioco é guerrilheiro por natureza. É um povo caçador. E o Chipenda, para se firmar ali como comandante, para adquirir a confiança do povo, teve que dar o exemplo. Como tal, teve que comandar uma série de guerrilhas contra o exército português. Ele era mesmo comandante de fato, era guerrilheiro. Isso eu posso afirmar, e tenho muitas testemunhas. Está a duvidar de mim?

— Eu não estou duvidando. É que, como esse meu amigo disse isso, eu achei que a figura do Chipenda fosse mesmo controvertida.

— Você pode achar isso, pode até duvidar do que eu digo. Eu não sou realmente a bíblia, para dizer que está tudo certo, mas a verdade é essa. Esse seu amigo deve estar um bocado enganado.

Uma jogada inteligente

— Falei também, com esse meu amigo, da conversa que a gente teve sobre o Monstro Imortal. Ele achou esquisito, por exemplo, que um acampamento de guerrilheiros atraísse pessoas estranhas, principalmente de pele clara, quando tinha muitas outras soluções para comunicar ao exército colonial que havia ali um acampamento. Bastaria, por exemplo, deixar um bilhete.

— Mas aí foi uma jogada política do Monstro, muito bem feita. A questão do bilhete ali não resultava, porque aquilo era uma zona onde não passava nenhum militar português. Daí eu ter lhe contado a cena de estarem a fazer uma ponte nova, porque aquela que existia não dava passagem a carros pesados. As populações da área, que não eram de cor clara, que eram negras, não eram as mais abalizadas nessa altura em fazer comunicações com a tropa portuguesa, porque até fugiam do exército, por uma questão de segurança. Eram abatidas todos os dias se aparecessem lá. Eu penso que foi mesmo uma jogada muito inteligente da parte do Monstro. Na medida em que ele tinha fichado as pessoas, sabia com quem estava a lidar, e sabia a quem podia pedir isso.

— Mas ele poderia, por exemplo, ter atacado uma fazenda vizinha. Isso já significaria, para o exército colonial, a existência de um acampamento, não?

— As fazendas vizinhas ali, para serem atacadas, ou era por traição, que seria aquilo que eles fariam à fazenda onde eu estava, e aí era uma traição. Ou à outra fazenda que fazia fronteira com essa, e era outra traição que eles cometeriam. Ou então corriam o risco de serem todos esmagados, porque a terceira fazenda, que fazia fronteira com aquela onde eu estava, tinha um poderio militar terrível. Até helicópteros tinha. Por isso mesmo é que eu continuo a pensar que foi uma jogada inteligente do Monstro, na medida em que nos aceitou, porque sabia de que lado nós estávamos, e na medida em que até os guerrilheiros iam fazer compras à fazenda onde eu estava, aquelas compras diárias da cantina, do vinho e disso e daquilo. Tinha fichado bem as pessoas e também sabia, à partida, que nós não éramos a favor do sistema existente.

— Mas há um outro argumento aí, segundo esse meu amigo: uma tropa que está avisada de que há um acampamento não vai passar assim toda sobre uma ponte nova. Pode mandar um pelotão, mas não vai uma companhia inteira!

— Mas eu contei-lhe que, antes da tropa portuguesa ter passado naquela ponte, aconteceu que prenderam as velhas todas que iam buscar água ao rio, entre as quais estava a mãe do Monstro, não foi? E eles ficaram absolutamente convencidos de que tinham destruído todo o acampamento, o que não aconteceu de fato. Por isso depois os portugueses foram apanhados, porque era disso mesmo que os guerrilheiros estavam à espera.

"A PIDE matava em qualquer sítio!"

— Você um dia me falou sobre a PIDE aqui: não é que ela fosse benévola, mas que era mais benevolente do que em Portugal. Conversando com esse meu amigo angolano, ele me disse que isso não é verdade. Que em Portugal, pelo menos, a PIDE não matava.

— Ah, isso é mentira! A PIDE matava em qualquer sítio. Matou em Portugal, matou em Angola, em Moçambique, na Guiné, em Cabo Verde, em todo lado. Isso fazia parte do sistema. Agora, quando eu digo que a PIDE, a partir de certo momento, se tornou mais benévola aqui, também é verdade. Por quê? Porque nós podíamos pelo menos falar, à mesa dum café, contra o sistema, ainda que estivesse alguém da PIDE na mesa ao lado. O que não acontecia em Portugal nem em Moçambique. Agora, que a PIDE matava em todo lado, matava.

— Mas por que aqui ela foi, a partir de certo momento, mais benévola?

— Talvez porque houve até toda uma questão de ordem internacional, de pressões. Mataram aqui tanta gente indiscriminadamente que deu mesmo nas vistas, e Angola é que estava na berma das confusões. Não se falava tanto de Moçambique, nem de Portugal, de Cabo Verde ou da Guiné. Falava-se especificamente de Angola. E aí houve pressões, inquéritos até, sobre Angola, e sobre o então sistema colonial português. Eu penso que, a partir daí, eles tiveram que moderar, de certo modo, o sistema aqui.

— A partir de quando a PIDE aqui teria começado a ser mais indulgente?

— Sobretudo a partir de 1963, que eu me lembre bem, começou a refrear um bocadinho os seus atos. Agora, que também matava em Portugal, matava, e de que maneira! É só você ir ver as prisões que existiam da PIDE, lá em Portugal. E é você ler os jornais do 25 de Abril, em que as pessoas se queixam de milhares de desaparecimentos de indivíduos que foram presos. Quando os familiares se queixam de um desaparecido, que é que aconteceu, se ele não aparece nem vivo nem morto? Foi morto mesmo, não? Se por acaso um dia você passar em Portugal, eu só o convido a ir ver uma prisão que se chama Caxias. Fica a dez minutos de comboio de Lisboa. Vá ver a constituição dessa prisão, onde existem subterrâneos que ligam diretamente para o mar. Quando a maré enche, as pessoas que estão nesses subterrâneos morrem. E lá existiam celas de presos políticos. As comportas abriam-se, o mar invadia aquilo, as pessoas morriam afogadas e desapareciam. Eu só pergunto por que é que há tantos milhares de portugueses a berrar ainda hoje pelos filhos, pelos irmãos, pelos maridos, que desapareceram dentro das prisões da PIDE! Que eu saiba, eles não se tornaram voláteis, e a PIDE até hoje não deu explicação nenhuma. Como é que as pessoas podem dizer que em Angola matavam e em Portugal não, quando há lá milhares de pessoas a gritar por familiares desaparecidos? Olhe, e tem mais: e por que eram deportadas pessoas das colônias portuguesas para Portugal como presos políticos, e muitos deles nunca mais chegaram a aparecer, nem vivos nem mortos? Até hoje, as famílias angolanas e de outras ex-colônias não sabem da existência deles, porque nunca lhes foi dada uma explicação! É porque realmente a PIDE matava muito mais em Portugal do que em Angola ou em qualquer outra colônia, não é? Nós sabemos, por exemplo, que os presos saíam daqui e iam para o Tarrafal. Sofriam toda uma prisão horrível, em condições péssimas de subsistência, mas subsistiam, não eram mortos assim. Aqui em Angola existiu uma prisão da qual eu tenho conhecimento absoluto, que era a prisão política do Capolo, que existe na província do Bié, para onde foram depois muitos presos políticos, até timorenses. Mas pelo menos as pessoas lá tinham uma salvaguarda, que era a sua própria vida. Sabiam que ali não eram mortos. Já quem ia para uma prisão portuguesa, em Portugal, nunca sabia se voltava vivo ou morto. Por isso ainda hoje há famílias que aqui se perguntam onde estão as pessoas.

Colonialista? "Não é bem assim!"

— Há ainda um outro comentário seu que esse meu amigo ango-lano contesta. É a respeito do que você diz sobre o colono português que vinha para cá e que, segundo você, não era necessariamente colonialista. Que se identificava com o povo daqui, e que o povo também se identificava com ele. Daí o fato de vocês gostarem do povo português. O argumento que esse amigo meu deu é que, quando o português chegava aqui, por mais humilde, por mais pobre que fosse, ele não podia deixar de se sentir como colono, porque aqui tinha sempre alguém abaixo dele, que era o negro. Nesse sentido, todo português que vinha para cá tinha um quê de colonialista.

— Não é bem assim! À partida, quando o português chega-va, não se sentia colonialista. Sentia-se como uma pessoa igual às outras, com uma cor de pele naturalmente diferente, mas que ele não inferiorizava por isso. Primeiro, porque na maioria das vezes era um indivíduo que vinha à procura de vida nova, e que normal-mente a começava por meio da ajuda que encontrava até junto às pessoas de cá, naturalmente de cor negra. Aí ele não se sentia ain-da como colonialista. Mais tarde sentia-se. Quando? Quando co-meçava a adquirir uma certa riqueza, um certo poderio material, em relação à classe que ele encontrou cá. Esse poderio material, houve muitos que nunca conseguiram, mas a grande maioria con-seguiu, por meio de todo um sistema que os ajudava. A partir do momento em que o português se sentia materialmente superior em relação ao povo da terra, aí é que ele começava a atuar como colo-no. Antes disso, nunca! Havia realmente essa diferença. O português, quando chegava, não era colono. Falo especificamente daquele português que vinha lá de uma aldeia, indivíduo que muitas vezes nem a quarta classe tinha, muitas vezes analfabeto, e que encontrava um povo que era igual. Mas a partir do momento em que ele conseguia um poder material, aí ele começava a ser *o colono*. Olhe, Zé, quando o português chegava aqui, como qualquer homem, sentia necessidade de ter uma mulher ao lado. Aí juntava-se com a negra que encontrava aqui, e não fazia diferença nenhuma entre ele e a negra. A partir do momento em que ele se julgava materialmente superior à negra, ia buscar a mulher branca, analfabeta como ele, a Portugal, e abandonava a negra que tinha aqui. E isso poderia durar dez, quinze, vinte, trinta anos, consoante a sorte que ele tivesse. O desgraçado que nunca conseguiu isso até hoje continua a viver com a sua negra. E continua a fazer o mesmo modo de vida, ainda hoje, pós-independência. Por isso, à partida, o português não era racista, nem era colonialista. As condições de vida aqui, e o sistema, é que o ajudavam a ser.

— E a maioria foi?

— A maioria tornou-se. A minoria, não. A minoria foi a que ficou. Já outros foram-se embora por medo. E olha que muitos deles até levaram a sua mulher negra que tinham.

— E desse casamento aí com as negras é que surgem todos os mulatos...

— Claro, que é a pior raça que existe em Angola.

— De onde saem cabritos e cabritas, como você. Mas por que a pior raça?

— Porque está entre o branco e o negro, não é carne nem peixe.

— É piada?

— Pois claro!

"Uma traição aos portugueses"

— Entre os portugueses que vieram para cá, há aqueles que vieram espontaneamente, atraídos pelas notícias de Angola e pelo sonho de um bem-estar material. Mas há também a história dos colonatos, não?

— Ah!, sim, pois há! Porque, olhe, até os anos 1960, praticamente, qualquer português, para vir para cá, necessitava de uma carta de chamada, era assim que se chamava, feita por um familiar que existisse cá. Caso contrário, ele não poderia sair de Portugal para se vir instalar em Angola, a menos que viesse cá colocado como funcionário público, o que não era o caso do comerciante, do indivíduo de lá da aldeia, que queria fazer vida nova e que não era funcionário público, até porque não tinha habilitações suficientes para tal. Habilitações literárias, como se diz. Essa tal carta de chamada tinha de ser feita por um familiar que já cá residisse pelo menos há dez anos. Aí, essa carta ia para o Ministério das Colônias Ultramarinas, era aceite ou não, e de duas uma: ou ele tinha que pagar a sua passagem de vinda para cá, ou o familiar que cá existisse teria de pagar. E então aí era posto cá o tal português que vinha lá de Trás-os-Montes, ou do Minho, do Algarve ou de qualquer outro lado. Quando as histórias aqui se começaram a complicar, quando as questões políticas se começaram a avolumar...

— Aí vem o 4 de Fevereiro, o princípio da luta armada, não?

— Exato. Quando veio isso, e o Salazar gritou "Rapidamente e em força para Angola!", aboliu a carta de chamada e fez toda uma propaganda, em Portugal, para uns possíveis colonatos que existiriam aqui. Isso foi uma traição aos portugueses, feita pelo sistema português, e eu vou explicar por quê. Eles prometiam aos que viessem para cá viver, nesses ditos cujos colonatos, que encontrariam uma casa, x hectares de terreno para cultivar, gado para lhes dar o leite, e que poderiam produzir com a charrua etc. Foi uma mentira. Houve muita gente que até se desfez do seu quinhão de terra que lá tinha, para vir para Angola. E quando chegou aqui, encontrou única e simplesmente um mundo de mentira e de miséria. Não encontrou nada.

— Como é que era a vida dos colonatos aqui?

— O primeiro colonato que foi feito foi o da Cela, que hoje se chama Waku Kungo. As pessoas, quando vieram para ali, pensavam encontrar tudo quanto estava escrito, e não encontraram nada. Apenas alguns casebres onde se poderiam meter, mais nada. Nem gado. Os terrenos estavam lá, porque existem até hoje, mas eles não tinham condições de os cultivar. Nem sabiam nada do modo de vida da terra. No sítio onde pensavam que poderiam plantar batatas, aquilo dava para arroz, porque as condições aqui de clima, e não só, são totalmente diferentes daquelas que existem em Portugal, e eles não foram elucidados nisso. Depois tiveram que seguir os hábitos e costumes da terra e ouvir os habitantes daqui, que eram os negros, e que sabiam. Então eles seguiram, e começaram a fazer vida. E levantaram, realmente, todo aquele colonato do qual ainda hoje ouvimos falar, que se chama *Colonato da Cela*. Fizeram a sua criação de gado, e mais tarde até foi montada lá uma fábrica de laticínios, que até hoje continua a existir, embora funcionando muito precariamente. Na época, abastecia Angola inteira e ainda exportava. Fizeram ali toda uma zona agrícola, porque realmente os terrenos davam para isso. Esse foi o primeiro colonato. Existiram outros: aquele da Bela Vista, vários aqui na zona do café. Os portugueses nunca tinham ouvido falar de café, em Portugal não se produz: foi outro engano! E quem veio ensinar a trabalhar no café foram os cabo-verdianos e os fazendeiros antigos. Tanto assim que ali se fez um colonato de cabo-verdianos. Isso foi uma traição que o sistema português fez contra os próprios portugueses. Esses não vieram com o intuito de explorar. Vieram para encontrar um melhor modo de vida, que era aquilo que não tinham em Portugal. E daí nós sabemos que os portugueses emigraram muito. Porque em Portugal estão bem? Não!

— Mas por que o Salazar fez isso?

— A tal carta de chamada limitava a vinda de pessoas para cá. Depois que a guerra rebentou, pelos anos 1960, era necessário que houvesse toda uma explosão de portugueses para povoar Angola.

— Só aí é que o Salazar começa de fato com uma política de colonização de Angola.

— Exato.

— Com um atraso enorme! Quando já se começava com a guerra pela independência, aí é que ele começa com a luta pela colonização.

— Sim, porque antes ele tinha feito toda uma luta contra a colonização, ou pelo menos contra a vinda de portugueses para Angola. Não sei por quê. Isso estaria dentro das idéias muito fechadas dele, e de toda uma política ultramarina que não foi feita só por ele. Quem escreveu toda a política ultramarina, e as bases de todo o sistema, foi um senhor chamado Marcello José das Neves Alves Caetano. Eles é que fizeram as leis para o Ultramar, que limitavam a vinda de portugueses para Angola. O que era um absurdo, uma vez que eles consideravam Angola como uma colônia portuguesa e, logo, fazendo parte de Portugal. Nessa altura é que eles se aperceberam de que havia poucos portugueses em Angola, e então houve a necessidade de povoar isto. Foi quando se deu toda essa abertura, deixou de existir a tal carta de chamada e houve toda uma propaganda para que os portugueses viessem para Angola. Foi aí também que aconteceu a grande explosão industrial, com todos os investimentos que se fizeram em Angola. Foi aí que se abriram todas as fábricas que você ainda hoje pode constatar em Luanda. Umas funcionam, outras não, e não só em Luanda; no resto de Angola também.

"Não lhe vou contar a história toda!"

— Quando se diz então que Angola foi colonizada pelos portugueses há séculos, isso não é bem verdade. Na realidade, a colonização efetiva de Angola começou mesmo depois de 1960, não?

— Essa colonização se começou a fazer, de fato, depois das tais chamadas guerras de colonização, que terminaram em 1920.

— Quer dizer que até aí Portugal não dominava Angola?

— Não dominava, porque tinha todo o mundo angolano contra ele.

— O que é que eles dominavam, então?

— A periferia, sobretudo a costa angolana, que era o sítio a que eles tinham mais acesso. O interior angolano era muito difícil de ser dominado. As guerras do Cuanhama, por exemplo, só acabaram em 1917. A guerra dos mucubais só acabou em 1920. E acabou por quê? Porque os mucubais viram que estavam a ser exterminados, e aí retiraram-se. Tal e como fizeram os cuanhamas em 1917, quando Pereira de Eça fez as campanhas de colonização do Cuanhama. As guerras no Bié acabaram praticamente nessa altura, 1917-1918. Quer dizer, já tudo dentro deste século. Os portugueses tentaram fazer uma infiltração muito grande em Angola, mas a culpa também foi deles. Eles descobriram isto, muito bem, mas nunca conseguiram penetrar bem, talvez por um descuido político. E só foram obrigados a fazer uma penetração efetiva depois da tal conferência de... de...

— Berlim?

— Pois. Nessa conferência ficou estabelecido que cada país colonizador europeu teria que tomar conta e ser conhecedor das colônias que tinha descoberto.

— Bom, mas aí nós já estamos no século XIX.

— Exato, 1884. Pois é a partir daí que você pode ver, dentro da História, as tais campanhas que existiram, não só de colonização, como as que fez Serpa Pinto, as travessias d'África, o Roberto Ivens e o Brito Capelo, e por aí afora, que foi quando eles começaram realmente a conhecer os territórios que diziam ter conquistado. Aí era necessário mostrar que realmente os conheciam.

— Mas o traçado atual de Angola foi feito quando? Por essa conferência de Berlim?

— Foi feito depois dessas campanhas, dessas travessias de reconhecimento. Antigamente, e se as coisas continuassem a vigorar até 1975, os portugueses teriam todo o território desde a costa ocidental de África até a costa oriental, que ia desde Angola até Moçambique. Depois dessa conferência de Berlim, o fato é que houve um ultimato dos ingleses contra os portugueses, porque estes não conheciam de fato os territórios que diziam ter conquistado. E os ingleses acabaram por absorver até os territórios que ficam entre Angola e Moçambique: a Zâmbia e a antiga Rodésia, hoje Zimbabwe, que os portugueses perderam por não ter conseguido provar que realmente eram seus detentores.

— Havia povos em Angola que até então nunca tinham visto portugueses?

— Visto já tinham. Não aceitavam era a dominação. Daí a necessidade de se fazer as tais campanhas.

— Só a partir deste século XX esses povos foram vencidos e então colonizados, é isso?

— Olhe que não foram bem vencidos!

— Recuo estratégico?

— Isso. Nunca admitiram a dominação colonial. Mas, para não serem totalmente exterminados, recuaram.

— Mas se os portugueses conseguiram dominar os povos de Angola há tão pouco tempo, de onde é que vem essa união dos povos? A partir de quando o povo mumuíla, por exemplo, o cuanhama, o quioco etc., começou a se sentir povo angolano?

— O povo eu penso que sempre se sentiu, de certo modo, angolano.

— Mas Angola não existiu desde sempre.

— Existiam reinos divididos, que até tinham guerras entre si.

— E aí eles não se sentiam nada angolanos!

— Sim, não se sentiam povo de um país como o que está geograficamente estabelecido hoje. Até porque Angola, se se chamasse assim naquele tempo, seria muito maior do que é hoje, se abrangesse todos os reinos que existiam e que até ultrapassam as nossas fronteiras atuais. Mas o povo começou a unir-se e os reinos a coligar-se quando sentiram necessidade de fazer guerra contra uma dominação estrangeira. Porque, em princípio, chegaram cá os portugueses, que fizeram uma certa infiltração.

— Isso foi lá pelo século XV, não?

— Mas não lhe vou contar a história toda! Isso foi quando Diogo Cão descobriu isto, em 1482. Século quinze ainda. E depois tenho a impressão de que os portugueses se esqueceram de que tinham descoberto Angola, porque deixaram, de certo modo, de ligar a isto. Mandaram para cá uns missionários, uns comerciantes, que ficaram por aí. Aliás, não é impressão. Eu tenho quase certeza, porque quando nós lemos aquela história antiga, que são depoimentos até de portugueses, porque eles é que escreveram isso, dão-nos a entender essa fase. Mais tarde começam as guerras na Europa e as divisões da África pelas então potências européias. Aí apareceram os holandeses para conquistar Angola. Os holandeses chegaram aqui à baía de Luanda e tomaram conta disto. E aí havia um indivíduo que estava desterrado lá para o Brasil, que tinha ido para lá como capitão-mor ou não sei quantos. Você que é brasileiro deve saber disso melhor do que eu. Um tipo que se chamava Salvador Correia de Sá e Benevides, até sei o nome dele todo, e que veio a correr do Brasil para aqui, porque era o caminho mais direto, com toda uma frota, para expulsar daqui os holandeses. E então travaram toda uma batalha...

— Isso já no século XVII.

— Sim, bem antes de nossa independência. E lá correram com os holandeses daqui. E continuaram a ficar os portugueses, que continuaram a não penetrar muito dentro de Angola.

— Os holandeses deixaram aqui algum traço importante?

— Então você não está aí a ver essa fortaleza em Luanda que eles construíram? A fortaleza de São Miguel foi começada a construir pelos holandeses, e acabada pelos portugueses do pelotão de Salvador Correia.

— Mas não deixaram nenhum costume?

— De momento não posso precisar.

— Nenhuma família?

— Família, sim! Então existem aí os Van-Dúnem, os Hendrik Vaal. Existem outras, que são famílias muito antigas e que vêm dos holandeses. Vou lhe contar mais: há uma família ainda agora, que hoje tem de apelido nomes portugueses, Vieira Dias, Mingas e tal, que também é descendente de holandeses. Daí você conhecer um indivíduo que é típico nessa família, porque é negro de olhos azuis claros. Ora, negro nunca tem olhos azuis. É que ele é descendente mesmo do trisavô ou do tetravô holandês, que perdeu o nome ao longo dos tempos, mas que faz parte ainda dos resultados dessa dominação holandesa.

— E também contra essa dominação os povos daqui se revoltaram?

— Os povos aqui revoltaram-se contra qualquer dominação, não interessava que ela fosse holandesa ou portuguesa. Daí sentirem necessidade de uma coligação entre si e fazerem guerra contra qualquer dominação. Os portugueses vieram e fizeram guerra contra os holandeses, mas a guerra com o povo de Angola continuou, porque o povo não consentia na dominação estrangeira. Daí você ver que Angola, descoberta em 1482, só foi dominada de fato em 1920.

— Você quer dizer que foram essas guerras de libertação, essas tentativas dos povos daqui em se revoltar contra a dominação estrangeira, que fizeram deles um só povo?

— Exato. Isto está na base.

Os de dentro e os de fora

— Você vê alguma distinção, no MPLA, entre os de dentro e os de fora?[33]

— Há, sim, uma distinção muito grande. Os de fora, os exilados, nem sempre estavam informados daquilo que se passava cá dentro, e vice-versa. Com uma diferença: é que nós, cá dentro, conseguíamos estar um pouco mais dentro dos assuntos através do *Angola Combatente* e das mensagens que nos chegavam pelos portadores que iam daqui para lá e que voltavam. Alguns deles até muitas vezes foram presos pelo caminho. Agora, as pessoas cá dentro não conseguiam mandar todas as informações necessárias, porque não havia correio direto e regular. Muitas vezes, informações que nós, que o MPLA cá dentro mandava, não chegavam ao destino porque as pessoas eram interceptadas no caminho. Outras vezes chegavam, e as pessoas lá não acreditavam que era assim. Então mandavam ordens absolutamente ao contrário, para se suspenderem trabalhos, para se fazer uma série de coisas que não poderiam ser aceitas cá dentro. Não havia uma ligação muito direta porque não havia um correio organizado. As pessoas, entre os militantes cá de dentro e os que atuavam lá fora, viviam em dois

---

[33]Para que se entenda melhor a controvérsia entre Mizé e o Camarada André: ela é de dentro, ele é de fora.

mundos absolutamente diferentes. Daí, depois do 25 de Abril, e depois da independência, os militantes de cá de dentro não se identificarem muito com os militantes de lá de fora. Houve um corte muito grande de relações e até de conhecimento, por parte dos que estavam lá fora, de toda a evolução que o país sofreu e que, cá dentro, nós percebemos.

CAMARADA ANDRÉ 3 — O futuro

"A maioria que vale"

— André, para onde é que você acha que vai este país?

— Pode ir para tudo. Até para melhor!

— Melhor seria o quê?

— Ser mais coerente na prática com aquilo que se prometeu ao povo. Que de fato, na prática, se resolvessem os problemas do povo.

— Mas primeiro é preciso ver o que é que o governo prometeu ao povo!

— Prometeu-se, por exemplo, a criação de um regime socialista, que significa, na prática, um regime de igualdade entre todos os cidadãos. Não numa primeira fase, evidentemente, mas para o futuro, como perspectiva de igualdade. Na prática, seria então que todos os cidadãos tivessem as mesmas possibilidades, e que se resolvesse uma série de problemas mais imediatos de abastecimento, da vida, do emprego, da habitação, e também os problemas sociais, a saúde, a educação etc. Isso em termos do concreto, do real. Não em termos de palavras, Zé.

— E vai para isso o país?

— Pode ir para isso.

— Isso depende do quê?

— Como sempre, depende dos homens.

— Que homens?

— Os daqui, deste país.

— Mas há pelo menos seis milhões aqui!

— Falo dos homens que podem decidir sobre o país. Não tenhamos ilusões: há sempre uma minoria, em qualquer país, que decide sobre o país, até à sociedade ideal, em que será a maioria que vale. Mas aí será uma sociedade que nós já não vamos ver, em nenhuma parte do mundo. Isso é lá para o século XXI, ou XXII, sei lá! Mas, para já, pode haver melhorias que possam de fato levar o país para um certo regime de igualdade.

— Você se acha parte dessa minoria dirigente?

— Como pessoa pensante, acho que sim.

ZÉ — A carta e o bilhete

Fechado

"Zé, eu hoje vou escrever-lhe apenas umas linhas, mas à partida quero dizer-lhe que estou um tanto quanto desmiolada e aflita com toda esta situação. Bem, mas eu não quero falar na situação que nos envolve política e economicamente, e da qual eu sempre fugi de conversar consigo.

Eu hoje não estou preocupada com isso. Estou muito mais preocupada com uma situação que eu nunca quis confessar. Realmente eu sempre quis negar algo que é impossível, e por isso mesmo eu hoje sinto medo de voltar a Luanda e já não o encontrar. Mas será que eu, à sua frente, terei coragem de confessar o mesmo que posso exprimir por escrito?

Normalmente acontece as pessoas dizerem através de cartas ou do telefone o que não podem ou não querem dizer em direto. Para bom entendedor isto é mais do que uma palavra. Se por acaso não o encontrar é uma pena. Entretanto vou vivendo a ilusão, e até lá...

Uma despedida com tudo o que você desejar.

Mizé"[34]

---

[34]Este é um dos últimos materiais encontrados no pacote. Ainda fechado, o envelope trazia carimbo recente dos Correios de Angola, expedido a partir do Lubango, capital da província da Huíla.

Ao portador

Vai rápido mesmo, bilhete assim sem-cerimônia, que já não me sobra tempo. Não se pergunte por que resolvi deixar esse material com você. Concretamente nem eu sei. Talvez por uma vaga simpatia, confiança ou mera intuição, que importa? Está entregue, espero, em boas mãos.

Quanto ao destino desta tralha toda, decida como bem entender. Não me faltam exemplos:

1) queime enquanto é tempo;

2) pique o mais que possível e jogue no lixo;

3) entregue ao primeiro estranho que encontrar na rua e saia correndo;

4) enfie num dos buracos do mundo;

5 mande cada parte aos meus interlocutores;

6) guarde e aguarde;

7) ajeite e publique.

Neste último caso, ensaiei às pressas algumas sugestões para título, medíocres. Veja se pode:

a) Angola: uma história mal contada *(banal, já começa mal)*

b) Mizé, transas de Angola *(incompleto, gíria dispensável)*

c) Zé, Cabrita, visões de Angola *(delirante)*

d) Angola: entre a catana e a roda *(metafórico demais)*

e) Angola: a foice em seara alheia *(e o martelo?)*

f) Visão de Angola, atrás da porta *(que porta?)*

g) Angola: ainda, Camarada! *(só mesmo para quem já conhece a expressão)*

h) Angola entrevista *(pertinente, mas pretensioso)*

i) Na mira de Angola *(paranóico)*

j) Angola na mira *(bolante!)*

l) No país da Sagrada Esperança *(assim meio poético? Vão dizer que plagiei o Presidente.)*

m) Angola: o cacimbo da Revolução *(hermético demais)*

n) Angola rebelde *(já vi coisa parecida, filme ou romance:* México rebelde?*)*

o) Angola: como vai a luta? *(surrado)*

p) Angola: a luta continua! *(clichê)*

q) E Angola, vai bem? *(pior)*

r) E Angola, como vai? *(mais neutro, tão ruim quanto o anterior)*

s) Angola, prazer em vê-la! *(sofrível)*

t) Angola boca a boca *(só faltava essa)*

u) Angola, aqui, agora *(chavão, melhor mudar de linha)*

v) Angola, ponto de interrogação *(?!)*

x) Jornal de Angola *(já é nome de diário aqui)*

z) Notícias de Angola *(melhor no singular; por que não esse?)*

Resolva, que o problema agora é seu. Fiz o que podia, parto para outra. Onde? Não sei. Amanhã? Talvez.

Um abraço do Zé.

P.S. A quem quiser me enquadrar nessas políticas da vida, diga que detesto filme bandido-mocinho. Que o buraco é mais em cima, ou do outro lado. Que inventei, ou não, invente! Jogador ponta-direita que me esqueça, vá procurar seu time. De esquerda? Saiba que sou canhoto.

MIZÉ 13 — As últimas

"Melhorou a partir de 1989."

— Naquela altura dos anos 1970, não havia em Luanda muitos pontos de encontro. Como é que isso evoluiu depois, Mizé?

— Na época em que esteve cá o Zé, havia os pontos de encontro que eram feitos em determinados hotéis, como o Trópico, o Panorama, onde muito pouco angolano tinha acesso, por causa dos preços. Entretanto, havia outros pontos de encontro, que eram os bares ou os chamados restaurantes, onde se vendia o peixe frito com arroz. Tinham afluência no dia em que vendiam os finos, que vocês, brasileiros, chamam de chope. Nós então encontrávamo-nos aí. Também começou a haver um ou outro sítio assim, tipo pub, onde só se vendia o rum, uma aguardente muito pobre que era feita em Benguela. Chamava-se *113*, uma borrasca que faziam lá de cana-de-açúcar, feita pelos cubanos, tal e qual como um uísque, Távola, que era feito também em Benguela, e que já vinha desde o tempo colonial. Naquela altura uma pessoa ia ali e bebia o seu copinho. Uma vez ou outra encontrava um café, para acompanhar a bebida. Não havia nem gasosa, nem coca-cola, nem cerveja. Eram só aquelas bebidas quentes, que vendiam nesses pontos de encontro, que hoje correspondem mais ou menos aos pubs ou às discotecas, mas que então havia muito poucos.

— Quando é que começou a mudar a situação?

— A coisa melhorou a partir de 1989, quando começou a haver o comércio aberto, a tal chamada economia de mercado. Aí muitas pessoas abriram discotecas, lanchonetes, restaurantes, supermercados e minimercados. Isso veio mesmo já em 1991, quando as pessoas começaram a expandir esses negócios. Havia muita gente que tinha dinheiro, mas estava encoberto, não sabiam como investir. No tempo do partido único, nem toda gente podia investir, aquilo era só para os afilhados. Inclusivamente eu tenho um compadre que tinha aí, já no tempo do branco, uma boate onde uma pessoa podia ir dançar, ouvir música e ter a sua bebida ao lado. Ele conservou isso durante muito tempo, até que um dia chegou lá a Segurança e começou a querer entrar de borla. Os da segurança do partido único entravam e não queriam pagar! Ele viu-se obrigado a fechar aquilo, porque o prejuízo já estava a ser demais, e começou única e simplesmente a alugar para quem quisesse ir lá fazer assim uma festa de batizado, de casamento, de aniversário. Fechou a discoteca. Hoje está aberta e tem muito público.

"Isso também acabou."

— Quando é que as bichas acabaram?

— A partir do momento em que o Estado deixou de subvencionar o tal cartão que as pessoas utilizavam para as lojas. Isso foi assim que apareceu a economia de mercado. Então acabaram as lojas do povo e os cartões do povo. A partir daí, cada um tem o seu dinheiro e vai comprar onde puder e onde quiser. Acabaram também os cartões das lojas complementares, pouco tempo depois.

— Essas lojas tinham aparecido quando?

— As lojas complementares apareceram em 1985 ou 1986. Aquilo era só feito para as pessoas que tivessem curso médio ou curso superior, para mais ninguém. O povo não tinha direito. Eram lojas especiais, para tapar os olhos às pessoas. Como os funcionários públicos, médicos, engenheiros, professores, economistas etc., as pessoas que tinham curso médio ou superior, não tinham onde comprar outros produtos que não fossem os básicos, fizeram as lojas complementares. E cada pessoa dessas ficava com dois cartões: um para a loja do povo, outro para a loja complementar. Por exemplo, na minha casa, eu tinha o cartão do meu marido; ele com curso superior, eu com curso médio, e cada um com os cartões das lojas do povo, onde íamos receber o arroz, o açúcar, etc. Nas lojas complementares nem vendiam isso. O que mais vendiam era cerveja importada em lata, gasosa, refrigerante em lata, azeitonas, azeite doce, roupas, calçados, etc., aquilo que a gente não encontrava nas lojas do povo.

"Quem manda agora chama-se dólar."

— Você falou das gasosas, que não havia no início, e que depois começaram a aparecer. Mas a "gasosa", como se conhece hoje, quando é que apareceu?

— Essa "gasosa" aparece por causa da burocracia. No tempo do Zé não havia, nem ninguém pensava. Mas hoje, para tu conseguires um documento, numa qualquer repartição do Estado, por exemplo, para tirares o bilhete de identidade, tens que pagar a "gasosa". É aquilo que se dá por fora. No teu país como é que se chama?

— De várias formas: dar propina, caixinha, agrado, molhar a mão de alguém, por exemplo. Mas como é que aparece esse tipo de "gasosa" aqui?

— Aparece porque o funcionalismo público recebe muito pouco. Observe todo polícia que existe aí na rua, sobretudo os de trânsito. Eles procuram sempre encontrar alguém que esteja a prevaricar, nem que seja só um bocadinho. Eles pegam logo, sobretudo os brancos estrangeiros, mas não vão ficar com a carta de condução deles. Vão ficar é com a tal chamada de "gasosa". O angolano também: eles vêem o tipo de carro que o angolano está a levar. Conforme o carro for mais rico, maior é a "gasosa", para não ficar sem a carta de condução. Só que não pegam nos deputados e nos ministros, porque aí têm medo.

— Sim, mas naquela época os funcionários públicos não precisavam fazer isso, eles tinham dinheiro. A partir de quando é que a coisa começou a degringolar?

— A partir dos anos 1990, com a economia de mercado, exatamente, porque tudo deixou de ser subvencionado pelo Estado. Nós tínhamos, por exemplo, mil e cem kwanzas. Íamos à loja e levávamos para casa o arroz, a massa, o feijão, o óleo, o sabão, a pasta de dentes, e outras coisas que saíam por aí. Inclusivamente lembro-me, nessa época, de comentar em casa: "Vamos morrer de fome, mas pelo menos com dentes limpos", porque pasta de dentes nunca faltou. Era um saco daqueles de cinqüenta quilos que nós levávamos para casa cheio de coisas, com mil e cem, no máximo mil e duzentos kwanzas. A partir do momento em que tudo deixou de ser subvencionado, com licença! Tem que sair do bolso de cada um. E com essa inflação, cuidado!, porque quem manda em Angola agora chama-se dólar. Estavas a perguntar sobre as bichas: por isso é que as bichas acabaram. Hoje não há bichas para nada. Antigamente havia bicha para o pão, para o supermercado, para a carne e para o peixe. Então davam-nos carne uma vez por mês, dois quilos. Hoje vais a qualquer talho e encontras a carne.

— E você acha que a situação do povo melhorou?

— Melhorou no aspecto em que o povo pode procurar aquilo que quer. Mas piorou em relação ao vencimento, ao custo de vida. Antigamente o povo tinha dinheiro para comprar e não tinha os produtos. Hoje tem os produtos e não tem dinheiro para comprar. Eu conheço muitas pessoas aqui, muitas mesmo, e estou a falar agora só de Luanda, para quem antigamente a base da alimentação era o funje, a fuba de mandioca. Hoje, já não é só fuba de mandioca, porque a fuba de mandioca está mais cara do que o arroz e do que a massa, o espaguete. De modo que elas estão a alternar, porque enquanto hoje o pacote de espaguete continua a custar aí na rua, em qualquer mercado aqui de Luanda, dez ou quinze kwanzas no máximo, a fuba, aquilo que eles chamam de quilo, que é a medida de uma lata de margarina, está a custar trinta kwanzas! Numa família que tem cinco, seis filhos, não dá para agüentar! Então estão a substituir as coisas, estão a misturar com o feijão. É o arroz com feijão, a massa com feijão, e o funje só duas, três vezes por semana, quando a base da alimentação sempre foi o funje. Não se vai falar noutras coisas: pões lá um bocadinho de peixe frito, que vais buscar na praça, porque fica mais barato do que buscar na rua, nessas senhoras que passam aí, as quitandeiras. Compras assim um bocadinho de carne, também já cortada aos pedacinhos nas praças, aquelas carnes cheias de moscas, mas prontos!, só para a alimentação não ficar igual todos os dias. Cada tomate hoje, menino!, vou te contar uma história. Quando saíres daqui, passas aí na rua e vais ver quanto está a custar cada tomate e cada cebola. Uma cebola hoje estava a cinco kwanzas, uma! Quatro tomates são vinte kwanzas! Qual é o funcionário público, qual é a pessoa do povo, desses mesmos que eles chamam de "pata rapada", que tem capacidade para sustentar uma família com mata-bicho, almoço e jantar, com esses preços? Por favor, diz-me! Eu não tenho. Eu, que sou hoje professora, não tenho, com aquilo que eu recebo durante um mês, e que já vem atrasado, muito tarde e mal pago, porque ninguém está a receber aquilo que merece. No tempo do partido único, está claro que o salário chegava e sobrava, porque não havia artigos suficientes, e tudo era subvencionado pelo Estado. Inclusivamente o pão, que hoje não é.

— E por que você acha que acabou essa história de partido único?

— Agostinho Neto já tinha falado nisso! Íamos aderir à democracia, a esse mercado de negócios...

— Mas Agostinho Neto morreu em 1979, e o partido único só acabou em 1991. Por que é que demorou tanto?

— Eu já me desliguei muito dessas coisas, e não quero me ligar muito mais, mas para mim uma das causas foi o fim da Guerra Fria. O fim da Guerra Fria tinha que acabar com tudo. Todos os países que queriam ser desenvolvidos, e nós já estávamos no último, no quinto grau do subdesenvolvimento, tinham que aderir à democracia. E a democracia faz-se como? Não é assim? Eu penso que foi isso que originou. Daí é que começaram a existir os vários partidos. Uns por oportunismo. Sim, porque uns vieram aqui só para receber o dinheiro do governo. Formaram um partido e já acabaram, já morreram. Só vieram aí para as eleições fazer porcaria, para atrapalhar, porque apareceram duzentos e não sei quantos partidos. Outros não, ainda estão aí, sobrevivem. Há uns que ficam aí só com um lugar no Parlamento. Por amor de Deus, isso não é oportunismo? Enfim, eu sou muito estúpida em matéria de política, mas, para mim, uma das razões foi o fim da Guerra Fria. Tudo quanto é país teve que aderir à democracia, e para haver democracia não pode haver partido único.

"Mal e porcamente"

— E na área da saúde, como é que a situação evoluiu de lá para cá? Naquela época estavam aqui os médicos cubanos, havia muitos problemas nos hospitais. A saúde da população angolana melhorou?

— Eu acho que não. Naquela época havia realmente muitos médicos cubanos, e não só: havia búlgaros, soviéticos, portugueses escolhidos em poucos sítios, e angolanos, para além de vietnamitas e coreanos, que vieram para os diversos ramos da saúde. Acontece que, naquele tempo, a saúde não era paga. As pessoas iam à consulta, podiam ficar na bicha, esperar três, quatro horas, o que fosse necessário, mas eram atendidas, e normalmente saíam com medicamentos do hospital. Hoje as pessoas são atendidas mal e porcamente, e têm que ir comprar os medicamentos na praça, porque as farmácias dos hospitais não têm medicamentos. Angola está farta de receber doações de várias organizações internacionais, de vários países. Aí chega-se ao hospital e o que se vê é que não há medicamentos, e mandam comprar os medicamentos aos familiares do doente na praça. Na praça, sim, existe todo tipo de medicamentos. Naquela altura não era assim. Se o atendimento, em relação à qualidade dos médicos, era bom ou mau, depende, porque há médicos bons e médicos maus em qualquer parte do mundo. Mas pelo menos naquela altura as pessoas saíam com medicamentos, ou medicadas e bem assistidas. E tinham água, tinham energia, tinham oxigênio nos hospitais, coisa que não há agora.

— E por que é que piorou? Se Angola recebe os medicamentos, por que é que não estão nos hospitais?

— Não estão porque os gajos que os recebem vendem na praça! Os próprios enfermeiros, os próprios médicos estão a vender no mercado Roque Santeiro e nas várias praças de Luanda. A praça dos Kwanzas tem a maior farmácia de Angola! Ali tu encontras tudo, até sangue! No Roque também. E tem aí doações, tem aí organizações que dão sangue para os hospitais. Chegas ao hospital e, se o teu familiar precisa de sangue, tens que ir comprar. Está aí, por exemplo, uma Associação dos Dadores de Sangue, que está farta de doar, e esse sangue não aparece no hospital. Por quê? Porque o gajo que está lá a receber vai vender na praça. Todo mundo sabe disso, é falado aqui na rádio e na televisão, não é segredo para ninguém.

"Eram os donos de Angola."

— Houve um momento em que o Zé levantou com você a questão da pesca: "Os peixes fugiram?", perguntava ele.

— Isso foi no final dos anos 1970. Acontece que o Dr. Agostinho Neto e o governo dele fizeram um contrato com os soviéticos de vinte anos de pesca. Os soviéticos levavam tudo quanto era peixe do bom, e aqui deixavam o carapau, o peixe-espada e a sardinha. O peixe-espada até era tratado como "o cinturão da guerra": é comprido e dá para dar a volta na cintura. Era o peixe que nós comíamos. E o carapau era congelado. Os soviéticos levavam tudo quanto era de bom, eles e os cubanos. Acontece que, entre fins de 1979 e princípios de 1980, foram aí apanhados uns barcos soviéticos a pescar clandestinamente, e aqui a polícia marítima prendeu-os. Os soviéticos, como tinham o poder do pescado em Angola, cortaram o peixe. Nós ficamos sem peixe durante nove meses, foi o que aconteceu.

— E o contrato com os soviéticos continuou?

— Continuou, e ainda não acabou, porque depois foi prorrogado, só que agora com outras condições. O soviético, quando enviou as armas para aqui, e mandou os assessores, não foi de borla, tinha que levar qualquer coisa em troca. Esses contratos fazem-se assim, não é por teres os olhos muito bonitos que eu vou gostar de ti, meu amigo!

— Naquela época via-se muito soviético, muito cubano por aqui. Hoje já não se vê tanto. Quando é que os cubanos começaram a se retirar?

— Desde que houve lá os acordos, que os cubanos sairiam daqui, por causa da independência da Namíbia e para acabar com a guerra em Angola, não te lembras?

— Dezembro de 1988, acordo de Nova York, certo?

— Exato. Aí os cubanos tiveram que ir embora, para os sul-africanos saírem daqui. E veio a independência da Namíbia, que nunca nos agradeceu nada. E acabou o *apartheid* na África do Sul, que também nunca nos agradeceu nada. Os cubanos tiveram que ir, e os soviéticos também foram, porque todas as forças armadas que não eram angolanas tinham que sair. E acabou-se aí. No entanto, hoje temos cá muitos cubanos a trabalhar, mas voluntariamente. Há aí clínicas médicas que são dos cubanos, mas esses estão aqui particularmente. Há uns que estão a trabalhar na educação, também particularmente. Ex-soviéticos também existem, mas também a título pessoal, já não é aquela força que mandaram para cá, que eram até prepotentes e racistas. Eu trabalhei com eles e tive a ocasião de verificar. Pessoalmente eu não tenho razões de queixa, e no entanto não sou branca. Mas eu vi muita prepotência deles. Eram os donos de Angola. Eles aqui podiam, queriam e mandavam. E mais: menosprezavam tudo quanto era nosso. Mas enquanto, no tempo em que eles estiveram cá, aqueles pelo menos com quem eu trabalhei menosprezavam tudo-e-mais-alguma-coisa que era feito nos países ocidentais, queriam levar as boas máquinas de fotografia, os bons rádios, os bons gravadores, as boas televisões, essas que vinham do Japão, as marcas todas japonesas, todos eles queriam levar. Inclusivamente, queriam levar também coisas feitas em ouro cá. E eu perguntei mais que uma vez: "Mas se vocês lá têm tudo, por que é que querem levar tudo o que é nosso, que é ocidental, que é do capitalismo?" "Ah, não, é que também nós gostamos de levar..." "Muito bem, se gostam de levar, pois que levem!" E eu arranjei muitas vezes máquinas fotográficas e aparelhagens para eles. Como aquele era o tempo dos esquemas, e uma pessoa para conseguir isso tinha que ter muito bons conhecimentos, era tudo vendido na porta do cavalo. Eles levaram daqui tudo e mais alguma coisa. E, sobretudo, café em grão. Torrado, mas em grão. Cada soviético desses com quem eu trabalhava mandava pelo menos, por semana, vinte quilos de café para a União Soviética. E mandavam mesmo, porque eles não pagavam nada, nem embalagem nem coisa nenhuma. Vinte quilos por semana, olha que não é pouca tripa! E nós, angolanos, para sairmos de Angola naquela altura e irmos de férias, por exemplo, a Portugal, para levarmos só dois quilos de café, tínhamos de ter autorização do Ministério da Agricultura. Sem isso, ninguém saía daqui com um grão de café, nem em pó, nem em grão. Já o soviético mandava, exportava, fazia aquilo que quisesse. Tal e qual como o cubano. Fartavam-se de mandar quilos e quilos e quilos de café que o branco tinha deixado. Ainda estavam aí nos armazéns. E algodão também. Todo o algodão em rama deixado pelo branco foi levado pelos soviéticos e pelos cubanos. Isso para não falarmos do açúcar.

"O soviético, quando põe a pata"

— Já que falamos dos soviéticos: até hoje, a história do 27 de Maio parece que não foi bem contada. Pelo que você sabe, qual foi a participação real dos soviéticos? Estavam implicados nisso diretamente, ou foi uma coisa mais entre angolanos?

— Tu sabes de uma coisa? Quando o soviético põe a pata para que um país fique independente, logo a seguir tem que dar um golpe de Estado, não é verdade? Angola não foi o único exemplo. Há exemplos em diversas partes do mundo. E aqui aconteceu exatamente a mesma coisa, essa é a idéia que eu tenho. Só que escolheram um testa-de-ferro estúpido e burro, que se chamava Nito Alves. Esse não deveria ser o indicado. Aliás, era o mais estúpido de todos. Porque, realmente, quem arquitetou o golpe foram os soviéticos, e a Sita Vales é que funcionou dentro do golpe. Ela e o Zé Van-Dúnem. O Nito Alves foi estúpido. Até hoje não se sabe do paradeiro dele, até hoje não está definido. E eu continuo a dizer, e pergunto a quem quiser, neste país: Onde é que está o Nito Alves? O Dr. Agostinho Neto, quando foi a Monróvia, àquela conferência da Organização da Unidade Africana em 1979, começou a atacar todos os líderes políticos de África: Cabo Verde, Guiné Bissau, Guiné Equatorial etc. Depois, no fim, lhe perguntaram: "Onde é que está o Nito Alves? E os milhares de mortos que deixaste na tua terra? Nós queremos o Nito Alves, onde é que ele está?" O Dr. Agostinho Neto, que eu saiba, abandonou a conferência de Monróvia e disse que vinha buscar o Nito Alves. Só que chegou aqui e não o encontrou. E nunca mais pôs os pés em Monróvia. Acabou com a DISA naquele dia mesmo, depois de ter mandado, no 27 de Maio, a DISA matar tudo quanto se mexesse. Isso foi lá uma mortandade não só em Luanda, mas em toda parte de Angola. Daí haver milhares de mortos, mal conferidos, de Cabinda ao Cunene, durante o 27 de Maio e os meses seguintes. Pois ele chegou aqui, com os olhos cheios de ódio, vermelhos, falou na televisão, todo o mundo o viu, e acabou com a DISA. Mas pôs outros no mesmo sítio, só mudou de nome. Ficou a chamar-se Segurança do Estado, que é que tu queres mais? E os soviéticos estavam implicados nisso, sim senhor. Como disse, o soviético, quando põe a pata, quando há uma independência, logo em seguida é para fazer um golpe de Estado e pôr lá aquele em quem ele quer mandar. E o Agostinho Neto depois já ficou mal, já não foi o filho-filho para os soviéticos. Ele estava a querer mudar a situação política do país. Já queria abrir as portas à democracia, e o soviético não gostou. Isso é tudo quanto eu posso entender, como uma leiga que sou no assunto. Uma observadora pública, mais nada.

De um jeito que ninguém sabe

— Você falou da DISA por ocasião do 27 de Maio. Como é que o povo via a DISA, comparada com a PIDE?

— Eu já disse que, quando o Dr. Agostinho Neto voltou de Monróvia, veio para buscar o Nito Alves e não o encontrou. A DISA é que tinha a responsabilidade do Nito Alves, segundo tinham dito. Então ele pura e simplesmente acabou com a DISA e mandou prender os dirigentes todos. Um deles, neste momento, é até governador duma província aí do Norte. Era o principal. A seguir vinha um outro, também muito conhecido: foi ele que combateu com os cubanos contra os fraccionistas, no 27 de Maio, ali à frente da Rádio Nacional. Outros hoje estão aí, todos muito bem. Eram as feras da DISA, que mataram muita gente dentro da cadeia, sobretudo na cadeia central, e na cadeia de São Paulo também. Agostinho Neto acabou com a DISA, é verdade. As pessoas já não eram as mesmas, mas é como se diz em português: mudaram as moscas, mas a trampa não mudou. Ficou tudo na mesma. E continuaram a prender pessoas, mas já não foi com tanta intensidade. De Cabinda ao Cunene, foi muita gente morta impunemente. Sobretudo porque, nessa altura, estavam a perseguir os intelectuais, não sei em honra de quem, em todas as províncias. O fato é que muita gente foi morta. Por exemplo, eu não gosto de ti. Ou tenho uma maka[35] contigo porque tu fizeste isto ou aquilo. Eu vou ali no meu vizinho e digo: "Olha, pá, esse gajo é do fraccionismo." Já estavas agarrado. Era assim que se fazia naquela altura. No tempo da PIDE a coisa era diferente. Quando a pessoa ia presa, a família sabia que o gajo estava preso mesmo. Tinha aquele x tempo em que não se podia ver, que estava incomunicável. Podia levar porrada, podia ter aqueles sacrifícios todos que faziam, mas sabia-se

---

[35] Do quimbundo "*Maka* — Conversação. Questões, pendências." Assis Júnior, *op. cit.*, p. 272.

que estava lá, e a PIDE dava conta da pessoa. Muitos vieram surdos, aleijados, muitos foram transportados para outras cadeias, como a de São Nicolau, na atual província do Namibe. Mas a DISA? Fez desaparecer as pessoas de um jeito que ninguém sabe onde é que elas estão, até hoje. A diferença é essa.

"Já está tudo gordo!"

— Essa história dos esquemas acabou?

— Agora já não é preciso. Por exemplo, eu tenho um compadre que tinha um restaurante. Ele tinha direito a um abastecimento do Comércio Interno. Recebia o peixe grosso, a carne, os frangos, etc. Eu cá tinha que ir com os cartões para as bichas. Naquele tempo, se eu não tivesse um esquema, eu em minha casa não sei o que ia dar de comer aos meus filhos, a não ser as latarias, que saíam também só uma vez por mês. Cada um então tinha os seus esquemas, até para a farinha de trigo, para fazer um bolinho em casa, os ovos... Hoje isso tudo acabou, os esquemas morreram. Até porque mesmo as pessoas que, naquele tempo, usavam os esquemas, hoje também estão a sofrer: o Estado deixou de subvencionar. Antigamente ia-se buscar ao Comércio Interno. Hoje, vão buscar ao Comércio Interno, mas ao preço do dia. Se hoje um quilo de carne custa cem kwanzas, amanhã pode estar a custar duzentos, nunca ninguém sabe. O esquema está no teu bolso, menino! Hoje tu fazes esquema, mas ao contrário. Arranjas aí um negocinho... Tu estás a ver esta cidade cheia de mulheres a venderem cerveja! E miúdos, pelas ruas, pendurados com coisas nos cabides, ou a venderem cerveja, gasosa, vinho, tudo quanto há por aí! É outro sistema, agora.

— Os vendedores ambulantes, esses que o governo provincial tenta combater?

— Tenta combater, mas não lhes dá emprego! Eles não estão a roubar, estão a fazer a sua própria vida. Em qualquer lugar do mundo há ambulante. Ou não? E se eles não conseguirem vender qualquer coisa, cabides, roupa, o que seja; se não fizerem um dinheirinho aí para levar para casa, chegam ao fim do dia sem comer e sem ter ao menos trinta kwanzas para comprar um quilo de fuba, e mais uns quinze ou vinte para comprar um bocadinho de peixe e fazer um molho para o funje do jantar. Esta é a miséria desta Angola neste momento. Esse multipartidarismo que está aí a abrir a boca, blablablá, blablablá, só fala de cor! Esses senhores deputados estão bem gordos! Eles quando vão para ali, a gente vê-lhes os maxilares. Agora, vê-lhes as gorduras. Os ministros, a mesma coisa. Quando vão para lá, está tudo magrinho. Um mês depois, já está tudo gordo! E andam com bons fatos, boas gravatas, viajam que viajam, ganham dólares, roubam, roubam, roubam o que é do povo, não aumentam o funcionário, e é por isso que toda gente tem esquema! Esses são os esquemas de agora. Eu tenho colegas que saem da escola, professoras como eu, põem o lenço na cabeça, põem o pano na cintura e vão vender à porta de casa a cerveja e a gasosa, os rebuçados, as pastilhas e as bolachinhas que andam por aí. Eu só não faço a mesma coisa porque não sou negra. Se fosse negra, eu fazia a mesma coisa! Isso é verdade, é o que acontece todo dia! E ainda teve aqui há tempos um ministro da Educação, que neste momento deve estar como embaixador em Cuba ou no raio que o parta, desculpa o termo, mas é verdade, que disse que os professores não precisavam de ganhar mais, porque todos têm a sua alternativa! Um ministro dizer isso, publicamente, para quem quis ouvir, na rádio e na televisão! Se a televisão tem a gravação, está lá! É isso o que acontece neste momento nesta Angola! Então, como é que os professores não hão de ter alternativa?! Têm que ter! Eu vendo gelo em casa, porque tenho esta cor. Se não tivesse esta cor, estava aí a vender na rua os rebuçados, as cervejas e as gasosas!

Para quê? Para comprar o pão de todos os dias, porque o vencimento não chega nem para um dia! No entanto os nossos ministros passam a vida a viajar e a cortar fitas. Só vão inaugurar aquilo que não fizeram.

"Muito mais analfabetos"

— E como é que está a educação em Angola hoje?

— Está péssima. Está pior do que naquele tempo! Os professores que tinham o curso de magistério primário efetivamente foram-se embora, a maioria. Ficaram lá uma meia dúzia de burros como eu, que continuamos a trabalhar, porque fomos mobilizados pelo Ministério da Educação. Depois ficaram os professores de posto, que o André aí atrás dizia que eram os professores de posto que davam a iniciação. Eram os professores que tinham o segundo ano do liceu naquele tempo do branco, e mais o curso das tais escolas que se chamavam mesmo "escolas dos professores de posto", e tinham que ter os cursos todos de pedagogia, psicologia, didática da matemática, didática da língua portuguesa, ciências da natureza, canto coral, ginástica e, ainda por cima, alguma noção de agricultura. Todos os sábados era obrigatório nós tratarmos dos jardins das escolas, isso quem fosse professor de posto e quem não fosse. Abaixo desses professores de posto, existiam os monitores escolares, que só tinham a quarta classe feita. Eram os homens e mulheres que davam aulas no mato mesmo, à primeira, segunda e terceira classes. Não estavam autorizados a dar à quarta, mas tinham formação. E todos os anos, durante as chamadas férias grandes, que começavam em junho e acabavam em setembro, os professores do magistério primário, com curso médio feito, como em qualquer parte do mundo, iam dar orientações a esses nossos monitores. Esses eram muito bons professores. Tomara eu ter hoje um desses monitores a dar uma pré-primária aqui mesmo dentro de Luanda, ou uma primeira, segunda ou terceira classes. Esses homens e essas mulheres é que seguraram o sistema de educação em Angola quando veio a independência.

— E a partir de quando é que a situação piorou?

— A partir de quando todo mundo quis mudar. O sistema colonial deixou de existir, começaram por aí a vir ministros com idéias iluminadas, que tudo do tempo colonial não prestava, aí acabou! Eu vi, no Ministério da Educação, deitarem milhares e milhares de livros de língua portuguesa, de matemática, de ciências daquele tempo, a queimar! Isso não se faz! E esses monitores? Foram transformados em funcionários administrativos, inclusivamente não só da educação; administrativos das comunas, dos municípios, foram transformados nisso. Fizeram um curso de acelerados, que começou em 1977, e que não deu para nada. Fizeram um curso de superação, que para nada deu. E a educação está aí. Acabaram com o Magistério Primário do tempo do branco, porque não prestava. Essas modificações todas... António Jacinto, que foi o primeiro ministro da Educação em Angola, foi o primeiro a colaborar com isso. Ele nunca foi ministro da Educação, não sabia nada de educação. Era escritor, um bom poeta, que não tinha nada a ver com educação. Devia ter ficado só na Cultura. Estragou tudo, e depois atrás vieram lá outros que rebentaram com a nossa educação toda. O resultado está aí. Mas vamos falar também nos alunos. Naquela altura ainda havia controlo: uma turma tinha vinte e cinco, trinta, no máximo trinta e cinco alunos. Hoje vais ver uma turma da primeira classe com setenta e nove, oitenta. E diminuíram o horário. Como é que um professor da primeira classe pode ensinar oitenta alunos das sete às dez horas da manhã? Me explica! Chega ao fim do ano letivo e nem conhece os alunos todos! Eu sou professora e já passei por essa experiência. Para já, as aulas nunca começam às sete, quer dizer, nunca chegam a ser as três horas cumpridas. Não dá. Depois vem, das dez às catorze, segunda e terceira classe, como é que vai ser isso? E mais de oitenta alunos em cada turma. Depois, das catorze às dezoito. Está tudo errado!

— Mas parece que este ano foi baixada uma circular, para que se reduzisse o número de alunos para quarenta e cinco por classe.

— Muito bem, e agora vê os miúdos que ficaram na rua e que não puderam entrar para a escola. Baixaram para quarenta e cinco; e os outros? É este ano, é para o ano, para o ano, e a idade vai subindo, e vão deixar de ter acesso. Daqui a cinco anos, se já estamos a constituir um país de analfabetos, estaremos muito mais analfabetos ainda, porque a idade vai subindo e as crianças nascem todos os dias. Ou não?

— Aí alguém poderá dizer que o problema é a guerra!

— Qual guerra, qual carapuça! Em Luanda nunca houve guerra, a não ser essa dos três dias em 1992, que, aliás, não destruiu escola nenhuma. Até Catete, nunca houve guerra!

— O dinheiro que seria gasto na educação pode estar sendo gasto na guerra, pode-se argumentar.

— O dinheiro, eles vêm e roubam. Eles bem que fazem aí os seus cálculos, que são todos falsos. E impuseram aí uma lei que era para cada aluno pagar por ano aquilo que, antigamente, no tempo do branco, correspondia à caixa escolar. Esse dinheiro não sei para onde é que vai, com raras exceções. Por exemplo, na escola onde eu funciono, esse dinheiro tem sido aplicado na restauração da escola. Puseram portões novos, fizeram pintura, arranjaram lanches para as crianças, puseram tanques para termos água vinte e quatro horas sobre vinte e quatro. Isso é a minha escola, que é aqui no centro da cidade, e que tem uma boa diretora, que não é ladra, não rouba. E as outras escolas, que ainda hoje estão sem carteiras? Os miúdos é que vão com as latas e com os tijolos, para poder sentar-se. Esse dinheiro vai aonde? Obrigam as crianças a irem para a escola com bata, quando sabem que a maior parte dos pais não tem dinheiro para comprar uma bata para a criança. Eu não sei o que é que esse ministério quer. Aliás, não quer nada. Quer dar aí é fogo de vista.

Carnaval da vitória? "Acabou."

— Mudando de assunto: e o Carnaval da vitória?

— Oh! O Carnaval da vitória foi uma coisa instituída, que eu me lembre, pelo Dr. Agostinho Neto, dizendo que tinha sido para o povo comemorar a saída dos sul-africanos. Muito bem. Antigamente, no tempo do branco, havia o Carnaval que não era da vitória. Era o que se comemorava todos os anos e que está relacionado com o calendário litúrgico: o povo saía espontaneamente para a rua, nos seus bairros, e vinha para a cidade. Vinham mascarados da maneira que quisessem e muito bem lhes apetecesse. E até traziam um pano amarrado em quatro pontas, eram quatro pessoas, para que cada pessoa que estivesse a viver nos prédios deitasse para ali uma moeda, para ajudar na festa do carnaval. Isso fazia-se de Cabinda ao Cunene, não era só em Luanda. E cada um se mascarava daquilo que queria. Aí passaram a fazer o desfile obrigatório, na Marginal. Antes, não havia desfile obrigatório nenhum, cada um desfilava por onde queria. E naquele tempo havia competições entre os vários grupos dos bairros, para ver qual era o melhor. Mas era aquela competição sem barbaridades, competição que, ao fim e ao cabo, era uma amizade. Quando acabava a competição, iam todos comer e beber juntos. Não pediam nada ao governo. O governo colonial não dava nada para isso. Cada grupo que quisesse se organizar se organizava. Usufruía os seus fundos, tinha direito aos seus salões, aos seus sítios no bairro, mas o governo não tinha nada a ver com o assunto. Era um Carnaval espontâneo. Quando veio a independência, acabou o Carnaval, pura e simplesmente.

Até que o Dr. Agostinho Neto resolveu pôr o Carnaval da vitória, a partir de 1978, para festejar a fugida dos sul-africanos. Por isso é que se chamou carnaval da vitória. Foi um Carnaval imposto, instituído, obrigatório. Aí começaram os desfiles dos grupos na Marginal, começou a Cultura a dar-lhes os fatos, os panos e o dinheiro para eles se vestirem, e depois comerem e beberem no fim da festa. Isso nunca foi Carnaval! Carnaval é uma coisa espontânea.

— E quando é que acabou?

— Quando veio a democracia. Agora, os grupos estão a aparecer pouco, porque deixaram de ter o financiamento do governo. Estavam habituadinhos a seu cumbu, como se diz aqui em Angola, a seu dinheirinho, que a Cultura lhes dava lá para eles irem comprar lá os fatos e não sei que mais, que era tudo da mesma cor, ao fim e ao cabo. Este ano já se apareceu de outra maneira. A Cultura ainda deu algum dinheiro, que esses grupos todos ficaram mal habituados. E por isso é que apareceram aí a desfilar na Marginal, mas já não vêm todos de igual, que as coisas são diferentes. Até vi lá o Pepetela a desfilar! E foi bonito. Isso é que é manifestação de carnaval! Ninguém lhes obrigou. Foram para fazer um bocado de alegria, prontos!, participar no carnaval. Agora, e os outros grupos, que antes eram obrigados a desfilar todo 27 de março? Aquilo já não era carnaval.

A maka das casas: "Aquilo era de borla."

— Outra coisa que mudou também, em relação àquela época dos anos 1970-80, foi a questão das casas. Como é que acabou esse sistema?

— Parece que não está ainda bem acabado. Com aquela debandada dos donos das casas, em 1975, o governo tomou conta de tudo. Ficou tudo para o Estado, com a exceção dos donos que nunca saíram das suas casas. Brancos, pretos e mulatos. Aí houve aqueles que vazaram, que foram-se embora, e houve outros que assaltaram e tomaram conta das casas deixadas pelo proprietário. Houve muita gente que aproveitou. A DISA foi uma das instituições que mais se aproveitaram dessa situação das casas. Fez muita gente correr daqui para fora, para se apropriar das casas deles. E havia uma "lei" que se chamava 24/20: vinte e quatro horas para sair, com vinte quilos de peso, para eles ficarem com a casa. Muitos desses gajos que pertenceram à DISA ficaram com as casas dos brancos que foram embora. Só que não ficaram com os papéis na mão, não tinham documento nenhum. Essa coisa foi-se prolongando, os anos passam, e mais tarde, quando veio a tal de democracia, veio uma lei a dizer que todo e qualquer proprietário, ou presente ou no estrangeiro, tinha x meses para reivindicar aquilo que era seu. E muitos voltaram, ou mandaram procurações aos familiares que tinham deixado cá. Foram buscar aquilo que era seu: casas, apartamentos, vivendas. Muita gente foi obrigada a sair dali e entregar o seu ao seu dono. Essa foi a maka das casas.

— Mas houve também um processo de privatização. Como é que foi isso?

— Sim, a privatização é outra situação, a daquelas casas que nunca foram reivindicadas por ninguém. Bem, "é, pá, eu deixo aqui a minha casa, não quero saber mais disso". Fica aí no abandono. Então vamos privatizar, e quem quer comprar, compra. Como as quintas: muitas quintas ficaram aí abandonadas. Os donos não vieram reivindicar, nem mandaram filhos, nem procuração. Fizeram a privatização, lógico! Esse prédio que está aí à nossa frente: o dono foi embora, deixou o prédio no esqueleto. Foi privatizado. Fizeram os comunicados todos, e ninguém veio reivindicar, não ia ficar aí o esqueleto, não é? E, como esse, outros e outros e outros que há por aí. Aí há uma razão: se as pessoas morreram ou não quiseram mais saber, prontos!

— Aqueles que estavam nas casas que não foram reivindicadas tiveram a oportunidade de comprá-las, não?

— Sim senhor, tiveram a oportunidade de comprar ao Estado. Por exemplo, este apartamento está comprado ao Estado.

— Eu soube que quem estava no governo conseguiu comprar as boas casas por uns preços bem mais baixos, e depois aumentaram os preços. É isso?

— Ah, pois! No início, quando começaram a fazer a venda das casas, posso dizer, como se diz em português, que aquilo era de borla. Sabes quanto é que custou este apartamento? Vinte e cinco mil kwanzas, estás a ver? Este apartamento todo! Compravas com isso meio quilo de carne e meio quilo de peixe fresco, ou uma caixa de vinte e quatro cervejas. Hoje compras o que com vinte e cinco mil kwanzas? Mas isso foi no início. Depois as coisas triplicaram, e agora isso funciona de acordo com a moeda verde que se chama dólar. Isto está claro, que as pessoas não são burras.

"Cortaram brancos a catanadas."

— E a propriedade da terra?

— Sei que, quanto à propriedade rural, havia aquele contrato segundo o qual uma pessoa que tivesse a propriedade, a partir de trinta anos, aquilo já ninguém lhe podia tirar. Quanto à propriedade da terra em geral, não posso lhe dizer muito bem, mas sei que, no mato, aquilo passa de pais para filhos. Passa do trisavô para o bisavô, não sei que mais, aquilo é teu. Ali ninguém mexe, é teu. Agora, se tiveres que abandonar e se um dia vais lá voltar, tens que te identificar. Aqui mesmo, em Luanda, há casos. Se nós sairmos daqui até o bairro do Alvalade, há ali mesmo um sítio, que fica atrás de um colégio que pertence a umas irmãs católicas, em que estão lá umas cubatas até hoje, em plena cidade. Ali ninguém pode mexer. Isso porque houve uma dessas leis que já vem dos trisavós ou tetravós ou o que, e que diz que ninguém pode pôr lá a pata. E estão lá as cubatas. Nunca ninguém, nem o branco, conseguiu construir lá. Aquilo obedece a uma lei que está escrita desde os mil e oitocentos-e-troca-o-passo.

— No Brasil, chamam de "lei do usucapião".

— É exatamente o mesmo nome cá. E ninguém pode mexer, porque os herdeiros ainda estão lá. Não têm dinheiro para construir, mas também ninguém lhes pode tirar. Agora, em relação às terras no mato, é como eu te digo: aquilo é de geração em geração. Houve uns brancos que quiseram instituir, lá em mil e oitocentos-e-não-sei-que-mais, um outro sistema. Mas eles não tinham nada que instituir essas coisas, porque o negro daqui nunca aceitou, e fez muito bem. "Se a terra é minha, eu estou aqui há não sei quantos anos, isso já vem desde o meu trisavô! Agora vão fazer não sei o que aqui, vão pôr lá o arame farpado à volta?" Muita gente não aceitou, e foi assim que morreu muita gente aí no Norte. Isso foi antes de 1961, quando os brancos quiseram tomar as fazendas de café, as lavras que os pretos tinham. Está aí o Teta Lando que canta: a lavra do pai dele foi tomada, lá em Mbanza-Congo, porque um branco qualquer resolveu pôr ali a farpa ao lado e registar aquilo no nome dele. Aquilo deu maka. O pai do Teta Lando morreu, mas ele está aí vivo, que pode contar a história, ele e o irmão. Esse é só um exemplo de uma pessoa pública, conhecida, mas como esse houve muitos. Depois chegou a altura em que houve que devolver. "Como é que é isso? Isto é meu. Só porque vocês são brancos e eu sou negro? Eu já estava aqui, e vocês vêm me tomar isto, só porque a lavra já estava feita, já estava a produzir café!" Muitos brancos fizeram riqueza assim! Daí muitas revoltas. Por quê? Chegam na tua casa, tiram-te este quarto, "porque esse é meu!". Não pode ser, não é? Aqui no Norte, no Uíge e no Zaire, houve muitas revoltas dessas. E aí foi que cortaram brancos a catanadas. Não tinham nada que cortar a catanada, isso foi selvajaria. Mas muitas dessas coisas aconteceram por causa disso. No Sul não, estás a ver? No Sul nunca aconteceu nada disso, talvez porque a terra seja mais pobre. Há lavras de milho, de arroz, de feijão, de batata, etc. Também acho que o branco que estava a viver no Sul estava mais relacionado com a população do que no Norte, de tudo quanto vi e percebi. Até se vê por uma coisa: no Norte não há mulatos, há poucos. Os mulatos são todos do Sul. Vai à província do Zaire para ver se há mulato. Vai a Cabinda ver se há mulato. Há um ou outro! A mulatagem toda vem do Sul. O relacionamento mesmo do branco com o negro foi feito no Sul, em certas zonas. Ali nos umbundos, nos ganguelas, nos quiocos, aí é que há a mulatagem toda.

"Essa guerra não pode acabar!"

— E quando é que a guerra acaba?
— Nunca mais!
— Por quê?
— Enquanto houver outros interesses, ninguém acaba com a guerra. Neste aspecto eu nem gosto de tocar, porque as coisas estão cada vez mais confusas. Eu já nem sei onde é que o meu raciocínio vai parar. É verdade mesmo: não sei. De um lado, aquele gajo corta as orelhas, queima as pessoas, corta os narizes, corta as bocas, rapta pessoas. É um facínora, pior que o Hitler. Esse se parece com aqueles gajos da Indonésia, que ainda queimam lá as pessoas e cortam as cabeças. Do outro lado, não lhes interessa que acabem a guerra, porque enquanto houver guerra há doações. É tudo a favor da guerra. A favor do povo a gente não vê nada! Eu vejo as crianças aí nos campos de deslocados, a viverem na mesma pobreza! Vem o Programa Alimentar Mundial porque dá, vem a Organização Não-Governamental não sei daonde, porque dá... E onde

é que estão os resultados? Um balãozinho no Dia da Criança? As escolas estão onde? Os hospitais estão a funcionar? E a gente dos tais campos? Continuam a viver em tendas. Os que devem fazer algo não fazem nada! Levantaram por aí uma porcaria de casas, para fazer esse bairro do senhor Presidente. Tiraram os gajos daqui, gastaram aí uma fortuna, e as casas já caíram com a chuva! Como é que a gente vai fazer? E as crianças continuam a dormir na rua, os deslocados continuam a dormir de qualquer jeito, naquelas tendas todas podres, todas rotas, sem condições nenhumas! Àqueles gajos, nem para uns nem para outros, a guerra não interessa que acabe. Aliás, eu ouvi uma vez, com os meus dois ouvidos que a terra há de comer, um general falar aqui na casa de um outro general meu amigo, quando vieram há uns tempos atrás com essas propostas de novas conversações: "Eu não quero que essa guerra acabe, porque agora é que estou fazer a minha fortuna!" Então, outro dia, o próprio Kundi Pahyama, ministro da Defesa, não berrou aí contra as pessoas que estão a vender nas praças os bens alimentares que as tropas recebem? E é verdade: a gente compra o óleo, a carne-seca, a goiabada, no Roque Santeiro, no mercado dos Congoleses. Tudo das Forças Armadas! Quem é que vende, sou eu? Essa guerra não pode acabar, porque isso dá de comer a muita gente, a eles e às famílias deles, e não a esse desgraçado desse povo. Por que é que andam aí as mulherzinhas a venderem o peixe de manhã até à noite, com a bacia na cabeça, a venderem a massa, o açúcar, o arroz e não-sei-o-que-mais? Para essas, sim, é que a guerra devia de ter que acabar! Para esses miúdos e para essas mulheres, que ainda por cima são assediados e roubados em pleno dia pela polícia, que lhes leva os bens que elas estão a vender para sobreviver! Essa guerra não pode acabar, isso interessa a muita gente! Estou a falar dos angolanos. E os outros, os que alimentam essa guerra? Sou eu? As potências também: quem anda aí a vender armas, apesar das sanções da ONU, sou eu? Vem aí na televi são, nos jornais, vem lá nos noticiários internacionais: sim senhor, a Alemanha está a cumprir, o outro está a cumprir, a França está a cumprir. E as armas continuam a entrar! Se eu sou negociante de armas, vou lá vender a quem me compra. Quero lá saber a cor dele, se é amarelo, se é cinzento, não me interessa, dinheiro não tem cor! Por isso a guerra não acaba.

— Mas, como se diz, não há mal que sempre dure, nem bem que nunca se acabe.

— Vamos lá ver! Eu não tenho fé nenhuma.

Extra! "Savimbi está morto."

Luanda, 22 de fevereiro de 2002 — O Governo angolano anunciou há poucos minutos, em comunicado lido na Rádio Nacional de Angola, a morte de Jonas Savimbi, o líder rebelde da UNITA. A informação carece ainda de confirmação de fonte independente. Jonas Malheiro Savimbi terá sido abatido na província do Moxico, durante uma operação das Forças Armadas Angolanas, que resultou ainda na morte de outros elementos da UNITA. (Ebonet notícias)

Londres, domingo, 24 de fevereiro de 2002 — O movimento rebelde angolano UNITA confirmou a morte do seu veterano líder Jonas Savimbi, cujo corpo crivado de balas foi mostrado na televisão. O corpo do Sr. Savimbi foi mostrado a repórteres em Lucusse, uma longínqua cidade na província do Moxico, leste de Angola. Os meios de comunicação ocidentais publicaram as fotos no sábado.

A agência estatal angolana de notícias ANGOP disse que o Sr. Savimbi, de 67 anos, que havia liderado a UNITA por mais de trinta anos, morreu em combate contra tropas do governo na sexta-feira. (...) Um porta-voz da UNITA disse que a guerra iria continuar, mas alguns observadores estão agora prevendo o colapso da UNITA. (BBC News)

Fim

Luanda, 4 de abril de 2002 — Acordo oficializa fim da guerra civil de Angola — A guerra civil de Angola terminou formalmente nesta quinta-feira depois de 27 anos. Um acordo foi assinado entre comandantes do Exército angolano e do grupo rebelde UNITA para oficializar o fim das hostilidades entre as duas partes.

A assinatura do acordo é o resultado de um processo de negociações que começou após a morte do líder da UNITA, Jonas Savimbi, há seis semanas.

Em discurso proferido na noite de quarta-feira, o presidente José Eduardo dos Santos qualificou a assinatura do acordo como um momento histórico para o país. (BBC Brasil, 10h58 GMT)

ZÉ? — Última

"Vá lá saber"

Assumi na capa a autoria deste livro por uma razão bem simples: a personagem do Zé foi invenção minha. Já as dos angolanos que aparecem no pacote, nem tanto. Estranho? Luanda. Agora que a guerra acabou, vá lá saber, entenda quem puder: a luz do poste da casa só funciona quando quer.

Sérgio Guimarães

Este livro foi composto na tipologia
Fournier MT Regular, em corpo 12/15, e impresso
em papel off-white 80g/m² no Sistema Cameron
da Divisão Gráfica da Distribuidora Record.

Seja um Leitor Preferencial Record
e receba informações sobre nossos lançamentos.
Escreva para
RP Record
Caixa Postal 23.052
Rio de Janeiro, RJ – CEP 20922-970
dando seu nome e endereço
e tenha acesso a nossas ofertas especiais.

Válido somente no Brasil.

Ou visite a nossa *home page*:
http://www.record.com.br